水浒人物谱

盛巽昌◎著

学林出版社

上海人民出版社

图书在版编目(CIP)数据

水浒人物谱/盛巽昌著.—上海:学林出版社,
2018.8
ISBN 978-7-5486-1414-2

Ⅰ.①水… Ⅱ.①盛… Ⅲ.①《水浒》-人物形象-
小说研究 Ⅳ.①I207.412

中国版本图书馆 CIP 数据核字(2018)第 149171 号

策　　划　夏德元
责任编辑　胡雅君　许苏宜
封面设计　陈　楠

水浒人物谱

盛巽昌　著

出　　版　学林出版社
　　　　　　(200235　上海钦州南路 81 号)
发　　行　上海人民出版社发行中心
　　　　　　(200001　上海福建中路 193 号)
印　　刷　上海盛通时代印刷有限公司
开　　本　850×1168　1/32
印　　张　12
字　　数　24 万
版　　次　2018 年 8 月第 1 版
印　　次　2018 年 8 月第 1 次印刷
ISBN 978-7-5486-1414-2/I·200
定　　价　58.00 元

序

  人的符号是姓名，姓名常是人的身份和意向的折射。长期以来，世人对《水浒》人物及其姓名和绰号颇有兴味，它们已被视为水浒文化的标识。

  《水浒》所写人物及其行事，除少数见诸于《宋史》《宋史纪事本末》以及其他有关史籍文献外，绝大多数是宋元至明的几代乃至十几代民间说书家、戏剧家所创造的艺术形象。因此，书中出现的姓名和绰号是根据艺术创造的审美需要而诞生的，这在本书所附《〈水浒〉梁山三十六天罡、七十二地煞履历简表》可见一斑。

  尽管如此，《水浒》人物的姓名，却很有些含金量，它是宋元明时期特有的姓氏文化的积淀。几百年来，他们之中许多人的名号，行走万里，家喻户晓，知名度远远超过了同时期的帝王将相或见于正史的其他人物，其中饱含一个时代的文化精神。

  有如，源自《大宋宣和遗事》、龚圣与《宋江三十六赞》的阮氏三兄弟（阮小二、阮小五、阮小七），其取名就反映了宋元时期低下阶层民众有姓无名的社会状况，即"元制：庶民无职者，不许取名，止以行第及父母年齿合计为名"（清俞樾《春在堂随笔》卷五）。《宣和遗事》的"智多星"本也无名，只称"吴学究"，学究乃职业，看来他也属于这一阶层。他们和解押花石纲、落水黄河而奔上太行山的军官李进义、关胜等十二人的身份是不同的。但也有若干单名，很难说是当时普通民众所能取的，如地煞星群中的李立、白胜和时迁，它们很像是经过文人改造过的。

农耕社会的姓氏文化，同样也有不断变化的时代特色。如梁山女性世界中孙二娘、扈三娘、顾大嫂，她们的取名，均可视为因宋元中下层妇女不必取名而以行第作名字符号；阎婆惜、李师师，也可视为宋元民间艺伎歌女的特色大名；但白秀英就不像是当时卖艺女的名字，它很像是在明初才出现的。

《水浒》人物如云，据统计，百回《水浒》仅出场的有姓有名者就有五百七十七人，若加上有姓无名者九十九人、无姓无名者九人，则有六百八十五人之多。本书只能择其所要，以梁山一百单八将为主体，并殿以相关的八十四个文化和历史人物，且以百回《水浒》人物先后出场作秀为序排列。这些人物的姓名有相当部分，数百年来，经说书人和文人群体的移植和再移植，加工和再加工，无疑增加了今人对书中人物姓名溯源的难度。诸如书中较早出场的教头王进，梁山的李应、李逵、李忠、王英、李云，以及童贯、高俅等进攻梁山时麾下诸将，方腊集团诸将帅，即多有见自《后汉书》《三国志》《宋史》《金史》《元史》和其他史籍。笔者虽然做了考信和质疑，其中若干，仍见有浅尝辄止、牵强附会处；当然，还有很多难以窥出端倪，如太尉陈宗善、团练使黄安、帮闲干鸟头富安、副牌军周谨、三都缉捕使臣何涛、何涛弟何清、清风寨正知寨刘高、毛太公子毛仲义、蓟州知府马士泓、油里鳅孙五，等等，这里只有录之存疑，有待后来者破译解题了。

《水浒》人物的绰号，则更见精彩。它所特有的艺术魅力，可以说是空前绝后的，以至明人在政治斗争中撰《东林点将录》，近人汪辟疆、柳亚子、钱仲联和张慧剑分别所撰《光宣诗坛点将录》《南社点将录》《光宣词坛点将录》和民国南京新闻界"三十六将"等，均以梁山人物绰号为殿，足见其影响力的长久和深远。

早在秦汉，绰号已见走红。因为它颇为形象、传神，能为各阶层人士所广泛接受，作为尊姓大名的补充和张扬，于是自然而然地进入了民间文学的殿堂。《水浒》人物的绰号，就是宋元时期民间社会文化的积淀，它以创造性的形象思维，聚合、折射了民族的审美心理和审美情趣。它也是人物性格、行为、身份、职业等的高度提炼，是社会和公众对某个（类）特定文化人物的认识和评估，其中有褒扬，有讥贬，有戏谑，有揶揄，当然也有的并无此等色彩。

如同传统中国的戏剧文化，观人观其面，便可知忠佞贤不肖，大凡读《水浒》，知绰号也就能知一知二，略悉其他，试看梁山石碣的排列次序，通常排在前列者，皆是端雅、英武的绰号，如"玉麒麟""美髯公"；等而下之者，则是粗鄙、丑恶的绰号，而排在最末的三位，就只能是三个贼的绰号"白日鼠""鼓上蚤""金毛犬"了。因此也可以说，见绰号就如见其人，这也是《水浒》的一大特色。今天的表演艺术家、书画雕塑艺术家等对《水浒》人物的再塑造，其中亦多参照或仰仗了绰号的神韵。

认识、研究中华人文，可以借研读《水浒》人物的绰号，探寻它们的由来、发展和影响，以及它们所蕴涵的社会众生相和时代风尚。

笔者有志于此久矣，近年曾爬罗剔抉，钩沉索颐，作了一些考证和分析，有的当有确据，是梳理自宋元平话戏剧和有关史书笔记的；有的参同了余嘉锡、王利器等学界前辈的著述，是爬在他们的背脊上写出的；还有的乃是自圆其说，一证半据，如王英绰号"矮脚虎"，宋元诸书均未见有绰号"矮脚虎"者，遂勉强推理为是由元杂剧的"王矮虎"嬗变而来，同时又参照了宋人"长脚龙"绰号；也有的绰号相互重叠，再分别作考证尤难，如天罡星群中林冲的绰号"豹子头"，与地煞星群中汤隆的绰号"金钱豹子"、杨林的绰号"锦豹子"，其实都是以豹子为绰号的，一豹化三豹，含义却是同一，故很怀疑后两者还是从"豹子头"处衍生而来的。又如地煞星群中郝思文的绰号"井木犴"，井木犴者，本乃北斗二十八星宿名之一，道家将它神格化为天将，并把它与道家所创造的天罡地煞诸天神并列，组合为并列的两个系列星座。它们乃是各有所司，互不相属，由是作为井木犴投胎的郝思文，怎么可能又是位列地煞的地雄星郝思文呢？互相牴牾，莫衷一是。

是为序。

盛巽昌

目录

1

龙虎山张天师

号正一主教天师。宋封先生、元封天师、明封真人

张天师，民间传说的捉鬼专业户，他在《水浒》里定位是很高的。

请看张天师，皇帝还特派天使奉丹诏星夜前往江西龙虎山，请他上开封府补禳瘟疫。登台修设罗天大醮，也是他名利兼收的副业。

张天师，姓张的天师，在中华大地，就此一家，别无分号。

天师，原词出自《庄子·徐无鬼》，说黄帝会见襄城童子，"黄帝再拜稽首，称天师而退"。传为东汉于吉《太平经》，也有"今天师为王者开辟太平之阶路，太平之真经出"（卷三十五）。但当时还未出现道教，所以天师也只是泛词。

天师成为专用名词的发明者是东汉张道陵。"张道陵病疟，于丘社中，得咒神术书，遂解使鬼法。入鹤鸣山，自称天师。"他的孙子张鲁据汉中继续传播。张鲁儿子张盛在龙虎山安居，开始称他那开山祖师爷为"正一天师"，是为第一代天师，他自己是第四代天师，子孙嫡传的也是"天师"。

北宋王朝君臣确实非常礼遇张天师。所谓"从宋以来，龙虎山张氏始专其名，国家崇宠，俾之世袭，或范金为印，刻玉为

简，以赐之，典礼优异"（程穆衡《水浒传注略》）。但有宋一代，从未有封为"张天师"的。此回小说所请张天师，实名张乾曜，赐号澄素先生。明于慎行说，"至宋真宗之世，赐其裔信州道士张正随号真静先生，以后，继世子孙，皆有赐号，此龙虎山封号所由始。原其所以，盖因天书、符命之兴，粉饰道教，诞惑四海，王钦若为之奏立授箓院及上清观，历代相沿，遂为成典，而不察其由，亦惑之甚者矣"。按，天师正式为皇帝赐号，乃始于元代。"元命道士张宗演为嗣汉天师演道灵应冲和真人，命百官郊劳，待以客礼，此天师之号所由起也"（《谷山笔麈》卷十七）。

有明一代，张天师只能称张真人。这是朱元璋规定的。明郑晓说，"张正常者，世贵溪人。我兵取江西，正常以天师四十二代孙，号正一主教天师。遣人朝见，正常以屡朝京师。洪武初，上谓群臣曰：'天至尊，岂有师？以此为号，甚亵渎。'遂革旧号，号真人"（《今言》卷四）。由此有明一代，所谓张天师，乃称张真人。而至清乾隆时，却又革去"真人"封号，官阶也由原二品降为五品，但民间仍习惯称"张天师"。

张道陵的后裔，宋封先生，元封天师，明封真人，清朝二百年，什么都不是。由此或可佐证，这段《水浒》文字确出自元时人手笔。

太尉洪信

敢于破除迷信，推翻了石碣

特命天使、赴江西龙虎山的洪信太尉是杜撰的。

何以取名"洪信"？洪信，《五代史平话》有称，李长者收容刘智远，且嫁女三娘为妻，但两个妻舅李洪信、李洪义却百般逼害。此处"洪信"可资参照。但《水浒》作者编造的洪姓角色都不佳，另一个是被林冲棒喝的洪教头；梁山人物亦无"姓洪"。

是洪信拉开了《水浒》序幕，"遇洪而开"，洪信敢说敢做，敢于破除迷信，推翻了石碣，让天罡地煞一百单八脱颖而出。

附托石碣，有的是。它也是抄袭以往的故事。

按石碣故事，始见于隋初征南宁（今云南曲靖西北）的史万岁故事："行数百里，见诸葛亮纪功碑，铭其背曰：'万岁之后，胜我者过此。'万岁令左右倒其碑而进。"（《隋书·史万岁传》）

元明人还多以伪制石碣为预兆。元末韩山童、刘福通等白莲教曾以埋藏独眼石人于黄河疏沙处，后即以"石人一只眼，挑动黄河天下反"，组织民众反元。相传张士诚在高邮起事反元时，在他后来建都的平江（今江苏苏州）也曾有石碣事，平江始筑城时，某处筑城数丈，而多次塌陷，于是深掘其地，偶得一石，长宽皆三尺，"刻云：'三十六，十八子，寅卯年，至辰巳，合修张掖同音例。国不祥，不在常，不在洋，必须款款细思量。耳卜水，莫愁米，浮屠倒地莫决起。修古岸，重开河，军民拍手笑呵呵。日出屋东头，鲤鱼山上游。星从月里过，会在午年头。唐癸丑三月三日立。'"时为至正辛卯（1351）秋冬之间，"民相传诵，竟不晓其谶"（元孔齐《至正直记》卷四）。此等滥觞，还多见于明人小说或笔记，如明曹学佺记有宋初曹彬在成都武侯祠房屋倒塌处发现诸葛亮所立石碑，"测吾心腹事，唯有宋曹彬"（《蜀中名胜记》）。罗贯中《三国演义》也有魏将邓艾度阴平摩天岭时见有诸葛亮石碣，"二火初兴，有人越此；二士争衡，不久自死"。

太尉高俅

踢球发迹，捧着球做大官

高俅是有宋三百年最大的兵权集中者，他真是名符其实的水陆军马总司令。政和二年（1112），还被定位是武官阶位之第一位，相当于特级上将。这在宋史圈里是没有的，可他在《宋史》里却没有列传，如此反差，真是咄咄怪事。

因不知其出身，《水浒》开头就采录了南宋王明清《挥麈录》的一段："高俅者，本东坡先生（苏轼）小史，笔札颇工。东坡自翰苑出帅中山，留以予曾文肃（曾布），文肃以史令已多辞之。东坡以属王晋卿。元符末，晋卿为枢密都承旨时，祐陵（指宋徽宗赵佶）为端王，在潜邸日，已自好文，故与晋卿善。在殿庐待班，邂逅。王云：'今日偶忘记带篦刀子来。欲假以掠鬓，可乎？'晋卿从腰间取之。王云：'此样甚可爱。'晋卿言：'近创造二副。一犹未用，少刻当以驰内。'至晚，遣俅赉往。值王在园中蹴鞠，俅候报之际，睥睨不已。王呼来前询曰：'汝亦解此技邪？'俅曰：'能之。'漫令对蹴，遂惬王之意，大喜，呼隶辈云：'可往传语都尉，既谢篦刀之况，并所送人皆辍留矣。'由是日见亲信。逾月，王登宝位。上优宠之，眷渥甚厚，不次迁拜。其侪类援以祈恩，上云：'汝曹争如彼好脚迹邪！'数年间建节，循至使相，遍历三衙者二十年，领殿前司职事，自俅始也。"

这也是高俅的履历。

高俅，本来没有正名。《水浒传》就送了他一个"排行第二，就叫高二"。因为踢毬入选，同伙就顺口叫他做"高毬"，后来发迹，"去了毛傍，添作立人"，自此称为高俅。可见"高毬"即"高二"的绰号。

由绰号嬗变为正名，《水浒》高俅是第一人。

高俅踢球确有两下子，脚底抢点决不落空，在当时堪称是国脚了。他靠踢球发迹，捧着球做大官，还得仰仗端王也是大牌球迷、超级运动员。君臣都是球星，玩球丧志，怎么不亡国。所以有人说北宋之亡，始于皇帝玩球玩国，而令高俅主军也。

宋徽宗赵佶

> 皇帝风流，风流皇帝；
> 皇帝荒唐，荒唐皇帝

《水浒》所呈社会背景是在北宋末年徽宗赵佶做皇帝时代。

宋徽宗是民间知名度极高的风流皇帝。

他姓赵名佶。相传赵佶生于五月五日端午节。据史传记载在五月五日出生的，中国古代的知名人士还有孟尝君（田文）、王镇恶、西夏国主元昊（夏景宗）；还有一个是童贯，《齐东野语》说童贯得悉自己生日和皇帝同日，就改到十月初十了。五月五日原来在春秋战国时期是被视为凶日的，这天生下孩子，男仔克父，女仔克母，但自从孟尝君田文光大他的家族门庭后，对这一天的认识渐有扭转；到宋朝时已成为吉利的日子了，这可能就是取名赵佶的由来。

赵佶，也就是后来所称的宋徽宗。徽宗，其实是皇帝符号，那是皇帝死后，家族和大臣根据他生前行为送给他的谥号。他自己在生前是不知道的。现在有些美其名的历史影视剧里，竟出现当着他的面，叫什么宋徽宗，令人喷饭。

《水浒》里的赵佶，已经够混蛋化了。

他和李师师那段缠绵罗曼史，倒是为梁山找到了关节，真正解决了宋江一伙的"招安"问题。须知他是宋江等视为封妻荫子的生路，也是全书的转折点；以梁山好汉大团圆为结局，是农耕社会人们的良好愿望和单向思维定势。它是有悖于农民起义的最后定向的。

就是这样的大宋皇帝，在庙堂上不解决障碍重重的梁山"招安"，却要到三陪桌上和枕头边去谈这个问题。这就是赵佶。

赵佶书画都堪称绝伦，他的瘦金体，更是对书法的一大创造，一大贡献，岂不知他还是一位呱呱叫的超霸球星。赵家皇帝多会踢球，且能踢得一脚好球。他是誉满海内的球坛名将。相传赵佶当了俘虏，北上途中关押真定（今河北正定）时，金人要他参加马毬比赛。在赛后并应金人之命，就现场风景线赋诗一首："锦裘骏马晓棚分，一点星驰百骑奔，夺得头筹须正过，休令绰拨入斜门。"可见他也是打马毬的行家。

八十万禁军教头王进

虽受逼害，却没有走上梁山或其他什么山

　　《水浒》写王进有三处与人出格处：一是他虽然遭到高俅逼害，却没有上梁山或其他什么山；二是他虽是个武人，而且是一个小小的禁军教头，却没有绰号；三是有头无尾没有作下落交代，与读者以悬念，可以有多种续笔。

　　这当然是作者有心安排的。

　　《水浒》取了"王进"这个名字，史传确也有王进其人。

　　五代后期有武人王进。据《旧五代史·王进传》，此人本乃一市井游民，"少落魄，走及奔马，尝聚党为盗"。后来受招安，先后在后唐、后晋、后汉和后周四朝充当武官。他有一特长，就是善跑快路。有一次，契丹入侵，他由并州（今山西太原）前线赶到汴梁（今河南开封）报警，一千余里路程六七天就跑到了。但与小说王进形象，仍无相似之处。

　　南宋初期宋军军官就有王进者四：

　　一是张俊部将王进。"王进初为张俊帐下提辖，专背印随行，军中呼为'背印王'。从破李成于江西、淮南，屡建战功，擢为中军统领。绍兴四年，升中军同统制。五年，累迁龙神卫四厢都指挥使、安远军承宣使、选锋统制。刘宝卒，进为统制"（《三朝

9

北盟会编》卷一百六十五）。

二是濠州知州王进。绍兴十一年（1141）三月八日丁未，"濠州兵马钤辖邵宏叛，降于金人。金人陷濠州，知军州事王进被执"（同上，卷二百零五）。

三是鄂州都统制吴拱部将王进。"先是，戍樊城者一二百人，副将翟贵、部将王进统之，以护浮桥。""虏骑忽至，……翟贵、王进引兵出战。我师败，二将没，士卒半掩入江中"（同上，卷二百三十四）。

四是伪齐使臣承节郎王进。据宋绍兴七年（1137）《申省收到统制等官状》，内称有"归正伪统制统领官王进"（《岳忠武王文集·公牍》）。

此四王进与《水浒》王进的人物造型，可谓是风马牛不相及，或因史传的王进曾参与抗金，还是有气节的，由是借用、移植了此名字，作为开卷的符号。以致后来清时人写的《水浒后传》（陈忱）和《荡寇志》（俞万春）两书，虽立意相背，却都能分别把他作为响当当的歌颂人物写进书中的。前者是跟着梁山好汉赴暹罗国建新朝，后者则是隶张叔夜麾下去洗刷梁山水泊。

九纹龙史进

第一个出场的梁山好汉

梁山好汉在《水浒》第一个出场的，就是绰号九纹龙的史进。

九纹龙作为绰号，也有人认为这是流行的时俗。《武林旧事·游手》："以至顽徒如拦街虎、九条龙之徒，尤为市井之害。"此处当然是据他背脊的文身而言。文身是中华一种民俗，至宋元时尤为兴旺。当时武人多以文身。"元时，豪侠子弟皆务此，两臂股皆刺龙凤花草，以繁细者为胜"（明陆容《菽园杂记》）。可见在市肆所列的一百二十行职业，必然有文身这门精密工艺。

通常文身有各种动物和文字，也有龙。史进绣"九纹龙"，虽是乡俗，但此处却突出是"九纹龙"，似有深意在焉。或如龚圣与《宋江三十六赞》："龙数肖九，汝有九纹，盍从东皇，驾五色云。"

它可能是《宣和遗事》说书人为他作的特别设计和构图。盖此史进原型非他，乃南宋建炎元年（1127）在兴州（今陕西略阳）带兵造反的史斌。

此史斌事迹，《宋史》的《高宗纪》《卢法原传》《邵伯温传》

都分别有所提及。而李心传《建炎以来系年要录》卷七特别指出："建炎元年秋七月，史斌据兴州，僭号称帝。斌本宋江之党，至是作乱。"

余嘉锡认为，此史斌就是九纹龙史进，"进与斌以北音读之，颇相近似。《水浒传》言进为华阴县人，而《宋史》亦称斌为'关中贼'，姓氏地域并合。然则史斌者，其即九纹龙欤"（《宋江三十六人考实》）。

这是见之于宋人本本的唯一的一个宋江余党记载。而他却在兴州做了一年多草头天子，还占据了华州（今陕西华阴）、凤州（今陕西凤县）和长安（在今陕西西安西）。大概是事出此因，就给了一个九纹龙的绰号。这也是《宣和遗事》为他造反称帝所作的伏笔。

史进在《宣和遗事》里故事很少，他只是押解花石纲的一名军官，跟着李进义上太行山和梁山的。元杂剧的史进是河北狱吏，在《水浒》宋江攻打东平府时，有他自说在上少华山前浪迹于此的故事，这些或可以视为史进早年的职业和行径。它和风风火火的九纹龙业绩，真乃风马牛而不相及。

史进是《水浒》开场起霸人物。昔人曾为他在书中第一个亮相喋喋不休。金圣叹说："天下无道，梁山泊众好汉的事迹就进于史。"燕南书生说："史是史记的意思，进是进化的意思。"这都是从名字上做文字游戏，旧式文人喜欢从说姓道名上钻象牙塔，此也可见一斑。

　　按，史进名"进"。宋元武人多有取名为"进"者。《宋史》有郭进（卷二百七十三）、党进（卷二百六十）、张进（卷二百七十九）；《元史》有三李进传。"是日，澧州慈利县山贼雷进为其徒伍俊等九人所杀"（《建炎系年要录》卷九八）。"仁宗庆历三年五月，京东安抚司告，本路捉贼虎翼率王伦等杀巡检朱进叛"（《宋会要辑稿》一七六册《兵》十）。

摽兔李吉

行路敏捷，办事机灵

少华山史家村猎户。

绰号摽兔，以人拟物，形容行路敏捷，亦作办事机灵、利落解。

宋元人多有取"李吉"。

明万历《祁门县志》，岳飞住东松庵，"僧进飞面，置酱面底，飞求酱，曰：搅动见酱"。语多奇。飞不听，及系狱，叹曰："早从东松长老言，不至此。"秦桧闻之，以为与僧异谋，遣李吉杀僧，僧先觉，题壁曰："李吉从东来，我向西头走，遂遁去。"（卷十一《舆地志》）

李吉，《元史·杨大渊传》记有元至元三年（1266）随杨大安作战开州（今四川开县）的千户李吉，后升元帅。

又，或系借用北宋画师李吉名讳。

据《图绘宝鉴》：李吉，宋开封人，神宗熙宁中为画院艺学，师黄筌，工画花鸟。

《水浒》群众角色，多有借用画师名讳，此即其一。

神机军师朱武

"军师"出名，实为小说平话影响

朱武绰号神机军师，不见于《宣和遗事》和元杂剧平话。

"神机军师"是由"神机"和"军师"组合的。

神机，原出自《三国志·魏书·贾诩传》引《九州春秋》，阎忠说皇甫嵩："移神器于己家，推亡汉以定祚，实神机之至决，风发之良时也。"《晋书·陶侃传》："州将陶使君孤根特立，从微至著，……志陵云霄，神机独断。"

《阴符经》亦有"爰有奇器，是生万象，八卦甲子，神机鬼藏。[注]神机谓神妙莫测之机也"。

洪武十年（1377），朱元璋自作的《先圣三皇历代帝王乐章·望瘗》，有"神机不测兮造化工，珍羞醴帛兮荐火中"句。

此后，明京师兵种即设有神机营。

军师，出自魏晋三国时期的军师，本乃是将军帐内所设首席参谋，后即演化为官职，如"前军师""军师中郎将""军师将军"。后人即误解"军师"为"全军的教师"。按，军师的出名，并为上下军民所共识，实乃是小说平话的影响。故"军师"虽常见，但却罕见于史书。之所以风行，还是戏剧平话的推动。

朱武的"神机军师"，也可能源自罗贯中《五代残唐传》，该书有李克用部将"神机军师周德威"。

朱武，不见于史书，可参自《世说新语》四《赏誉》："吴四姓旧目云：张文、朱武、陆忠、顾厚（刘注引《吴郡士林》曰：吴郡有顾、陆、朱、张为四姓。三国之间，四姓盛焉）。"按，此处"朱武"，非人姓名，乃指故鄣（浙江安吉）朱治、朱然、朱绩等世族尚武，多产将帅也。

跳涧虎陈达

跳涧虎的绰号或出自南宋韩世忠故事。

"（韩世忠）年十八，始隶军籍，挽强驰射，勇冠军中，其制兵器，凡今跳涧以习骑，洞贯以习射，狻猊之鍪，连锁之甲，斧之有掠阵，弓之有克敌，皆世忠遗法"（《建炎以来系年要录》卷一百六十二）。

罗贯中《五代残唐传》称李克用部将有"跳涧虎樊达"。近年有人考证说，罗贯中著作《三国演义》和《五代残唐传》均在百回《水浒》之前，如此说来，此中的"跳涧虎樊达"有可能经过再加工，然后留用了原绰号，改姓不换名，嬗变为少华山上做强盗的陈达。

陈达名字，初见自《后汉书·宦者列传》（卷一百八）内称，钩盾令陈达与中常侍李闰、江京互为表里，竞为侈虐，且与外戚、车骑将军阎显更相阿党，后为中黄门孙程等诛杀。按《水浒》人名，多借用《后汉书》，此为其一。宋李心传《建炎以来系年要录》卷一百二十八："绍兴九年（1139）五月庚辰朔，亳州民陈达等请输税以助国用，上不许。"

此陈达，当然不是《水浒》人物，但把此名字充作符号，有可能借用了。

白花蛇杨春

少华山三大王

杨春绰号白花蛇，即直接取自爬行动物白花蛇。

白花蛇是一种极毒的蛇。唐柳宗元《捕蛇者说》，"永州之野产异蛇，黑质而白章"。即是此蛇。

宋人《鸡肋编》引《本草》载："白花蛇，一名蹇鼻蛇，生南地及蜀郡诸山中，九月十月采捕之。《图经》云：其文作方胜白花，喜螫人足。黔人被螫者，皆足断之。其骨刺伤人，当生螫无异。今医家所用，唯取蕲州蕲阳镇山中者。"

九十月捕蛇，是为小阳春，或以此而命名为杨春。

又，杨春，《金史·粘哥荆山传》，金末有镇安军提控守亳州（今安徽亳州）的杨春，后降元，为顺天府（亳州）总管。后又降宋。

赛伯当王四

口舌利便，巧言令色

史进庄客王四，口舌利便，巧言令色，因此唤作"赛伯当"。"赛伯当"绰号，当源自隋末王伯当。

据《新唐书·李密传》，李密降唐后，仍拟出关反叛，王伯当劝阻，李密不听。王伯当表示，"士立义，不以存亡易虑。公顾伯当厚，愿毕命以报。今可同往，死生以之，然无益也"。他仍随李密出长安。

有关史传所记王伯当的话仅是那么几个字，他也没有能说服李密，反而跟随出走，最后一同丧命。所以后来者对口舌利便取绰号"赛伯当"感到诧异，"史于王伯当，未著其能言也，岂以其谏李密毋反而称之耶！"（《水浒传注略》）其实史事和平话杂剧所叙大见反差。如王伯当，元人杂剧已将他列入纵横口辩之最佳演说家行列，如白朴《裴少俊墙头马上》第三折"赛灵辄、蒯文通、李左车，都不似季布喉舌、王伯当尸叠"。

此或可作"赛伯当"绰号来由。

花和尚鲁智深

真和尚，有理走遍南北

假僧人，奔出庙门难辨东西

鲁智深绰号花和尚，在《水浒》里是很有知名度的。

他也见于《宣和遗事》，是《水浒》的老班底，在《宣和遗事》的花名册里，他是三十六人中最后一个投入宋江哥哥麾下的；且比他人履历都简单，只有几个字，"那时有僧人鲁智深反叛，亦来投奔宋江"。

后来龚圣与为鲁智深作赞："有飞飞儿，出家尤好，与尔同袍，佛也被恼。"开始给他的形象作了升华。一是把他比作唐传奇的奇侠飞飞儿；二是他不是真和尚，所作所为也是有悖于正宗佛家子弟的。

因为鲁智深是梁山难得有的受过戒的和尚，就此在杂剧和小说里，替他作了很多浓墨的修饰：一是写了他俗家时生涯，还替他取了一个姓鲁名达的响亮名字；二是大概认为"花和尚"是出家后绰号，便与他取了个俗家时的绰号"镇关西"。元康进之杂剧《梁山泊李逵负荆》，李逵唱《醋葫芦·么篇》："谁不知你是镇关西鲁智深，离五台山便落草，便在黑影中摸索也应着。"今《水浒》里，也可窥出鲁达出家前绰号也叫"镇关西"，只是那杀猪开肉店的郑屠竟也叫上了"镇关西"，因为有了"版权"之争，鲁达的"镇关西"绰号反而被淡化了。

鲁智深绰号花和尚。此"花"可有三解：一是背脊刺有花纹；常见于两宋笔记所记人物，带有"花"字，如花郑贵、花李郎，意皆同。二是"花"作"假"解，即此和尚未按佛寺戒律行事。三是宋时人审美观以头饰插花、戴花为美，男女贵贱皆同。王明清《挥麈录》就记有一个满头插花，且自称为"戴花和尚"的僧人。由是，鲁智深绰号为"花和尚"，于时还堪称是时髦绰号。它和后来贬称那些佛寺败类、好色之徒为"花和尚"是不能同喻的。

鲁智深出家前兵器被忽略了，但他当了和尚后所用的一根禅杖，却被《水浒》大大地作了描写；全部《水浒》，也从未有家兵器，写它铸制、出笼过程的。其实，禅杖非兵器，乃是寺庙常备的手杖，"禅杖，以竹苇为之，用物包一头，令下坐执行；坐禅昏睡，以软头点之"。《水浒》里将它完全武化了，且美其名为水磨禅杖。"水磨"，意即精细、精致所制作也。唐宋寺庙僧人备有禅杖为护身手器，如少林寺、常州天宁寺皆是。此处鲁智深禅杖当也如是观，这也是《水浒》里唯一注明重量的手器。盖冷兵器时代，确也讲究此物，并非全系艺术夸张。史传也常有记述，如唐饶阳裨将张兴坚守孤城，"史思明引众傅城，兴擐甲持陌刀，重五十斤，乘城贼将入，兴一举刀，辄数人死，贼皆气慑"（《新唐书·忠义传》）。《宋史·兵志》记有宋咸平三年（1000）时，神骑副兵马使焦偃献盘铁槊，重十五斤，在马上挥舞如飞。另有相国寺和尚法山，还俗参军，用铁轮拨，浑重三十三斤，头尾有刃，是马上格斗的武器。

鲁智深威望可谓大矣，他没有被世俗社会捧上神坛。虽是凡夫俗子，却似一代完人，有聂绀弩诗为证：

> 肉雨屠门奋老拳，五台削发恨参禅。
> 姻缘说堕桃花雨，儿戏蹴翻杨柳烟。
> 豹子头刊金印后，野猪林伏洒家前。
> 独撑一杖巡天下，孰是文殊孰普贤。

桃花村刘太公

虽为庄主，无奈山盗

本书曾出现两个"刘太公"：

一是周通娶亲桃花村的刘太公；

一是梁山附近，被强盗王江（假宋江）、董海（假鲁智深）抢走女儿的刘太公。

刘太公为泛称，但古史称刘太公确有其人，此即汉高祖父刘某是也。《史记·高祖本纪》："父曰太公，母曰刘媪。"其实太公不是名字，只是作为一种长者的尊称，此处竟充作名字了。刘某真正的名字执嘉和煓，也因为亲者讳而不书于史。所以整篇《史记》《汉书》凡提及刘邦父，均称"太公"。"高祖五日一朝太公，如家人父子亲"（《史记·高祖本纪》）；"而太公未有号，今上尊太公曰太上皇"（《汉书·高帝纪》）。

两汉太公或由此沿袭，多用以尊称对方父亲。如《后汉书·袁谭传》，刘表与书谏袁谭曰："然孤与太公志同愿等。"李贤注："言太公者，尊之，谓绍也。"当是。

按，太公，先秦有作祖父者，典或出自《史记·齐世家》："西伯猎得吕尚，曰：'吾太公，望子久矣，故号太公望。'"

而在元明，即《水浒》创作的时代，太公已作为多元通称，元杂剧《秋胡戏妻》第二折有"太公庄上弄猢狲"，《琵琶行》"说话之间，早见张太公来了"。《水浒》所称"太公"亦不少，如史进父史太公（第一回）、宋江父宋太公（第二十二回）、张太公（第三十二回）、毛太公（第四十九回）和狄太公（第七十三回）。此中史太公、宋太公、毛太公、狄太公不仅是长者，而且都有庄客，是一庄之长。农耕社会聚族而居，他们很可能还是族长。

打虎将李忠

靠使枪棒卖膏药行走江湖

绰号打虎将，似出自元无名氏杂剧《雁门关存孝打虎》，又脉望馆抄本《飞虎峪存孝打虎》，剧情同，都是演唐末李存孝打虎故事。元明话本《五代残唐传》称李存孝为"打虎将军"。又元末吴张士诚有部将赵打虎，勇冠三军，曾陷浙江湖州，为一世之雄。徐渭《英烈传》说他是"吴国第一条好汉"，"单使一条铁棍约五十余斤，还会打一手少林拳"。此处"打虎将军""打虎"或即构成"打虎将"张本。

李忠本领低微，他虽曾到史家庄做史进的武术教师，因师不胜徒，就离开了，靠使枪棒卖膏药走江湖为生。他的"打虎将"绰号，得自"身材壮健"，很像是重量级运动员，但可没有打过老虎的记录。打过老虎的武松、李逵和解珍解宝兄弟，都没有加以"打虎将"誉号，而没有打过老虎的李忠，却被称为"打虎将"。名不符实，其实就是嘲弄、揶揄。

宋史三百年，见有记录在案的李忠至少有九位：

（一）曹端部将李忠。绍兴元年（1131）九月丁巳，"是日，金房镇抚使王彦败李忠于秦郊，李忠走降刘豫。初，曹端既为程千秋所杀，忠自称京西南路副总管，为端报仇"（《建炎以来系年

25

要录》卷四十七）。

（二）广西路李忠。元祐二年（1087）五月四日，"诏广南东路钤辖杨从先生擒岑探，未尝杀戮，特迁一官；李佛郎与右班直，仍赐名忠"（《宋会要辑稿》第一百七十七册，兵十二）。

（三）溪哥城守将李忠。崇宁二年（1103），"熙河兰会经略王厚奏，溪哥城乃古积石军，今当为州，乞以李忠为守置河南安抚司，从之"（《宋史》卷一六七《职官志》）。

（四）"贝州历亭县民李忠，为本郡乡兵首领，家颇储蓄，雄视门里。"（北宋上官融《友会谈丛》卷上）

（五）陈留溃兵头领李忠。建炎元年（1127）夏四月丁卯，"陈留溃散戈兵李忠率众入和州清水镇"（《建炎以来系年要录》卷四）。

（六）宋枢密院使臣李忠（洪迈《夷坚志》丁志卷九）。

（七）刘锜部正将李忠（《建炎以来系年要录》卷一百三十六）。

（八）原伪齐统制、阁门宣赞舍人李忠。据岳飞《申省收到统制等官状》，在十员统制官名下有"借补武翼大夫、阁门宣赞舍人李忠"。

（九）"李忠，晋宁人，幼孤，事母至孝。"（《元史·孝友传》卷一九七）

按，李忠为当时常见姓名；以上所列李忠事迹，对《水浒》李忠来说，一个都对不上号。因此，绰号打虎将的李忠，他的名字来源只能视为巧合，是借用，它只是一种符号。

镇关西郑屠

冒名镇关西，实是暴发户

郑屠，有姓无名，从行当出名，故名郑屠，渭州状元桥下卖肉铺老板是也。

《宋稗类钞·诋毁》有称，"王荆公素不乐滕元发、郑毅夫，目为滕屠、郑酤"。或由此嬗化为"郑屠"。

郑屠绰号镇关西。据元康进之《梁山泊李逵负荆》，李逵唱《醋葫芦·么篇》："谁不知你是镇关西鲁智深，离五台山便落草，便在黑影中摸索也应着。"此处鲁达在拳打郑屠时，也说："洒家始投老种经略相公，做到关西路廉访使，也不枉了叫做镇关西。"此即可认为"镇关西"出典。按，绰号"镇关西"，源出自"关西五路廉访使"。元杂剧常用此官职，如《谢金吾诈拆清风府》，称杨景受六使职，并称所谓"六使"之一就是"关西五路廉访使"。由此或可认定鲁达在未出家获得"花和尚"绰号前，绰号为"镇关西"，而却又有郑屠者与之并称。一山不容两虎，一州难称两个"镇关西"。当时又没有商标注册，版权所有，不论先后与否，强者为胜，也就只能用拳头充作公证了。

小霸王周通

称霸王，学霸王，有霸王之恶，无霸王之能

周通绰号小霸王。霸王，最早见自《史记·越王勾践世家》："越兵横行于江淮东，诸侯毕贺，号称霸王。"亦即第一个拥有"霸王"版权的是曾卧薪尝胆的越王勾践。但通常被误识是楚项羽。据同书《项羽本纪》，项羽于秦灭后，分封诸王，而自称"西楚霸王"。又东汉末期，转战江南酣未休的孙策，雄烈兼人，《三国演义》呼之为"小霸王"。

那么周通"小霸王"，是承受哪家霸王的绰号呢？

什么都不是。按，小霸王，"小"同"肖"，意即像霸王。周通的"小霸王"只是一种社会符号，它可以说是源自这人那人的绰号，但决不能与这人那人作比拟。他的品性和武艺，是难以望前人之项背的。

他可以作"小霸头"说。所谓喽啰们呼他为"二大王"，即是。

"大王"之说，初起自春秋战国诸国君；兴隆自宋元。苏轼出任颍州知府，经他调查，该地自元祐二三年间，就有"尹遇自称大大王，陈兴称二大王，郑饶称饶三，李松称管四"(《苏东坡全集·奏议卷十》)。通常它是作为盗匪的称呼，但宋时也称勋贵。《宋稗类钞·诛谪》，宋钦宗命御史张达明诛童贯，张恐其自杀，不及典刑，乃先使人诘童，称"有诏遣中使赐茶药，宣召大王赴阙"。童贯在宋人诸书，多有称"童大王"。

大王，在梁山和其他山头，还是很响亮的。周通醉入销金帐故事，其最初版权是属于李逵的。明初朱有燉杂剧《黑旋风仗义疏财》，有称赵都巡下乡催粮，仗势要强娶农民李憨古女儿千娇。李不同意。赵都巡于是将李憨古吊打。次日，赵都巡又往李家逼婚。李憨古只得赶上梁山请宋江相救。宋江派李逵、燕青下山。并让李憨古假允婚事，即由李逵假扮新娘，坐轿嫁到赵家，将赵都巡痛打了一顿。这个故事或为《水浒》采录，为周通挨打移植，盖此时《水浒》尚未有定本也。

周通劫婚，蕴含氏族社会残余。按，劫婚之事，古已有之，通常视为氏族社会时代，同姓婚姻，不利于后代繁殖。"男女同姓，其生不蕃"(《左传·僖公二十三年》)，"同姓不婚，恶不殖也"(《国语·晋语》)。盖古人婚嫁娶，都注重姓氏异同。由是盛行以掠夺、抢掠他族女子为主的婚娶方式。它发展到中古时代，转入因财礼纠纷而先行抢亲的。赵翼说，"村俗有以婚姻议财不谐，而纠众劫女成婚者，谓之抢亲。《北史·高昂传》：昂兄乾求博陵崔圣念女为婚，崔不许，昂与兄往劫之，置女村外，谓兄曰：何不行礼？于是野合而归。是劫婚之事，古亦有之，然今俗劫婚皆已经许字者；昂所劫则未字，固不同也"(《陔余丛考》卷三十一)。周通故事大有古劫婚轨迹，当然还带有适龄男女失衡的重要因素。

    周通，见《史记》卷十八，有隆虑侯周通，为汉高祖刘邦开朝功臣。或借用其姓名。

飞天夜叉丘小乙

金冠铁面，捷若神鬼

瓦罐寺作歹的道人丘小乙，绰号飞天夜叉，示其凶恶。

唐宋时武人好斗者，多有以"夜叉"为绰号。如氏叔琮部将陈章，浑名陈夜叉（《旧五代史·周德威传》）。南宋初名将王德"勇悍而丑，军中目为'王夜叉'"（宋庄季裕《鸡肋编》）。文士济南王治，"人亦呼之为'王夜叉'，以比阴狱牛头夜叉也"（同上）。还有"胡夜叉"（《宋史·忠义邵云传》）、"马夜叉"（《三朝北盟会编》）。《建炎以来系年要录》，"时有酋豪号'青面夜叉'者，恃众扰边"（卷一百二十九），该书又引《李显忠行述》释之云："夜叉者，金冠铁面，似夜叉鬼物，故号夜叉。"

但唐宋绰号也出现有"飞天夜叉"。

按，"飞天夜叉"与"夜叉"词本非中华土产，自佛经东传，始有此词。唐人笔记就见有称"飞天夜叉"的。段成式说："或言刺客，飞天夜叉术也。韩晋公（韩滉）在浙西时，瓦官寺因商人无遮斋，众中有一年少请弄阁，乃投盖而上，单练髻履膜皮，猿挂鸟跂，捷若神鬼。复建礜水于结脊下，先溜至檐，空一足欹身承其溜焉，睹者无不毛戴。"（《酉阳杂俎》前集卷之九）李绰也说："章仇兼琼镇蜀日，佛寺设大会，百戏在庭，有十岁童儿舞于竿杪，忽有物状如鹏鹗，掠之而去，群众大骇，因而罢乐。后数日，其父母见在高塔之上而取之，则神如痴，久之方语云，见如壁画飞天夜叉者；将入塔中，日饲果实，饮馔之味，亦不知其所，自旬月方精神如初。"(《尚书故实》)此两处显现的"飞天夜叉"，是以某种超凡特技和神异故事作包装的，它写得极为幻奇。元杂剧常写有"飞天夜叉"，如《昊天塔孟良盗骨》："那厮须不是布雾的蚩尤，又不是飞天的夜叉。"

此处《酉阳杂俎》的瓦官寺，即是《水浒》作者创造的瓦罐寺原型。瓦官寺为东晋建康（今江苏南京）名寺。《通鉴注》：东晋哀帝，移陶冶所于秦淮水北，以南岸地施僧慧力造寺，因名瓦官寺。寺北有阁，登高可览江山胜迹。李白有诗"白浪高于瓦官阁"。盖瓦官寺且以顾恺之维摩天女和戴颙所塑减臂胛佛像闻名。五代南唐时，瓦官寺已移建，并改名升元寺。据宋制，凡改建重建前朝佛寺，即另定新名。"本朝凡前代僧寺道观，多因郊赦改赐名额，或用圣节名，如承天、寿圣、天宁、乾宁之类是也。隋唐旧额鲜有不改者，后来创建寺多移古名"（宋赵彦卫《云麓漫钞》卷五）。

《水浒》编造瓦罐寺，良有以也，一则表示从宋制，改旧朝古寺名；二则以"瓦罐"易瓦官寺名，更可见其苍凉。

又，丘小乙，清坊间刻本，有作"邱小乙"者，当误。是为雍正帝尊孔避讳，凡触及"丘"字，包括姓氏者，须一律改为"邱"字故也。

生铁佛崔道成

身材魁梧，虚有其表

绰号生铁佛，当源自"铁佛"。

据《梁书·武帝纪》，公元六世纪初，梁武帝萧衍佞佛，于庐州（今安徽合肥）教弩台旧址兴建佛寺，取名"铁佛寺"。

铁佛寺以铁佛得名。后圮。唐大历年间（766—779），因于此处掘出一尊高一丈八的铁佛，故又以铁佛建寺。

铁佛闻名于世。此后建佛寺铸佛像，也多有以铁铸替代铜铸。

"生铁佛"，喻崔道成身材魁梧，但又笨重，虚有其表。

又，在此前见有绰号名"生佛""铁面佛"。

陆心源《宋诗纪事小传补正》卷四，记有南宋绍定间，吴兴人章谦亨知铅山县，为政宽平，时号"生佛"。此生佛，意即"活佛"，但或有移植，演化为"生铁佛"者；另称明洪武中，江西德兴人程溥，发凤阳服劳役，因黥面至面色如铁，人呼为"铁面佛"，由此都有可能为炮制"生铁佛"绰号张本。

过街老鼠张三

泼皮过街，人人喊打

俗语有：老鼠过街，人人喊打。

张三绰号过街老鼠，即寓此意也。

这是《水浒》里以"老鼠"为绰号的又一只"白日鼠"。盖大白天老鼠敢于过街，真是胆大妄为，所以人人喊打。

清程穆衡《水浒传注略》引陆佃《埤雅》，"蛮逢申日则过街，故又名过街虫，知过街之为宋时语也"。又赵翼《陔余丛考》卷三十八说："苏微举止轻薄，为失孔老鼠。"是均可为"过街老鼠"绰号佐证。

张三李四都是姓氏符号。元顺帝时，中书右丞相伯颜"曾荒唐地提出杀张、王、刘、李、赵五姓汉人，后因顺帝不从作罢"（白寿彝《中国通史》第八卷：中古时代·元时期下，上海人民出版社，1999）。可见此时，张、李蔚然已是大姓巨姓，人员之广，繁衍中华大地。

张三等人系破落户泼皮。破落户，宋朝的流氓无产者。《咸淳临安志》：绍兴二十三年（1153），宋高宗对大臣说："近今临安府收捕破落户，编置外州治，本为民间除害，而谓小火下者，乃为人诉其恐吓人取钱，令有司仔细根治，务除其害。"

按张三、李四并非行第，而为宋时与常人泛称，通常充作小民百姓符号。王安石《拟寒山拾得》："张三裤口窄，李四帽檐长"，"莫嫌张三恶，莫爱李四好"。又，有关此种符号，也多见于宋人笔记，如洪迈《夷坚志·种瓜张老》："话里却说张老，一并三日不开门，六合县里有两个朴花的，一个唤做王三，一个唤做赵四，各提着大蒲篓来寻张公打花。"

豹子头林冲

书之为豹，恶兽之首也

林冲绰号豹子头出自《宣和遗事》，他是押送花石纲的一名指使，后来随李进义上太行山的。事迹平平，因而龚圣与《宋江三十六人赞》也摒除了他。

《水浒》才给了林冲这么多的文字和描写。其实林冲家破人亡、身遭政治陷害及豪门子弟霸人妻女等故事，在很多元明平话杂剧里都可找到坐标轴的。

林冲，在史传上从未出现有相同名讳，但林冲是梁山好汉逼上梁山的最典型模式。

林冲豹子头绰号的来由，可有三说：

一是取其面相，元平话杂剧所叙三国张飞形象即为其参照，"生得豹头环眼，燕颔虎须"（《三国志平话》），"兄弟虎豹头中他人机彀"（《西蜀梦》）。因而《水浒》第七回，记林冲初亮相，"那官人生的豹头环眼，燕颔虎须"。盖林冲外貌借自《平话》之张飞，理解其性格亦得借自张飞之粗豪暴躁，但此全为鲁智深袭取。作者为林冲勾画的脸谱，打破他的原有外貌特征，而造成性格与心理的错位。此亦《水浒》出自多家手笔之佐证也。

二是从旧俗。宋时民间多有艺人取生物头为诨号的。如《武林旧事》卷四记乾淳教坊乐部，杂剧色有燕子头宋兴、蚌蛤头宋定、蟮鱼头朱和、羔儿头高门显；卷六记诸色技艺人，杂剧有猪儿头朱太，杂扮有江鱼头、兔儿头，乔相扑有元鱼头、鹤儿头、鸳鸯头。豹子头或也由此移植、嬗变。

三是取其勇武，为其同侪之首领。"豹子头"，乃豹群的带头人，金圣叹批注《水浒》，有称："谚不云乎：'虎生三子，必有一豹。'豹为虎所生，而反食虎，五伦于是乎坠地矣！作者深恶其人，故特书之为豹。""前人林冲称豹子头，盖言恶兽之首也！林冲先上山泊，而称为豹子头，则知一百八人者，皆恶兽也。作者志在春秋，于是乎见矣！"（古本卷十九《八夹批》）"豹群行，必有为之头者，如鹿之有麈，如羊之有羖"（程穆衡《水浒传注略》）。

林冲刺配是颇有些知名度的。刺配是宋王朝制订的一种刑罚。通常犯法（含被诬陷）者要身受挨打、流配和脸刺字三刑。"一人之身，一事之犯，而兼受三刑"（明丘濬《大学衍义补》）。按，挨打、流配，古已有之；但过去流配不刺面。宋循五代晋创刺面法，作为刑罚定为制度。刺字涅面，是与人格的终生侮辱。刺面，有大刺、小刺。官府还将认定罪情严重或态度恶劣的，字刺得大些；也有将发配地、从事苦力工种等字刺于脸面。南宋时更将犯罪原因加刺于脸面，如犯盗罪免死流配的，"额上刺强盗二字，余字分刺两脸"（《宋会要》卷一六八《刑法》）。又刺配此刑，自宋神宗熙宁二年（1069）后仅囿于平民，对犯罪官员不杖脊、不刺面。普通士兵也涅面，但作为记号。

　　林冲刺配，所钉铁枷为七斤半，不知何据。盖宋制无此也。据宋王辟之《渑水燕谈录》说："旧制，枷唯二等，以二十五斤、二十斤为限。景德初，陈纲提点河北路刑狱，上言，请置杖罪枷十五斤，为三等。诏可其奏，遂为常法。"后来《水浒》写宋江题反诗后被蔡九知府用二十五斤枷，当系据此。

花花太岁高衙内

浪子丧门世无对，闻着名儿脑也疼

花花太岁作为绰号，多见于元人杂剧。

关汉卿《望江亭》："花花太岁为第一，浪子丧门世无对，普天无处不闻名，则我是权豪势宦杨衙内。"

武汉臣《生金阁》："花花太岁为第一，浪子丧门世无对，闻着名儿脑也疼，只我有权有势庞衙内。"

高文蔚《燕青博鱼》："花花太岁我为最，浪子丧门世无对，满城百姓尽闻知，唤做有权有势杨衙内。"

三出折子的道白，几乎如出一辙。盖元杂剧所写多此等丑角；而这种丑角也几乎全是一个印板打下来的，就是那些高官子弟，仗势欺人、鱼肉百姓的"衙内"。

按，衙内原系唐朝禁卫官简称，五代之际，衙门又多为藩镇以本家子弟出任，如漳泉割据者陈洪进以子陈文颢、陈文颐为"衙内都指挥使"，陈文顼为"泉州衙内都监使"。后人习惯称权贵子弟为"衙内"。此处均指有权势的高官子弟。《水浒》高衙内，虽不见于现存元明杂剧，但其行为、品性，均可相通。而黄裳先生认为京剧《艳阳楼》的高登，就是高衙内。高登起场有四句摇板："我父在朝为首相，亚赛东京小宋王；人来带马会场上，顺者昌来逆者亡。"

　　高俅是否因无子而收养叔伯兄弟为干儿子，当然不是。据史传记载，高俅见诸于文字的就有三子：高尧康、高尧辅和高柄。据《宋会要辑稿》卷七十九，高尧康、高尧辅都靠着父亲门路，升授京官；在宣和四年（1122），高柄更由于高俅开府，封为昌国公。由此高俅不需要因继嗣事找干儿子。此是《水浒》为强化高俅乱伦丑相而写的。盖奉行此事几多为乱臣贼子，如石敬瑭，"重允，高祖（石敬瑭）弟，高祖爱之，养以为子"（《五代史·晋家人传》）。李守节乃李筠之子，守节卒，"无后，以刘氏（筠妾）所生之子为嗣"（《宋史·周三臣传》）。

陆虞候陆谦

太尉小跟班，衙内大参谋

虞候，源出唐时武官都虞候，宋代沿袭，但通常为高官府衙的闲杂人员。所以程穆衡说："虞候，都虞候。唐时军中队长之名，见于史者多矣，未闻以为衙役也。宋直以呼吏人而已矣。"（《水浒传注略》）宋吴自牧又以"虞候"为高官侍从，在南宋时可向"行老"雇觅。"又有府第宅舍内诸司都知、太尉直殿御药、御带，内监寺厅分、顾觅大夫、书表、司厅子、虞候、押番、门子、直头、轿番小厮儿、厨子、火头、直香灯道人、园丁等人"（《梦粱录》卷十九）。

按，虞候，古官名，掌水泽出产之官。《左传·昭公二十年》："薮泽之薪蒸，虞候守之。"宇文泰任西魏大丞相时，置虞候都督，后世因而置虞候之官。隋为东宫禁卫官，掌侦察、巡逻。唐代后期有都虞候，为军中执法长官。五代时都虞候为侍卫亲军的高级军官。宋代沿置，殿前司、侍卫亲军马军司、步军司都置都虞候，位次于都指挥使和副都指挥使。此外又有将虞候、院虞候等低级武职。

陆谦，史无其姓名，或可视为话本创造；称虞候，视本回文字及与林冲相交事，或为将虞候、院虞候的简称。

公人董超薛霸

此种公人最为卑鄙、丑恶

宋元平话杂剧在押解犯人中，常出现有两组防送公人：一组是张千李万；一组是董超薛霸。

宋人话本《简帖和尚》，"叫将四个人来，是本地方所由，如今叫做连手，又叫做巡军：张千、李万、董超、薛霸"。

明人平话亦风行董超、薛霸。据明成化七年（1471）到十四年（1478）北京永顺堂刊印"说唱词话"印本《仁宗认母传》，有包公手下公差张龙、赵虎、董朝、薛霸。又《包待制断歪乌盆传》也有董超、薛霸名字。也许是《水浒》借用后，名声不好。清初《三侠五义》等包公书，就替代以"王朝、马汉"了。

他们都是公人符号。

小鬼难碰。此种公人最为卑鄙、丑恶，见上见下，可以瞬息换几次面孔，是一种变色相。而又以董超薛霸为著。

董超薛霸亮相，《水浒》给了他们两次表演机会，一次是解押林冲；一次是解押卢俊义。此类公人可谓多矣，董超薛霸所作所为只是模式。宋元话本《皂角林大王假形》，其中写假知县（妖精皂角林大王）把金珠买通公人，企图杀害押解途中的赵再理（真知县），所叙与《水浒》颇相近："两个防送公人，带着衣包雨伞，押送上路。不则一日，行了三四百里路。地名青岩山脚下，前后都没有人家。公人对赵再理道：'官人，商量句话。你到牢城营里，也是担土挑水，作塌杀你，不如就这里寻个自尽。非甘我二人之罪，正是上命差遣，盖不由己。我两个去本地官司讨得回文，你便早死，我们也得早早回京。'赵再理听说，叫苦连天！'罢，罢！死去阴司告状理会！'当时颠做一团，闭着眼等候棍子落下。公人手里把着棍子，口里念道：'善去阴间，好归地府。'恰才举棍要打，只听得背后有人大叫道：'防送公人，不得下手！'"与此更为接近的，即是罗贯中《三遂平妖传》第八回张鸾野林救卜吉事，文中防送公人也是董超薛霸；因受知州命，打算在僻静林子里结果卜吉。罗尔纲教授认为此情节即《水浒》野猪林故事渊源。

董超，《三国志·魏书·庞德传》有庞德部曲将董超其人，或系借用。薛霸，史传无此名讳；但都是《水浒》群雄逼上梁山不可缺的跑龙套，由是聂绀弩有诗打油：

> 解罢林冲又解卢，英雄天下尽归吾。
>
> 谁家旅店无开水，何处山林不野猪？
>
> 鲁达慈悲齐幸免，燕青义愤乃骈诛。
>
> 佶京俅贯江山里，超霸二公可少乎！

小旋风柴进

此风非常风，贵家子弟风

柴进绰号小旋风，据王利器教授说，那是取名于炮名。"旋风是当时一种金国炮名。《三朝北盟会编》卷六十六：'金人攻东水门，矢石飞注如雨，或以磨磐及磗碌绊之，为旋风炮，王师以缆结网承之，杀其势。'"（《耐雪堂集》）如作此解，小旋风即是一门小钢炮。

于此，曲家源另说是："旋风是方向相反的两股风交合而形成的涡流风，风速很快，能裹带起砂土。迷信传说，旋风是'鬼差'。"如此说，小旋风就是涡流风。但曲说柴进称"小旋风"，"是说他能够裹带、资助有求于他的人"（《松辽学刊》1984年1—2期），这就难以解释了。

我意柴进的绰号"小旋风"应该与"黑旋风"同义，"小"，亦即"肖"，同肖像、相像。在绰号中解为"大小"之"小"，实误。所谓"旋风者，恶风也，其势盘旋"，"言其能旋恶物聚于一处故也"（金批《水浒》十四回总评）。在龚圣与赞中，柴进也是排在李逵之后，所谓"风有大小，黑恶则惧，一噫之微，香满太虚"，也是属于龙卷风，即涡流风之类。这里不能用《水浒》柴进上山前地位解释他的绰号，而是要据"小旋风"的原始出处作界定。盖《大宋宣和遗事》里的柴进，本系与杨志、李进义等身份相同的押运生辰纲差官。而《水浒》却改他为贵族王孙，但因绰号仍须循《宣和遗事》所称"小旋风"定位，以致出现在《水浒》里就有悖他的贵家子弟身份了。

其实，柴进姓柴，和周世宗柴荣同姓，但同姓非同宗，更非后裔，所谓是柴荣嫡传子孙，纯属小说家言。据史传，柴荣有三子。子柴宗训（周恭帝）在"禅让"给黄袍加身的赵匡胤后，贬居房州（今湖北房县）。房州自隋唐伊始，就划为软禁皇族的天牢；开宝六年（973），柴宗训死，时距赵宋建国的960年仅十余年。柴荣的另外两个小儿子，《新五代史》说他们"不知所终"。据宋人笔记，当赵匡胤进宫发现他俩时，要斩草除根，幸亏潘美劝阻，以后就改姓潘了。看来他们没有归宗，也不敢归宗。半个世纪后，赵匡胤侄孙赵桢（宋仁宗）只能从《柴氏谱系》中寻找柴氏同宗代奉周祀了，"先是，诏周后柴氏，每遇亲郊，听奏补一人充班行。至是，或上言：'皇嗣未生，盖以国家未如古礼封二王后。'嘉祐四年四月癸酉诏：'择柴氏族人最长一人除京官，已在班行则换文资，仍封崇义公，于河南府郑州境内与应入差遣，更给公田十顷。其周室陵庙，委之管勾，岁时祭享。如知州资序，即与他处差遣，更取以次近亲袭爵受官承替'"（司马光《涑水纪闻》）。由此可佐证：（一）柴荣至宋开国五十年后，已无后裔；（二）柴氏家族循旧例，仍居住郑州境，而无有再寄居于沧州或高唐等地。

见于赵匡胤在禅位后对柴宗训的严苛，他不可能予柴氏厚待，包括赐以誓书铁券。所谓赵匡胤在太庙立有誓碑，"誓词三行：一云柴氏子孙有罪，不得加刑，纵犯谋逆，止于狱中赐尽，不得市曹刑戮，亦不得连坐支属"（《宋稗类钞·君祀》），也系传闻，不足凭信。

明清若干平话小说或据《水浒》柴进故事为凭，有称赵匡胤礼遇柴荣后代的，如封以王爵世袭（《杨家将演义》），赐有云南领地，允许不缴纳租税（《说岳全传》）。它都是一种农民文化单向思维。

酒生儿李小二

它是一种服务性行业的符号

元明杂剧平话称客店、酒店、饭店的跑堂为小二、小二哥。如王实甫《西厢记》第一本第一折，"店小二哥那里。（小二上云）自家里这状元店里小二哥，官人要下呵，俺这里有干净客房"；武汉臣《生金阁》第一折，"（正末）小二哥，有酒么？（店小二云）官人请里面坐"。

店小二，即小二、小二哥。

《水浒》的特色之一，客店多、酒店多、饭店多，因此也多出现各家店小二。第一个出场的是鲁达拳打镇关西时，夹在其中的那个拦阻金公父女的店小二，此外还有时迁偷鸡祝家店的那个店小二，徐宁追时迁赚甲途中宿店时遇见的店小二，等等，大抵都无姓。本篇所谈之李小二，此人虽然有小偷小摸的前科，但心地善良，林冲落难时还送以温暖。

当然李小二也有典型性。

一是有姓，说明他在书中"小二"群中实属拔尖，通常平话写的是英雄豪杰，小民陪衬是不需有姓氏出现的。

二是他在东京是酒生儿（酒保、酒店伙计），故称"李小二"；而在沧州做了招女婿，接了酒店老板的班，自己也算是一店老总了，但仍称"小二"，是因为他店无有伙计，只能自雇为"小二"，于是，还得要亲自动手招待顾客、顶盘子、洗碗筷，可见当时的夫妻老婆店店主和"小二"亦同义。

于李小二可见当时从事此项职业者以"小二"为名字，而真名不须有。它真是一种职业符号。

当然，宋元以来也有以"小二"取为名字的。如《清平山堂话本》与店主姜通奸的"小二"。《水浒》也有黑旋风李逵乔捉鬼，杀死与四柳村狄太公女通奸的东村头粘雀儿王小二，等等。

按宋元低层细民多无正名，遑论字号，为方便易认乃以行第数字为名号，据洪迈《夷坚志》掇集的有关名字，就有解州安邑池西乡民梁小二、临川人董小七、鄱阳民阮小五等。而元时更引为制度，据《蔡氏家谱》有前辈书小字一行云："元制：庶民无职者，不许取名，止以行第及父母年齿合计为名。"

它也是一种扭曲的姓氏文化。

也有说何以称"小二"不称"小一"。

据《庄子·天下篇》："至大无外，谓之大一；至小无内，谓之小一。"由是"小一"最小，称之"小二"，与之相昆仲也（十字坡孙二娘黑店伙计还有称"小三"的，亦同），是为此时人世间最低层之贱役。

旱地忽律朱贵

陆地缺本领，水边似鳄鱼

朱贵绰号旱地忽律。

忽律，又作忽雷、骨雷，均指古生代遗留下来的鳄鱼。

唐宋时期，南方鳄鱼产地还是很多的。

"扶南出鳄鱼，大者二三丈，四足，似守宫状，常生吞人。扶南王令人捕此鱼，置于堑中，以罪人投之，若合死，鳄鱼乃食之，无罪者，嗅而不食。鳄鱼别号忽雷，熊能制之，握其嘴，至岸，裂擘食之。一名骨雷，秋化为虎，三爪，出南海恩、雷州，临海英潘村多有之"（《太平广记》卷四百六十四引《洽闻记》）。

"忽雷，鳄鱼也，居溪渚中，以尾钩之而食之"（明邝露《赤雅·忽雷》）。

"鳄鱼别号忽雷，一名骨雷"（明方以智《通雅》卷四十七）。

盖鳄鱼多傍旱而寻食物，颇有威风。或以此喻朱贵在水泊边开酒店为梁山耳目。

又说"忽律"绰号来自张士贵。

"张士贵，虢州卢氏人，本名忽峍，弯弓百五十斤，左右射无空发。隋大业末起为盗，攻剽城邑，当时患之，号忽峍贼"（《新唐书·张士贵传》）。

忽峍，即忽律。或以张士贵演化为朱贵绰号，似勉强。

清程穆衡以为朱贵绰号"岸地忽律"，是说他在陆地发挥不了本领，"在水中其恶如是，今在旱地，其恶又当何如"。亦是一说。

白衣秀士王伦

梁山第一任大头领，奠定山寨基业

《水浒》梁山人物坐得交椅的，前后有一百一十人。但其中两人最后不见于石碣留名，那就是梁山第一任大头领王伦和第二任大头领晁盖。

王伦是心地狭隘的形象符号，更为落第秀才、小人得志的写照。

王伦由此绰号为白衣秀士。白衣，有两解：一出自佛典，白衣，常作为居士别称；一为布衣百姓代号。宋时应试秀才，率用白衣，礼部知贡举诗，有"三百俊才衣似雪"之句。唐宋人多有以白衣称呼的，如唐末令狐绹执政，其子滈用事，人称为"白衣宰相"。何群性刚，同舍生目为"白衣御史"。北宋丁谓贬官珠崖，作诗有"且作白衣菩萨观，海边孤绝宝陀山"，等等。又宋元杂剧平话，常见有"白衣秀士"。北宋印行《大唐三藏取经诗话》有帮助唐僧取经以"白衣秀士"形象出现的"猴行者"。《西厢记》五本四折："夫人世不招白衣秀士，今日反欲罢亲，莫非理上不顺"；元马致远《岳阳楼》剧二："至如吕岩，当初是个白衣秀才、未遇书生"；《永乐大典》："龙王闻之大怒，扮着白衣秀士，入城中"（卷一三一三九）。

两宋确有王伦其人。

一是北宋王伦（？—1043）。此王伦系为山东反宋的一次武装斗争首领，"庆历三年（1043）五月，虎翼率王伦叛于沂州（山东临沂东南）。七月乙酉，获王伦"（《宋史·仁宗纪》）。据欧阳修说，这次暴动开始仅有几十人参与，但还是有声势的，"打劫沂、密、海、扬、泗、楚等州，邀呼官吏，公取器甲，横行淮海，如履无人。比至高邮军，已及二三百人，皆面刺'天降圣捷指挥'字号。其王伦仍衣黄衫"。"王伦号黄衣秀士，其实一军健耳"（《欧阳文忠集》卷九八）。王伦活动还见于《东都事略》《麈史》等书记载。此王伦起事，参与者不过二三百人，时间也仅两个月余，可是他公开亮出反宋的旗帜。《水浒》作者也因为他是个彻头彻尾的反叛宋王朝的好汉，在封建正统观是非伦理的丑角，由此易"黄衣秀士"为"白衣秀士"。盖"黄衣"是犯讳的，而"白衣"不仅是泛指布衣、平民百姓，且唐人传奇和宋元平话常见有妖精绰号叫"白衣秀士"的。

二是南宋初王伦（1084—1144）。此人也是山东人，出身无赖，曾三次充任和谈使者奉命赴金，参与和议与迎奉梓宫等事宜。王明清《挥麈录》说他，"家贫无行，不能治生，为商贾，好椎牛酤酒，往来京洛，放意自恣，浮沉俗间，亦以侠自任，周人之急。数犯法，幸免。闻士大夫之贤者，倾心事之"。此王伦为人倜傥，早年也浪迹江湖，似也可找到《水浒》王伦早期的影子。

摸着天杜迁

z 高大，但却无能

杜千其人，见《宣和遗事》："宋江告官给假，归家省亲。在路上撞着杜千、张岑两个，是旧时知识，在河次捕鱼为生。"他是宋江老朋友，也是由宋江亲笔开介绍信，上梁山参加晁盖集团的。

《宣和遗事》称杜千绰号摸着云。

摸着天乃是由摸着云嬗变而来，都是以喻杜千其人身材高大。据《后汉书·邓皇后纪》，称邓绥幼时，"尝梦扪天，荡荡正青，若有钟乳状，乃仰嗽饮之。以讯诸占梦，言尧梦攀天而上，汤梦及天而咶之，斯皆圣王之前占，吉不可言"。此处"扪"，唐李贤注："摸也。"

《水浒》改摸着云为摸着天，杜千为杜迁，其身段高大，仍是为了与《水浒》作者编造的宋万对衬。

云里金刚宋万

身材特别长大，可与金刚比肩

宋万此人不见于《宣和遗事》。

因为有个杜千（迁），于是作者创造了他，一千一万，且把他俩设计为两个身材特别的长人，真是相得益彰。

宋万绰号云里金刚。金刚，乃梵语。Vàjra（嚩曰罗或伐折罗）意译，意为"金中之精者"，俗称"金刚石"。《智度论》："不知破金刚因缘，故以为牢固。"《佛经》有《金刚经》，金刚寓意巨大，《金刚顶经疏》称："世间金刚有三种义：一、不可破坏；二、宝中之宝；三、战具中胜。"《大日经疏》称："执金刚杵，常侍卫佛，故曰金刚手。"《河图玉版》称："天立四极，有金刚力士，长三十丈。"隋遗臣郑颋谓王世充曰："闻佛有金刚不坏身，陛下真是也。"

唐宋佛教盛行，多有人即以"金刚"命名，以喻己身材魁梧。如隋末刘武周部将宋金刚，唐初与高力士同净身进宫的孙金刚；宋有卫士宋金刚（《建炎以来系年要录》卷二十二），瓦市相扑人朱金刚（《繁胜录》）。佛教东渐后中华民俗还以佛门四天王称为"四金刚"。

元明推崇天王，常于佛寺壁绘四天王图像，且在云端露头藏足，现半身者，俗称为云里金刚。

按，"云里"，也常见于元人杂剧。元杂剧《凤凰楼》有主角之一侠盗云守礼，"扶危济困，剪恶锄强"，且其武术高明，有飞檐走壁之特异本领，所以绰号称"云里手"（《车王府曲本菁华》）。此处"云里"也可为制造"云里金刚"绰号作佐证。

南宋初，有宋万其人，他是被陷伪齐的宋朝官员唐佐所招募的一个小军官，唐佐事泄被杀害，他也被捉拿（《建炎以来系年要录》卷五十九）。王利器以为此宋万，不一定是云里金刚宋万，但因此段事由必为当时所盛传。"施耐庵习闻其事，因而把宋万的名字撞入七十二小伙之数"（《耐雪堂集》）。此亦一说。

按，宋万名字，最早见自元人杂剧《九宫八卦阵》，第三折白有杜千、宋万两人，则宋万之名很难说是施耐庵首先发明的。

青面兽杨志

史传确有其人，但非杨令公之孙

　　杨志在《宣和遗事》里是着墨颇浓的好汉。在这里，一部宋江三十六人水泊梁山故事，就是从他运花石纲开始的，"先是朱勔运花石纲时分，差着杨志、李进义、林冲、王雄、花荣、柴进、张青、徐宁、李应、穆横、关胜、孙立十二人为指使，前往太湖等处，押人夫搬运花石。那十二人领了文字，结义为兄弟，誓有灾厄，各相救援。李进义等十名，运花石已到京城，只有杨志在颍州等候孙立不来，在彼处雪阻"。

　　杨志绰号"青面兽"。"青面"，指脸上青痣。史传有五代后梁名将冯行袭，"魁岸雄壮，面有青痣，当时目为'冯青面'"（《旧五代史》卷十五）。又，南宋李世辅（显忠）由金奔夏，"时有酋豪号青面夜叉者，久为夏国患，乃令显忠图之。请三千骑昼夜疾驰，奄至其帐，擒之以归"（《宋史·李显忠传》）。"青面"即出于此。又南宋初期，多有武装活跃于两河，"刘忠初聚兵于京东，号'花面兽'，其众皆戴白毡笠，又号白毡笠"（《三朝北盟汇编》卷一三四）。又元杂剧《昊天塔孟良盗骨》第二折有称"某氏花面兽岳胜是也"。此或许就是"青面兽"绰号由来的参照系。

此处"白毡笠",亦即杨志所戴范阳毡笠的根本。范阳毡笠,乃范阳(治今北京城西南隅)土产。宋高承《事物纪原》说:"本羌人首服,以羊毛为之,谓之毡帽,即今毡笠也。"当杨志过梁山时正值冬天,所以用"毡笠";在送生辰纲时为初夏,则戴的是"凉笠"。戴笠帽是杨志造像的一大道具。

杨志夸耀门第,说是杨令公之孙,此乃是一种功臣文化意识,其实姓杨未必就是杨令公子孙。据《宋史·杨业传》,杨业(?—986),子杨延昭(958—1014),孙杨文广(?—1074),世系清楚。据山西代州和原平的两部《杨氏家谱》,记有北宋末年的杨业四世孙杨震、杨畋,南宋初期的杨业五世孙杨存中。杨震曾参与讨伐江南方腊,且在三界镇俘获吕师囊;杨存中系抗金将领,后投靠秦桧门下。由此,杨志可以有此人,但与杨业无关。

杨志史传确有其人,但是否就和《水浒》杨志对上号,众说纷纭。据余嘉锡考证,除了宋江和建炎元年(1127)在兴州(今陕西略阳)造反称帝的"宋江余党"史斌(史进),其余诸人,含杨志,都是不可信的。但何心(陆澹安)说:"梁山英雄受招安后有下落的,只有杨志、关胜二人。"(《水浒研究》)

按,据《三朝北盟会编》,宣和四年(1122)童贯征辽,以杨志为先锋将,由于童贯指挥失误,前线诸军皆败,其中"杨志败于孟县",后又随种师中北援太原,至榆次,又败,种师中战死,杨志仍在前线坚持战斗。不久,杨志隶两河宣抚副使刘韐麾下,在山西寿阳作战获胜,并与贾琼从代州出敌人之背,联合五台山义军准备从北面反攻包围太原的金兵。此后就失去了文字记载，可能是战死了。

《水浒》的杨志，有可能借用此杨志名字，作为一个符号写进了《水浒》。但我们不能从史传的杨志说明他来自梁山水泊。

杨志在《水浒》颇有精彩的表现：一是京都天汉桥杀牛二；二是大名府东郭比武；三是黄泥冈失生辰纲。

天汉桥杀牛二事。其故事也出自《宣和遗事》，但杀恶少地点是在颍州（今安徽阜阳）。同类故事还见于元人《五代梁史平话》所说朱温伙伴刘文政故事，但刘文政是杀卖刀少年，因卖刀人出言不逊，侮辱了他；北宋笔记《铁围山丛谈》也记有赵光义（宋太宗）微服出行杀无赖遗刀事，可见宋元此类事多有，并传播广远。

东郭比武事。元杂剧《阀阅舞射搥丸记》有延寿马和葛监军射柳打毬以定何人真功冒功，或为此处张本。按，杨志周谨的兵器用毡片包，沾上石灰，以身上白点多少定输赢。此事所据典不详。据《汇书记》："成化末，刘千斤作乱，康都督募紫微山僧惠通剿之，僧直入贼营，谓千斤曰：'汝抗朝命，劳及老僧。今与汝约，各以毡裹兵器，醮灰试斗，身有白点多者为负，汝负则当面缚以降。'千斤许之。两人斗至暮，千斤衣污满，乃诣军门降。"是以或可佐证此为元明比武法。

没毛大虫牛二

没有皮毛的老虎，就是赖皮老虎

没毛大虫绰号若从咬文嚼字的角度理解，就是没有皮毛的老虎，就是赖皮老虎。

也有将"没毛"的"没"作"没收""侵没"解。"寄附隐藏，复加收没"（《南史·东昏侯纪》），如此，则"没毛大虫"，可解为连毛都要搜括的老虎。

"没毛大虫"这个绰号取得好，极写牛二的双重无赖行为。

京都天汉桥在开封府治东南一里许，正对大内御街，"石梁、石笋、楯栏及近桥两岸皆石壁，雕镂海马、水兽、飞云之状。桥下密排石柱。盖车驾御路也"（《宋东京考》）。在如此贴近府衙、御街的冲要，无赖牛二敢于飞扬跋扈，也可见当时京都社会秩序之一斑。

大名府留守梁中书

蔡京子弟骄横奢侈、贪赃枉法

唐于东都洛阳设有留守司。宋承袭唐制，于西京（治今河南洛阳）、南京（治今河南商丘南）和北京（治今河北大名东）均分别设有留守司。

北京大名府自是东京北门钥匙，但据乾隆《大名府志》，北宋在大名府做官的仅王祐、赵及、王舜举、陈尧佐等数人而已，而无见有梁某其人者。

按，蔡京婿无有梁中书讳世杰者。此处似为突出蔡京乱政、奸臣当道，故也炮制其子弟骄横奢侈、贪赃枉法之状，如蔡九知府、梁中书以及门客程万里等的所作所为是也。

大刀闻达

两宋武人使大刀者
多以绰号"大刀"为荣

宋代长兵器以枪为主体，兼也有长杆大刀。大刀，即大砍刀，它在隋唐战阵上所用的陌刀、长刀的基础上作了改进。"刀之小别，有笔刀，军中常用。其间健斗者，竞为异制以自表，故刀则有太平、定我、朝天、开阵、划阵、偏刀、车刀、匕首之名。掉则有两刃山字之制，要皆小异，故不悉出"（《武经总要》）。因为刀头可以有多种样式，颇见别致，由是两宋武人使大刀者多有以绰号"大刀"为荣。

据史传记载，见有：

（一）大刀魏胜。南宋初期在海州（今江苏连云港）抗金。魏胜，《宋史》卷三六八有传。

（二）徐大刀。"宋季盗起，募战士，为密州板桥左十将，勇于过人，挥巨刀，重五十斤，所向无前，人呼为徐大刀"（《金史·徐文传》）。

（三）陈大刀（《宋史·忠义·郑振传》）。

（四）苏大刀。"群盗"（《三朝北盟会编》卷一百三十七）。

（五）李大刀。韩世忠部后军将李义（《三朝北盟会编》卷一百二十八）。

（六）王大刀（《三朝北盟会编》卷二百三十）。

（七）郭大刀。叛将郭仲威（《三朝北盟会编》卷一百三十二）。

《水浒》诸人，绰号各异，唯取"大刀"绰号却有两人，即闻达和关胜也，此或也可为"大刀"之时髦佐证。

"闻达"，名字何来，语焉不详。

李天王李成

勇力绝伦，自取绰号

李成确有其人。

《金史·李成传》说李成其人，"勇力绝伦，能挽弓三百斤"。宋宣和初，试弓手拉硬弓，李成名列"异等"；曾任淮南招捉使。后李成聚众为盗，钞掠江南。绍兴元年（1131），宋出兵破之，李成遂归降伪齐。

李成手器是双刀。宋将刘光世追讨李成，获其所持提刀。宋高宗赵构曾见过这两柄刀，他说："昨于光世处，取得李成所用提刀来看，其刀重七斤，成能左右手轮弄两刀，所向无前。惜也，成惑于陶先生邪说，臣节不忠，朕不得用之"（《三朝北盟会编》卷一百一十八引汪伯彦《时政记》）。

李成的绰号乃是他自己取的"李天王"。"时贼首李成自呼李天王，并马进、商元等，共提兵三十万，占据淮西淮南数州屯踞，往来劫掠，朝廷差张俊充两淮招讨使，统军十万，与成相拒"（《三朝北盟会编》卷二百七引《岳侯传》）。

《水浒》的李天王李成，也手舞双刀，显然是借用了这个出身弓手、反复无常的宋叛将李成的全套名讳、绰号和手器。

急先锋索超

行军出师，其锋必先

索超事迹，最初见于《宣和遗事》，其中的索超，缺乏身份，只是在酒店饮酒时偶遇宋江，"是时，索超道：小人做了几项歹事勾当，不得已而落草"。是宋江亲笔写了介绍信，让他们上梁山找晁盖哥哥入伙的。

索超绰号急先锋。这个绰号出自何意，龚圣与赞有："行军出师，其锋必先，汝勿锐进，天兵在前。"即索超常任先锋；先锋者贵在神速，并非因脾气急躁而取此绰号。

按，以"先锋"为绰号，当出自五代后唐将史建塘故事，"父建塘，事庄宗为先锋将，敌人畏之，谓之史先锋"（《旧五代史·史匡翰传》）。

索超手器为金蘸大斧，极写宋人兵器特色。按，斧本同钺，商周时期就有斧钺，主要用作仪仗、装饰和刑具，也兼用作战场劈杀器。唐代军中已常用长斧为兵器。北宋对于斧器加以改进，竟由通常的长斧演变为多种作为的兵器斧，如宣化斧、凤头斧、开山斧、大斧和金蘸斧。模式大同小异。盖两宋时期北方的契丹、西夏和女真，惯以骑兵为主攻，驰骋沙场，而长斧功能之一就是便于破马足。

美髯公朱仝

长髯郁然，美哉丰姿

美髯公朱仝是写进九天玄女娘娘给宋江的那本天书的，可是《宣和遗事》里却没有事迹。后来龚圣与赞："长髯郁然，美哉丰姿，忍使尺宅，而见赤眉。"对他长得一口胡子大加赞赏。古代男子是很讲究胡子的，胡子显示了阳刚之气。胡子长得好就为旁人艳羡。

朱仝绰号美髯公。美髯公，典出《三国志·蜀书·关羽传》，"羽美须髯"。元人杂剧多誉称关羽为"美髯公"，如《隔江斗智》："美髯公威震江东，整精兵准备交锋。"

朱仝名讳，不见于史传，或系有绰号"美髯公"，再发明"朱仝"了的。

《水浒》写足朱仝的义气。他是传统文化圈里关羽之俦，也是完人。

朱仝为县都头，乃是差役的领班。按，都头，始设于唐。唐置神策军五十二都，每都置帅，谓之都头。景福二年（893），以扈跸都头曹诚为黔中节度使，耀德都头李铤为镇海军节度使，宣威都头孙唯晟为荆南节度使，捧日都头陈佩为岭南东道节度使，足见都头阶位之高。唐末钱镠置十三都，设都头，即循其制。但宋将都头贬为县吏，它也是沿历朝旧俗，即新王朝为贬旧王朝，多有以旧朝所设的高官阶位贬为本朝吏员的，如唐五代设都虞候为一二品大员，而宋却将此名用为官员的跟班。

插翅虎雷横

如虎插翅，更见雄奇

《宣和遗事》有插翅虎雷横，龚圣与《宋江三十六赞》："飞而食肉，有此雄奇。生入玉关，岂伤令姿。"按，宋元平话杂剧中，好汉高超武艺的典型形容词是"如虎插翅"。此当是当时流行术语，而后嬗变为绰号的。

与"插翅"诨号相似的，如《说郛》所录《五代新话·武略》："周韩大将军果，有勇略，破稽胡，胡惮其劲健，号为'著翅人'。太祖曰：'著翅之名，宁减飞将。'"可见勇武之将，有用"著（生）翅"为绰号。

明中期出现的《封神》，也许受"插翅""著翅"影响，创造了两个两胁生翅的勇士，一个是雷震子，一个是辛环。后来"封神"时的"雷公"，已是雷横的后辈了。

托塔天王晁盖

梁山第二任大头领，开拓山寨通路

晁盖是梁山泊第二任大头领，是他为山寨兴旺发达打下了牢固的基础，开拓了道路，容纳了来自五湖四海的各路人马。

晁盖绰号托塔天王。《宣和遗事》原为"铁天王"。在九天玄女娘娘编的那册天书里，他是天罡院三十六员猛将中名列最后的一员。因而龚圣与的赞也是写在压轴处："毗沙天人，证紫金躯，顽铁铸汝，亦出洪炉。"

毗沙，即梵语毗沙门，为佛教四大天王中的北方多闻天王（毗沙门天王）。唐玄宗时，不空和尚奉命作法救援安西获得报应。李隆基遂令全国各州城西北设天王形象，"诸道州府城西北及营寨亦设其像"，寺院亦然，宋代大盛，在诸军寨均建有天王堂。自唐宋以来，崇拜天王之风，经久不衰，且渐汉化。据俞樾《茶香室三钞》说，隋唐名画师多以绘天王为荣，如展子虔《授塔天王图》、吴道子《请塔天王图》、范琼《降塔天王图》。此间之塔天王即是汉化造像。

其中又以吴道子作品最为著名。

据宋董逌《广川画跋》记述：有人将唐吴道子所绘北天王画像送来给他观赏。他一语道穿：这是假的。此人不信。董逌说：

我曾从皇家所藏典籍里，知道四天王所执持手器，都是有因有果的。北天王毗沙门，曾经因为战斗失败，三次躲匿在塔里，方才得以免难。北天王因塔庇护感恩不尽，为了报答，就将塔用作手器。画家也就以此为据，塑造了持塔的毗沙门天王形象。天王持塔，已成为定型，是不能随便揉作的。现在此画却绘了朵朵云彩，不见宝塔，显然不是吴道子作品。

这就是中国化的托塔天王。

两宋更加敬奉毗沙门天王，地方建天王寺，甚至兵营、牢狱设天王堂。由是晁盖绰号托塔天王（铁天王），是迎合时代风云色彩的。当时以"天王"为绰号者确有人在。"天王"满天飞。就像近年所发明的、以嫂命名的"空嫂""地嫂""商嫂"……嫂嫂满街走。

晁盖颇为得意的，也即《宣和遗事》着墨最浓的，就是智取生辰纲。只是参加晁盖为首集团的其他成员为吴加亮（吴用）、刘唐、秦明、阮进（阮小二）、阮通（阮小五）、阮小七、燕青；而护送十万金贯生辰纲的是县尉马安国，此人名不见经传；也是由北京留守梁师宝（梁世杰）为蔡太师（蔡京）上寿的。看来生辰纲确有其事，当时大小官员仰仗权势做生日，收红包，捞回扣，聚财生财发财，是大有所在的。

《宣和遗事》说晁盖是郓城石碣村人，《水浒》改为东溪村人。近年有人调查说他是郓城晁庄人，且说今晁庄有一百余户，全系晁姓，自称为晁盖后人。《晁氏宗谱》（乾隆四十年，1716）

还记有九世祖"晁盍"，说即是晁盖，因其造反，砍头入谱云云。此说当属附会。《水浒》晁盖毕竟是小说人物，是很难对号入座的。

据《宣和遗事》，晁盖等人是在南洛县五花营劫了生辰纲上太行山梁山泺落草为寇的；和他们同赴的还有杨志、李进义等曾押运花石纲的十二个指使。后来宋江杀惜，也是上太行山，同书称"宋江为此，只得带领朱仝、雷横并李逵、戴宗、李海等九人，直奔梁山泺上，寻那哥哥晁盖。及到梁山泺上时分，晁盖已死"。

晁盖等人是在太行山梁山泺聚义的。

梁山泺在山西，非山东梁山。参见宋江篇。

因而，也有所谓相传，说是晁盖等人在取生辰纲后，来到附近司里山落草。司里山在梁山水泊（东平湖）西岸，梁山北，原名刺梁山。晁盖等在山上崇明寺营造山寨，建起了第一座聚义厅。至今尚存演武场、旗杆座、粮仓、码头等遗迹。凡此情事，在二十世纪七十年代中期突然披露，说得风风火火。

晁盖开创了梁山事业，但他本人却没有被写进天降石碣，这是《宣和遗事》早已判定了的，这件事，大概同宋江无关。

赤发鬼刘唐

植发如竿，长腿善走

赤发鬼刘唐是《宣和遗事》晁盖取生辰纲的原班人马。

《宣和遗事》虽然写了两个"纲"，但说李进义等十一个指使是为了救杨志而走上太行山梁山泺；而写生辰纲却是直接劫蔡太师不义之财。它也是只反奸臣。

刘唐绰号赤发鬼，赤发，红头发。《梦粱录》记角抵有赤毛朱超其人。按，东汉张衡《西京赋》，"朱鬐鬤髻，植发如竿"。即为"赤发""赤毛"说源由。

《西游记》有赤身鬼（枫树精）。

但龚圣与赞却改"赤发鬼"为"尺八腿"，并有赞："将军下短，贵称侯王，汝岂非夫，腿尺八长？"由面颜头发换作腿肢，以示刘唐身材特征为长腿善走。盖在元人杂剧里，刘唐形象尚未定型，见《都孔目风雨还牢末》，他与史进还被说成是东平府差役。

刘唐史传记有其姓名。至和二年（1055）七月十一日，"以博州民蒋宪为三班奉职京东西路安抚司指使，仍就赐笏。以告获京东剧贼刘唐等五人，特录之"（《宋会要辑稿》第一百七十七册兵十一）。此刘唐与劫生辰纲刘唐无关，但将他名字作为符号借用却是有可能的。

智多星吴用

天上一颗天机星

人间半个诸葛亮

吴用绰号智多星。"智多星"，典出不详，也有称出自北朝《周大将军闻喜公柳遐墓志铭》："智士石坼，贤人星殒。"

"智多星"的"智多"，还可能源自"多智"，"智多"即"多智"。常见的"为人多智""此人多智"，而鲜见有称"智多"的，由此再加上道教赋予吴用本命星的"天机星"的"星"。

吴用是《宣和遗事》三十六人、《水浒》一百单八个绰号群里的唯一带有"星"字号的非常角色。

吴用大名出场不早，真所谓姗姗来迟。

吴用，《宣和遗事》作"吴加亮"，此处"加亮"的"亮"，即与传统文化圈里的诸葛亮的"亮"是灵犀相通的，即此"亮"就是彼"亮"也。龚圣与《宋江三十六赞》作"智多星吴学究"，并有赞："古人用智，义国安民。惜哉所予，酒色粗人。""学究"不是名字，而是身份。

按，学究，源出于唐代科举制度。唐科举制，有进士、明经等级，其中明经，又可分为五经、三经、二经和学究一经。经，乃是指儒家的经书，五经就是《易》《诗》《书》《礼》和《春秋》；

"学究一经"，即表示已学通一部经书，可以参加考试的读书人。据《谷山笔麈》，宋神宗时曾改革科举制度，将取中的文人列为五等：第一、第二等"赐进士及第"，第三等"赐进士出身"，第四等"赐同进士出身"，第五等"赐同学究出身"。民间由此戏称那些没有功名的读书人为学究。

吴用名字始见于《水浒》相近时期的明人杂剧《梁山七虎闹铜台》。聂绀弩据此认为，"'吴用'是《水浒》的标志。《水浒》以前，或作'吴学究'，或作'吴加亮'，没有作'吴用'的"。

吴用，有时也被人尊称为"教授"。这点明他是教书的小知识分子。宋人话本《西山一窟鬼》，有吴洪此人，"在今时州桥下开一个小小学堂度日"，人称为"吴教授"。

立地太岁阮小二

致祸之速，一饭之间，可以得报

《宣和遗事》绰号"立地太岁"的是阮通，即阮小五。后来龚圣与写《宋江三十六赞》，才开始将《宣和遗事》的阮进改为阮小二，但仍循《宣和遗事》说的"短命二郎阮小二"。明初周宪王《诚斋乐府》改为"莽二郎阮进"。直到《水浒》定本出现时，此"立地太岁"绰号始归于阮小二名下。

阮小二的名字和绰号，由宋元到明，走了一二百年。它也正从某个角度反映《水浒》成书的过程。

阮氏三兄弟的绰号，都是当时民间畏敬的凶神、恶神名讳。近人杨荫深乃以阮小二之立地太岁为"生神"、阮小五之短命二郎为"生死之神"和阮小七之活阎罗为"死神"，也是一说（《混号分类表》，上海《万象》第 1 年 9 期，1942）。

太岁，初见自东汉王充《论衡·难岁篇》："工技之说，移徙抵太岁凶，负太岁亦凶。"

按，太岁，本是木星。太岁是旧历纪年所用值岁干支的别名，所以也有方位，且由此产生了种种牵强附会的传说。见于史传，在北魏道武帝时已立有"神岁十二"专祠（即按干支的十二个太岁神）。明洪武七年（1374）始，"令仲春秋上旬择日祭太岁"(《春明梦余录》)。

"立地",本乃宋元时俗语,通刻为"立刻""立即",如元杂剧《谢天香》,"立地刚一饭间,心战勾两炊时";《伲梅香》,"倘或我风火性,夫人知道呵,教你立地有祸"。此也反映于宋人绰号,如《宋史·吴时传》,"敏于为文,未尝属稿,落笔已就,人称为'立地书府'";宋陈鹄《耆旧续闻》,"开封府府吏冯元者,奸巧通结权贵,号为'立地京兆尹'"。

由此与"太岁"合成,那就是"立地太岁"。

"立地太岁"是绰号,比喻雷厉风行、立刻就能呈祸显患的凶神。

因此,清程穆衡解说是,"立地太岁,太岁乃凶煞,触之者必死,每年转一方。今日立地,则不转者矣,言欲避之而无可避也"(《水浒传注略》)。王利器也认为取绰号为立地太岁,"有太岁头上动不得土之说。当年太岁在某方,若是在那方去动土,就要立地遭受祸殃。立地言其致祸之速"(《耐雪堂集》)。诸说意同。当是。

名字是一种符号,在封建社会有时也反映出阶层的贵贱。梁山好汉一百单八,留下的名字最具有贱民色彩的就是阮氏三兄弟。

宋元小民取名多采取数字排行或数字变换而定位。见宋洪迈《夷坚志》所记录下层社会人名:如兴国军民熊二、鄱阳城民刘十二、南城田夫周三、鄱阳小民隗六、符离人从四、楚州山阳县渔者尹二、解州安邑池西乡民梁小二、临川人董小七、徽州婺源民张四、黄州市民李十六、鄱阳乡民郑小五、金华孝顺镇农民陈二。这种取名方式分布面广及今江西、安徽、江苏、浙江、山西和湖北等若干地区，人员且多系乡村体力劳动者。

元代更甚，当时政府法令规定，凡小民取名只能以数字；数字可排行，还增加了以家族、家庭成员年龄增减的数字的命名。俞樾《春在堂随笔》卷五记称，徐诚庵对他说：曾经看见蔡氏家谱，有前辈老人书写的一行小字："元制：庶民无职者，不许取名，止以行第及父母年齿合计为名。"萧遥天佐证，"我曾查族谱世系，入元后诸上代皆以数目字命名，明后始有典雅的名讳"（《中国人名的研究》）。

阮小二哥儿们是宋时人，当时还未如元季对庶民取名的严格规定。我想他们的取名是因祖居石碣村，打渔一生蓼儿洼，封闭圈圈里名字使用圈小的缘故。

短命二郎阮小五

恶力与人缩命，触犯得丧命

《宣和遗事》的阮小五，又名阮通，他的绰号是"立地太岁"。龚圣与《宋江三十六赞》同。《水浒》定本后，阮小五才和哥哥阮小二（阮进）的绰号"短命二郎"作了置换。换的原因，诸说不一，通常的一种说法是，他在阮氏三雄中排行第二，称之为"短命二郎"也切合行第。

但《水浒》吴用到石碣村寻三阮兄弟，他称阮小二为"二郎"、阮小五为"五郎"、阮小七为"七郎"（第十五回），可见日常友朋称呼，并非因排行第二称"二郎"，第五称"五郎"的。因而在二十世纪七十年代应运而生，流传于梁山附近的传说云，阮氏兄弟原有七人，名字从小一到小七，在一次革命斗争中，小一、小三、小四、小六都战死了。此说作为弥合，未尝不可；如把它作为一件史事，像是有真人真事的，却又是添足了。

《水浒》作者将"短命二郎"绰号换给阮小五，似乎没有考虑到它的特殊含义。

龚圣与《宋江三十六赞》为"短命二郎"所作赞语是："灌口少年，短命无益？曷不监之，清源庙食。"可见，按龚圣与解说，此处绰号之"二郎"，就是指道教神话圈里的灌口二郎神是也。

宋元时期，灌口二郎神极为走红，因为皇帝和诸大臣信奉道教。他已从四川走出，面向全国。

二郎神可是中华特产，非舶来品。

通常称二郎神是秦治水专家李冰的次子，即李二郎其人，因而清云山闲人《闲读偶记》将阮小五的绰号由来，上溯为李冰次子。传说他治理岷江，以身堵住堤坝决口而殉职。李冰说："二郎宜其短命。"由此而构建此绰号。

但龚圣与所奉的二郎神，却是两宋时出现的另一位二郎神，即隋四川嘉州太守赵昱。赵昱后隐居青城山，拜道士为师，从入水斩蛟，为民除害，受到供奉。北宋真宗时，还被封为清源妙道真君，并在东京开封等地立庙祭祀。宋室南渡，在江南也多出现清源真君庙。"二郎神，即清源真君，在官巷（杭州城内）。旧志云：东京有祠，隋朝立之"（吴自牧《梦粱录》卷十四）。

由于赵昱是二郎神，今存元明杂剧《二郎神醉射锁魔镜》《二郎神锁齐天大圣》和《灌口二郎神斩健蛟》中的二郎神，都是赵昱。

赵昱称为二郎神，也因为他前有老哥，排行第二。

"短命"，在元明杂剧平话圈里，本系俗语，用作怨恨对方负情薄义的詈词。清曾庆笃《水浒撷萃》由此认为，"短命二郎"就是能使他人短命。短命，即人为地缩短寿命。杨芷华教授也以为"短命二郎的短命应解作冤家对头，触犯就要丧命"（《水浒语词词典》）。当是。

阮小五死于征战方腊之役。但清初陈忱《水浒后传》却作阮小五打渔杀家。还有一说是阮小五在参与征战方腊，生还石碣村后，"就住在山西石碣村，因打了抢鱼夺船的渔霸，为官府缉捕，藏在老虎洞中"。所谓"老虎洞"，相传在梁山北三十里的腊山有一个天然石洞，高二米，面积二十余平方米，可容数十人。此说实无所据。按：阮小五其人及其南征方腊后归乡事，本系小说家言，根本难与信史对号，现竟然附会故事，像煞是真有其人其事。其实，它只是一种随《水浒》应运而生的文化现象而已。

活阎罗阮小七

主宰人生，民众敬畏，寄以希望

阮小七绰号活阎罗，始见于《宣和遗事》，他和两位兄长，都参与了晁盖为首、吴用为副的劫生辰纲集团。

龚圣与就其绰号，有赞说："地下阎罗，追魂摄魄，今其活矣！名喝太伯。"

也就是说，阮小七是能主宰人的生死的地上"阎罗"。

阎罗，梵文 Yarnarājā "阎魔罗阇"略称，原意为"地狱的统治者"或"幽冥界之王"。本自印度古代神话。佛教沿用其说，称为管理地狱之魔王。此处"活阎罗"，乃是佛教东渐而衍生的中国化阎罗。就像唐宋时颇见风行的中华面孔阎罗，如隋将韩擒虎、唐宰相杜黄裳，宋名臣范仲淹、寇准、包拯、蔡襄和江万里。生则为人杰，死做阎罗王。此处宋朝炮制的阎罗王最多，或由此佐证此时流行阎罗风。

见于此因，宋人亦有称"阎罗"为代号者。宋末内侍董安臣弄权纳贿，人称"董阎罗"。另有"有裨将李贵过城下，号李阎罗"（宋王禹锡《海上三仙传》）。

阮小七绰号，正说明民间也有这种文化思维。在民间，阎罗王的权力和声威被说成极为显赫。在道教诸神等级排位序次中，阎罗王比二郎神，甚至是太岁神都要低些，但他因职掌人之生死和富贵荣华，所以也最为民众敬畏，且寄以无限的希望。

金圣叹评阮小七是上上人物，看来他是最能看穿红尘滚滚、江海涛涛的好汉，拿得起，放得下。阮小七辞官重归故里石碣村，打渔为生，由是后世以小说续小说，写下了阮小七的最后一幕。

今传山东梁山石庙村，即当年石碣村，此村东濒东平湖（即梁山水泊部分），附近多有涝洼沼泽，芦苇丛生，柳树成荫。石庙村如今有三百多户人家，其中有百余户姓阮，且自认为是阮氏三雄的后裔。

因为有阮小七回家，后人遂多续笔，以结末了。始有清初陈忱《水浒后传》，但此书作"阮小五"。后移植为京剧《庆顶珠》。清末民初，又为地方剧种晋剧、豫剧、越调（月调）、山东梆子、莱芜梆子、徽剧、绍兴大班、楚剧、桂剧等移植，均定名为《打渔杀家》。1940年拍摄为影剧（胡春冰编剧，陈铿然导演，路明、蒋君超等主演）。抗战时期，田汉据剧情改编为长江汉水渔民抗金故事的《江汉渔歌》（改良京剧）。改写为现代中篇小说的，是刘盛亚《水浒外传》（1947年10月上海怀远文化社出版），内容是阮小七和孙新、顾大嫂夫妻在辞官后，回到石碣村开酒店。阮改姓名为萧恩，并以女桂英婚配花逢春（花荣子）。花逢春以庆顶珠为聘。正好此时金兵占领了济州，大肆抄掠，强行征赋，萧恩带头反抗，花逢春为济州金将占罕逮捕，萧桂英为救花逢春，嫁与占罕。花逢春与孙新等约定登云山、饮马川的邹渊联合行动，决意一打石碣，二打济州，恢复梁山，谁知此时萧桂英毒死了占罕，自己也自杀了。全书将水泊人物，写得儿女情长，有所离题，但序诗石碣村却蕴含梁山气魄："水泊兵多将又广，替天行道忠义堂。来时一百零八将，去时五十单四双；只因奸佞误国是，便教金兵入汴梁。天罡地煞蓼儿荡，流水落花恨转长。"

入云龙公孙胜

云龙风虎，道行正宗

《宣和遗事》有入云龙公孙胜，虽名字绰号齐全，却未留下点滴事迹；所称晁盖等八人劫生辰纲，也无公孙胜参与。后来龚圣与写《宋江三十六赞》也没有列公孙胜，以致元人杂剧有关涉及梁山故事的，也无公孙胜其人。早先的公孙胜为何种人，何种身份，何路人马，不清楚。

宋元时道教盛行，小说平话无不受到道教文化的影响。此成为制造公孙胜道士造型。盖《宣和遗事》缺道士也。由是《水浒》定型，即收录公孙胜名讳。据明李开先《宝剑记》："下官公孙胜是也，官拜参军之职，因梁山草寇作乱，朝廷差我催督各路粮草，因过沧州，救了兄弟林冲性命。"由此，疑在武定本前《水浒》还有一部平话本，书中公孙胜还保持世俗身份，尚未披上道袍。此后《水浒》中的公孙胜就是道家弟子，且是梁山头领里的正宗道士，座次名列第四，属于山寨的高层领导核心圈。

公孙胜绰号入云龙，疑典出自《易经·乾》："云从龙，风从虎，圣人作而万物者见。"唐杜光庭《虬髯客传》，虬髯客说："圣贤起陆之渐，际会如期，虎啸风生，龙腾云萃，固当然也。"正是这一写真。此中云龙风虎，比喻为时势的际会，英才的荟萃。它在元明杂剧也时有出现，如罗贯中杂剧《宋太祖龙虎风云会》。

又，"云龙"，还时见于宋元人笔记，如宋张齐贤《洛阳搢绅旧闻记》。"时太祖（赵匡胤）潜龙，握天下兵柄，留沈相门下，遂成鱼水云龙之契焉"（卷五《白中令知人》）。陆游诗稿"往者祸乱初，氛祲干泰宁，岂无卧云龙，一起奔风霆"（卷九《赵将军》）。宋叶梦得《石林燕语》称茶叶之精品为"密云龙"，元人《武林旧事》称杭州南山路法雨寺，旧名"水心"，又改"云龙"。

公孙胜是道士，《水浒》为他配的手器是剑。即美其名的松纹古定剑，又称古定剑、松纹剑。沈括《梦溪笔谈》说，古代的鱼肠剑，就是这时的蟠钢剑，俗称松纹剑。盖剑身背布满痕迹，有似松纹。因剑把头形成定胜形状，俗称古定剑。它是一种护身短剑。宋元禁民间收藏兵器，但道士可携带，用作驱鬼捉妖请神的法器。大概就此配备给公孙胜专用了的。

公孙胜用这把剑只出过两次威风，其中一次是在石碣村芦苇荡里作法驾风烧船。它也不是公孙胜新发明，而是借自诸葛亮，参见《三国志平话》："后说军师度量众军到夏口，诸葛上台，望见西北火起。却说诸葛披着黄衣，披头跣足，左手提剑，叩牙作法，其风大发。"

白日鼠白胜

光天化日之下不畏人、不畏猫决非鬼与贼可比拟也

《宣和遗事》无白胜其人，他是后来《水浒》成书后始出现的。

《水浒》介绍白胜原是"闲汉"。闲汉，可以解释是无业游民，农村中的二流子；此人大概敢于在光天化日之下，明目张胆地偷物，所以得了一个"白日鼠"的绰号。

"白日鼠"绰号源于"白日鬼""白日贼"。

"浙江号贼曰'白日鬼'"（宋刘跂《暇日记》）。"又有卖买物货，以伪易真，至以纸为衣，铜铅为金银，土木为香药，变换如神，谓之'白日贼'"（《武林旧事》）。

曲家源认为："'白日鼠'由白日鬼、白日贼变来。宋时称白日进行窃骗的贼为'白日鬼'。""在这里用'鼠'字代替'鬼'字，既保留了这个绰号的原意，又避免了重复因袭之嫌。"此说当是。但我意以"白日鼠"为绰号，较其他更见有涵量。盖白日之鼠，不畏人，不畏猫，能肆无忌惮，成群结队东窜西奔，决非鬼与贼可比拟也，由此写出白胜的胆略。

白胜是小说人物，但今人也有把山东郓城黄堆集白垓村，附会为白胜所居安乐村。按，宋时郓城地区有否白姓聚居，语焉不

详。但白姓应望出湖北，春秋末期楚国贵族芈胜，因封于白，后世称他是白公胜。白胜，也许是《水浒》白胜名字来源。

白胜的名声响当当。察其所因，是靠了他在黄泥冈上所唱的一首歌："赤日炎炎似火烧，野田禾稻半枯焦，农夫心内如汤煮，公子王孙把扇摇。"

这首歌的作者语焉不详，但也无妨，重要的是谁拉起喉咙充歌星，就可以捞到首发版权，它也自有追星族。1920年，北京大学教授陈独秀在为上海亚东图书馆出版的新式标点《水浒》所作的《新序》，起首就说"赤日炎炎似火烧""这四句诗就是施耐庵做《水浒传》的本旨"。始作为俑，尔后多有人认定此说。

因唱一首歌而成名，综览一部百回《水浒》，非白胜莫属。

也有好事者称白胜是这首歌作者，不对。清褚人穫《坚瓠二集》将它列为山歌。我怀疑它还是吴歌。"吴人耕作，或舟行之劳，多讴歌以自遣，名唱山歌"（《水东日记》）。且白胜所唱歌中有"野田禾稻"，本乃南方特产，何来北方栽种。盖北宋郓城、寿张等地所产主粮是麦和玉米。

操刀鬼曹正

屠宰总管，不能有缺

操刀鬼绰号取自曹操捉刀故事。清程穆衡称，"操刀鬼，此用床头捉刀事，从曹姓生义"（《水浒传注略》）。当是。

曹操捉刀故事，见《世说新语·容止》：有一次，魏王曹操会见匈奴使节，但他自感相貌丑陋，于是命崔琰扮作魏王去会匈奴使节，他自己则"捉刀立床头"（侍立于崔琰的座榻旁）。事后，曹操派人问匈奴使节："魏王如何？"匈奴使节答曰："魏王雅望非常。但魏王身旁的侍立者，此乃英雄也。"曹操听说后，即派兵追杀这位匈奴使节。后因称顶替人做事为"捉刀"。

因为出自"曹操捉刀"，即取名为曹正。

按，操刀，解为"曹操捉刀"；也可作"持刀"解。贾谊《陈政事疏》说："黄帝曰：日中必熭，操刀必割。"（《贾谊集》）

此处定位曹正为屠宰世家，是为梁山泊哥儿们安排的屠宰牛马猪羊牲口的大总管张本。

曹正堪称为挑筋剔骨的高级技师。由他的技术，可证两宋已有高水平屠宰工艺。当时屠宰已由单纯的原料粗加工转入到原料细加工，有如曹正杀的好牲口，挑筋剔骨，开剥推枰，能将牲畜胴体按筋肉组织与骨骼布局的不同，有机地分割为多块。时人所记南宋临安肉铺："案前操刀者五七人，主顾从便索唤刲切。且如猪肉名件，或细抹落索儿精、钝刀丁头肉、条撺精、窜燥子肉、烧猪煎肝肉、膂肉、庵蔗肉；骨头亦有数名件，曰双条骨、三层骨、浮筋骨、脊龈骨、球杖骨、苏骨、寸金骨、棒子、蹄子、脑头大骨等。肉市上纷纷，卖者听其分寸，略无错误。"（吴自牧《梦粱录》卷十六）

金眼虎邓龙

僧人还俗，化为强盗

金眼虎邓龙，二龙山宝珠寺强盗。

按，邓龙，史有其人。《三国志·吴书·周瑜传》称，汉建安十一年（206），刘表所署"江夏太守黄祖遣将邓龙将兵数千人入柴桑（今江西九江），瑜追讨击，生虏龙送吴"。

是为"邓龙"出典。

宋元平话杂剧中以"龙虎豹彪"取作单名者有之，如"张龙赵虎"；但此时或此前诸史、笔记中取此类字作单名者鲜有。盖以此类字为名，颇为士大夫不屑，故作者于此捡拾，实也不易，而用之《水浒》一家草莽最为契合，由此亦可见运用名字的一番苦心。

又，邓龙系宝珠寺住持还俗，所以京剧《二龙山》塑造其形象，仍为和尚打扮，且以"金眼"绘其脸谱，作造像特征，嬗化原绰号"金眼虎"为"金眼和尚"。

呼保义及时雨宋江

梁山第三任首领，任重道远

宋江是梁山最后一任首领。

他任期最长。在他任内，梁山事业更壮大。但却是"招安"了。

元人杂剧平话对宋江多加包装，别出一裁，就是绰号也有两个：一个叫"呼保义"，那是刻上天降石碣的，是宋江上梁山后叫出来的，堪算是正宗；另一个叫"及时雨"，那是天下哥儿们叫出来的，从知名度和大众氛围使用价值，它要比"呼保义"来得响亮。大概因为"呼保义"出自《宣和遗事》的原始记录，后人说书写书不易抹去，就沿袭下来了。

对于"呼保义"，说起来实在有点费解。

有人据元末龚圣与《宋江三十六赞并序》："不假称王，而呼保义，岂若狂卓，专犯忌讳！"说他是蕴含仁义，所谓"保守江湖义气"。

也有人认为"保义"源自宋代小武官"保义郎"，如余嘉锡教授说，"宋江以此为号，盖合其武勇可为使臣云尔，呼者自呼之简词，殆亦当时俗语，曰呼保义者，明其非真保义也"。

还有认为宋江并无称王图霸意，如王利器教授说，宋江造反招安的目的，是为了捞上个芝麻官保义郎。

且不说他。宋江等聚事梁山，确与通常草莽英雄自立王朝，分庭抗礼有不同处：一他们从不称王封官，只是呼头领，头领者，即今日"领导人"是也；从未立官爵。二他们只是"替天行道"，"天"者，皇帝也，"替天"，也只是代皇帝扫清奸邪而已；三是攻城陷地，也是得而不守。普天之下，莫非王土。它们是不抢宋天子的土地的。

因此，呼保义，通常只用在正式礼仪上，如忠义堂前那面"山东呼保义"的旗帜；它的书卷气太重，基层多不相识。

而风行于市俗社会的，还是意明言清的"及时雨"。说到"及时雨"，它虽没有写进石碣，但在民间不胫而走千里。农耕社会民以食为天，五谷丰登，就得仰仗风调雨顺，雨露滋润禾苗壮。山东苦干旱，更需要及时雨。"及时雨"，见唐刘肃《大唐新语》记员半千对唐高宗李治问兵书事，在谈及天阵时说，"夫师出以义，有若时雨，则天利，此天阵也"。"时雨"即"及时雨"意。

《宣和遗事》中宋江绰号为呼保义，却不见有"及时雨"。但元人杂剧在称"呼保义"（《争报恩五虎下山》）、"顺天呼保义"（《同乐院燕青博鱼》）的同时，已出现称"及时雨"的，如高文秀《黑旋风双献功》有"某姓宋名江字公明，绰号及时雨是也"；《都孔目风雨还牢末》有刘唐说，"俺一同到牢中救了李孔目，同上梁山见及时雨去来"。

无论是"及时雨"或"呼保义"，都没有僭越意识，也不见蕴含草头王色彩。

宋江是《水浒》和《水浒》蓝图《宣和遗事》的梁山主角，但宋江字公明，排行第三，称黑宋江，孝义黑三郎，乃是元人杂剧创作。这在梁山好汉群也是罕有的。

取宋江字公明，有称"公明"两字出自宋太宗所定戒石所刻"公生明，廉生威"。按，公明，明初于地方官衙所立戒石上亦刻有此字。"明高皇则命立于甬道，面镌'公生明'三字，以为守令警戒"（《坚瓠三集·戒石铭》）。

《水浒》宋江定格为押司职业。押司为宋州县官署办理案牍的属吏，不定员，可设有多人，即无品位的吏员。《青箱杂记》："南方谓押司录事为录公"（卷一），所以元杂剧《双献功》称宋江为"郓城县把笔司吏"。明《警世通言》，"我日里兀自见押司着了皂衫，袖着文字归来"（卷十三）。《水浒》十八回，何涛又问道："今日县里不知那个押司直日。"可见押司乃穿里衣（不得穿红色低级官员服），与差役同有"直日"，乃值班常设人员。押司没有功名，乃是因说字作文的雇员。

宋江在历史上确有其人的。

约在宣和元年（1119）十二月，宋江等已起事于河北，被称为"河北剧贼"。当时宋王朝曾下诏招安，未成。宋江继续战斗，经常出没在青州（今属山东）、济州（今山东济宁）、濮州（今河南濮阳）、郓州（今山东郓城）等地区，因此又被呼为"京东贼"。次年冬，方腊在浙西起事，也就在此同时，"宋江寇京东。（侯）蒙上书言：'江以三十六人横行河朔，官军数万，无敢抗者，其才必过人'"（《东都事略》）。侯蒙提出要招降宋江。宋江等这时正在郓州活动，传说宋江在梁山水泊驻扎，可能也是这个时期。皇帝任命侯蒙出任东平知府。但侯蒙未及赴任即病死。不久宋江军南下，"啸聚亡命，剽掠山东，一路州县大震，吏多避匿"（张守《毗陵集》）。但在途经沂州（今山东临沂）时，知州蒋圆率兵扼守要路，不容通过，只好向他假道，蒋圆假装答应，在侦知宋江等粮食将尽时，突然袭击，由此宋江军遭到严重损失，北走沂蒙山地。宣和三年初，宋江军又再次寻路南下，到达淮阳军，后又进抵淮南路楚州（今江苏淮阴西南）地区，因此又被呼为"淮南盗"。旋又转向东北，在途经沭阳时，遭到县尉王师心部邀击，受到损失。这年二月，宋江等众到达海州（今江苏灌云），遇到知州张叔夜所设伏兵的攻击，损失很大，宋江率余部投降；后又起事。宣和四年（1122）夏，折可存在镇压响应方腊起事的吕师囊等之后，班师而归，回到开封。"奉御笔，捕草寇宋江"（《折可存墓志铭》）。

宋江外室阎婆惜

一个见红宋元两朝的行院歌妓名字，后亦罕有。

阎婆惜是个悲剧人物。

如果在今天，她也许是能歌善舞的双栖明星。何况像她那么"能看曲本，颇识几字"，足可傍着大款充小星兼秘书，如不如意，凭着漂亮脸蛋跳槽，大可不必再躲在乌龙院里朝夕想念那小张三了。可是时代不一样，阎姑娘的命运也就多舛。

几百年来，阎婆惜在民间也是属于"著名"人物之列的。她因与张三郎通奸、喜新嫌旧而被定为风流荡妇模式，也因被宋江杀死而知名，但也不能不说她的名字取得别致，令读者过目易记，而流传于世。

阎婆惜何以称"婆惜"？

每个时代自有它所属的流行色，每个时代也有它的不同阶层职业女性所认同的名字。"婆惜"两字就多为宋元行院歌女和娼妓所取用。

《东京梦华录》说："崇观以来，京华瓦肆主张小唱、李师师、徐婆惜。"黄雪蓑《青楼集》也说："陈婆惜，善弹唱，声遏行云。刘婆惜，滑稽歌舞，回出其流。则元时娼妓名婆惜者多矣。"此处，徐婆惜为北宋时人，正与《水浒》文化背景同时，因而清程穆衡认定，"按徐与李并称，必系衕院中出色妓女，正与阎同时也"，而"婆惜"之名，沿袭至元尚颇时髦，可见《水浒》作者印象之深，由此塑造了姓阎名"婆惜"者。

按，"婆惜"，原意应是小名、俗名，从字义解释，就是"婆所怜惜"。但它并非专为女性命名。宋洪迈《夷坚志》：括苍人何湛，淳熙丁未（1187）赴礼部应试。发榜前夕，何湛与朋友同"登三桥听响卜（听别人讲话以卜吉凶）"，听到河畔一妇人叫道："婆惜所得。"这是三吴地区人士发怒要打架的话，并非吉兆。何湛大喜，说："可贺我矣！我的小名正是'婆惜'。"后来果然高中。"按当时以此为名者，盖如今人祖爱之类"。所以，《南宋杂事诗》有"响卜已占婆惜得"句。

由此也可证，"婆惜"本是佳名，既有歌女娼妓所爱作名字，也有文人名士所引为己用。只是见于"阎婆惜"的出名，后世就多为人弃用了。

《水浒》旁白阎婆惜为宋江外室。宋江未娶妻子。此处乌龙院时期，宋江出场，年已过三十，他在浔阳楼上叹道："目今三旬之上，名又不成，功又不就。"以"无后为大"论，宋江应当有明媒正娶的妻子。

在《水浒》成书时期，元明人有著述说宋江有妻子。

元陈泰说："余童丱时，闻长老言宋江事，未究其详。至治癸亥秋九月十六日，舟过梁山泊，遥见一峰，嵘嵘雄跨，问之篙师，曰：此安山也，昔宋江□事处，绝湖为池，阔九十里，皆蒹

95

荷菱芡，相传以为宋妻所植"（《所安遗集补遗》）。此说鲁迅颇为注意，"案宋江有妻在梁山泺中，且植芰荷，仅见于此；而谓江勇悍任侠，亦与今所传性格绝殊，知《水浒》故事，宋元来异说多矣"（《华盖集续编·马上支日记》）。

明吴从先曾见到《水浒》某佚本，在后记里说：宋江"刺配江州，道经淮，而梁山啸集徒众，有鸡鸣狗盗之风焉；及闻江来，众哗迎入壁，推为主寨，江固辞脱。未几，旧游有阴德之者，辇其妻孥合焉，而江遂绝意"（《小窗自纪》卷三《读水浒传》）。

由是，明许自昌传奇《水浒记》说，宋江有妻名孟氏，在宋江刺配后，曾受到张三欺凌，但她坚贞不屈。后来为梁山好汉护救上山，与宋江团圆。她与宋江同心同德，一起赞美水泊梁山，"锄强诛暴军威壮，扶危济困恩波旷。凭强梁，能如山寨，水浒有余光"。

铁扇子宋清

同胞兄弟，不似其兄

铁扇子宋清是《水浒》作者送给宋江做同胞兄弟的。

宋清绰号铁扇子，"铁扇子"见元末杨景贤杂剧《西游记》第十八出《迷路问仙》，"山东边有一女子，名曰铁扇公主。他的仙山，名曰铁镲峰，使一柄铁扇子，重一千余斤"。《销释真空宝卷》："罗刹女，铁扇子，降下甘露。"（隋树森《元曲选外编》）此当为"铁扇子"出典。程穆衡解说："扇子以铁为之，乃无用之废物。"今人张恨水亦同此说，"扇子扇风，必须轻巧可携，以铁制之，何堪使用？于其绰号以窥其人，可知矣。而梁山诸寇，每次分配工作之时，必以宋清司庖厨之事，殆故意使与饭桶为伍乎？"由此，即认为"铁扇子"，也就是"饭桶"。"然于宋清，实不一可取"（《水浒人物论赞》）。

也有学者持相背看法。王利器据《三朝北盟会编》卷二百五说："'由是守陴弓弩皆不发，王进出入以铁扇为蔽，呵喝如常，人皆寒心悚惧'。由是可知铁扇子是有蔽护作用的"（《耐雪堂集》）；并说：《水浒后传》赞宋清像道：'顺亲全弟悌，愧煞守钱奴。'这十个字可作'铁扇子'的注脚。"曲家源认为，"'铁扇子'三字并不包含贬义。大约在宋代扇子不仅能够取凉，而且是表示身份之物"。

按,《水浒》梁山好汉的绰号,或取义于性格,或取义于相貌、身材,或取义于兵器、武技,或取义于身份、职务,是耶非耶,各有含义,唯独宋清绰号属于难解范围。看来还可以探索下去。

行者武松

史有其人，无其事；有其事，无其人

武松在《水浒》是响当当的人物。

他的名字和绰号，在中国可以说是行走万千里，传诵几百年。

英雄盖世武二郎，人们熟悉武松。可是有趣的是，武松的绰号行者，乃是他出家后才定位的，那末凭他自幼浪迹江湖、行走在草莽之中的经历，怎地没有绰号？至少是未见于宋元平话杂剧。

其实，"行者"严格地说也不能说是绰号，或者只是写出了武松的特征。行者，原系作"赶路的人"。《汉武故事》："尝至莲勺通道中行，行者皆奔避路。"《广异记》："海陵多虎，行者悉持大棒。"后始为佛典借用，"《善见律》云，'有善男子，欲求出家，未得衣钵，欲依寺中住者，名畔头波罗沙。'今译，若此方行者也。经中多呼修行人为行者"（《释氏要览》卷上）。此处佛家称未经正式剃度的弟子，在寺院中服杂役的出家人。也有指行脚僧，"行脚者，谓远离乡曲，脚行天下，脱情捐累，寻访师友，求法证悟也，所以学无常师，遍历为尚"（《祖庭事苑》）。关于武松为行者之说，宋人平话说书谈及"杆棒之序头"，样板人物就列有"花和尚、武行者、飞龙记、梅大郎"（罗烨《醉翁谈录》）。武行者，今人多解说就是行者武松。但我以为，此武行者如与前"花和尚"作同义说，也可释为会武艺的行者了。当然仍不排斥后来《宣和遗事》的"行者武松"，很可能源自这个"武行者"的。

《宣和遗事》只是把武松作为天罡院三十六员猛将的一人，后来的龚圣与《宋江三十六赞》据街谈巷语，作赞有："汝优婆塞，五戒在身，酒色财气，更要杀人。"先下手为强，见于宋元诸家把武松的行者绰号先行公证，注册在案，由此当《水浒》成书时，也只好得过且过，循前例以行者为绰号了。

行者武松，武松行者，只此一家，别无分号。

元代杂剧有不少以武松为主人公的。有的为《水浒》借鉴、衍生，如红字李二《打担儿武松打虎》《双献功武松大报仇》和《窄袖儿武松》；也有的则被摒除了，如《黄花峪》《大劫牢》《东平府》和《义侠记传奇》等。郑振铎所引《义侠记传奇》，说武松有妻室贾氏："武松幼时，曾聘贾氏女为妻，因父母双亡，四处漂泊，尚未结婚……贾氏和母出来寻找武松，却在一个庵中住下了……恰好朝廷招安之旨下来，诸英雄都得了官职，武松乃与贾氏相见，由宋江等作主，而结了婚。"明朝中叶流行《水浒》故事，陆容《菽园杂记》记有"斗叶子之戏"，内开捉拿武松的赏钱十万贯，这个悬赏数目仅低于宋江、李进义，而与梁山关胜、柴进等同，据称此说源自张叔夜招安梁山泊榜文，"拿武松为十万贯，花红"（王士祯《居易录》）。

武松由于在《水浒》里最后是在浙江杭州圆寂的，所以有关在杭州的传说也特别多。清人朱梅叔说，在杭州铁岭关附近，"国初时，江浒人掘地得石碣，题曰'武松之墓'，当日进征青溪，用兵于此。稗乘所传，当不诬也"（《埋忧录》）。陆次云《湖壖杂记》也有相似记述，都以为武松实有其人。对此，清人汪师韩竭力反对，他说："此恐是杭人附会为之。不然，南宋人记录多矣，何无一人言之，阅四百余年，始有此异闻乎？"（《谈书录》）汪说当是。可是梁章钜却认为汪师韩之说"以为杭人附会为之，恐不足信"（《浪迹丛谈》），还是认为武松确有其人的。

还有故事说，北宋末年，武松流落杭州，以卖艺为生，因本领高强提拔为都头，因为目睹新任知府蔡某横行不法，路见不平，把他打死，自己投案死；也有说他在金兵入侵临安，包围六和塔寺时，率僧人打败金兵，一直追到临安，因众寡不敌而遇难，等等。以致抗战前夕，杜月笙、虞洽卿等还在西湖秋瑾墓附近，搞了个莫名其妙的"宋义士武松之墓"。近年，山东阳谷张秋镇景阳冈村前，还竖立了一座"武松打虎处"石碑，有学者对它作了鉴定，认为此碑为南宋所镌刻，并称这里就是当年武松打虎的地方。

武松文化何其多哉！

三寸丁穀树皮武大郎

长得矮小，皮色粗丑

武大郎绰号三寸丁穀树皮，系组合词，乃形容武大郎长得矮小、粗丑。程穆衡说："《隋书》：男女十七岁以下为中，十八岁以上为丁。云三寸丁者，甚言其短小也。《本草图经》：穀树有二种，一种皮有斑花纹，谓之斑穀。云穀树皮者，甚言其皮色斑麻粗恶也。"（《水浒传注略》）当是。

但据上海《史林》杂志 2001 年第 4 期钱文忠、王海燕《"三寸丁穀树皮"臆解》，说此中之"丁穀"，实系出自敦煌所出唐代《西州图经》，内云"丁穀窟有寺一所，并有禅院一所"；又说"以印欧比较语言学角度视之，上列诸说甚辩。如是，则'丁穀'二字或系外族语词之汉语译音，《西州图经》之'丁穀窟'，'丁穀'者译音，'窟'者表义"。该文由此推理，"若是，则'三寸丁穀树皮'云云，可得一新解。以武大郎短矮丑陋，复无识见，犹如洞窟中之树，为阳光雨露所不及，不得发舒，无由参天，只及'三寸'。'树皮'者云云，复言武大郎之丑、之弱"。

此也武大郎绰号源由一说。

按"三寸丁穀树皮"，《水浒》有时亦作"三寸丁"，如该书第二十五回，武大郎为西门庆踢中心窝里后，有诗"三寸丁儿没干才"。后明人亦有将它充作绰号的。据张岱称:"里中有胡矮子,诨名三寸丁。县前开一饭铺,饬极精腆,以胡饭出名。曾石卿作《黄莺儿》嘲之:'胡饭寸三高,进阴沟带雉毛,鹅黄蚕蚕毡帽。扇套儿束腰,拐杖儿等梢,紫榆绰版棺材料,摇摇摇。重阳白菜,错认做老芭蕉。'"(《快园道古》卷十二)

宋时,男子七尺身材堪称为标准。三寸丁当然是艺术夸张,很可能是旁边有个高挑身段的潘金莲,相得益彰,因而就被谑为"三等残废"了。

《水浒》武大郎乃以身材出名的。民初王闿运(湘绮)逝世,多有挽联。福州陈衍与上海某报刊的挽联大加赞赏:学富文中子,形同武大郎。

武大郎是《水浒》人物,他只留下一个姓,名字没有出现;其实,他也不需要名字,宋元时候小民百姓很多是没有正名的。

但近年因武松故事走红却也把他对上了号。今修河北《清河县志》在"传说"栏里作了介绍,说是此人姓武名植,是清官。还有说,武植是清河武家那村人,和潘金莲出生的潘家庄相隔仅五公里。武植身材高大,在邻近阳谷县当县令,为官清廉,惩恶扬善;潘金莲善良贤惠、勤劳仁义,两人一生相伴。武植墓今坐落在村南,"文革"时被掘过,墓里没有一点金银财宝,墓碑珍藏在县文化局。武植没有兄弟叫武松的,武氏家谱也没有这个人,是写书的编出来的,等等。

如此看来武植真有其人其事,但他和《水浒》里的武大郎该是两条道上跑的车，风马牛而不相及。

武大郎卖的炊饼，诸说不一。其实，宋时称面制品均带有"饼"。此炊饼，即今之馒头（实心，中无馅）。又称蒸饼、笼饼，系采用竹笼蒸制的。炊饼本也称"蒸饼"，因避赵祯（宋仁宗）名讳，而改称为"炊饼"。明周祈《名义考》说，古人"凡以面为食具者，皆谓之饼。以火坑曰炉饼；有巨胜曰胡饼，即今烧饼；以水煮曰汤饼，亦曰煮饼，即今切面；蒸而食者曰蒸饼，又曰笼饼"。即是。

武大郎就是做实心馒头的个体户。

武松嫂子潘金莲

双重人格，扭曲心理

潘金莲在《水浒》里，堪称为着墨浓醇的社会角色。

几百年来，她的名字也成为谋杀亲夫的恶妇、淫妇的符号。

潘金莲名字不见于史传。她可能是作者据《南史·齐废帝东昏侯本纪》所称潘妃故事而来的，所谓"以凿金为莲华（花）以帖地，令潘妃行其上，曰：此步步生莲华（花）也"。由此创造了潘金莲。但元明多有女性采用"金莲"为名字的，如元张寿卿杂剧《谢金莲诗酒红梨花》："这谢金莲是一个上厅行首。"也许作者鉴于潘金莲出身的卑贱，也就随意拣一常见名字为她的名字了。

潘金莲形象不见于今存的宋元平话杂剧。有人说元人杂剧《双献功武松大报仇》，有可能写了潘金莲，可惜此剧已佚，留与后人只有猜思，而难以凭信，于是创作于明朝中期的百回《水浒》就成为潘金莲其人其事的定型蓝本了。后来所出现的同类话本杂剧，如著名的明朝隆庆、万历年间的《金瓶梅》，其中的第一女主角，也就是书名第一字"金"的潘金莲。她是《水浒》潘金莲性格和行为的继续和强化；写她的笔墨更浓。她比《水浒》的潘金莲也更卑鄙、淫贱，蕴含双重人格，既是西门庆的性奴隶，而主要又是西门庆的帮凶和同伙。与此类同，还有明沈璟《义侠记》传奇和京剧传统剧目《武松杀嫂》等，它们虽对潘金莲作了不少惟妙惟肖的写真，但万变不离其宗，仍是把她写成恶妇、淫妇，继续钉在耻辱柱上。

至二十世纪，此一现象始有改观。欧阳予倩于1927年写了五幕话剧《潘金莲》。剧中潘金莲乃是一个反封建旧礼教的正面女性，她先是反抗主人张大户的淫威，而被逼嫁与武大郎；在横遭欺凌、摧残后，才产生了扭曲、变态心理；后又在西门庆唆使、引诱下，害死了武大郎。她是值得人们同情的受害者。

八十年代，四川魏明伦写的荒诞剧《潘金莲》风行，潘金莲其人其事也日渐走红，而后这个小说里的人物，竟然也被某些人作为发掘历史上被遗忘的角色，而百般去寻访追踪，考证求索，对号入座，忙得不亦乐乎，力求证明在中国五千年历史上，确有潘金莲其人其事的。

其实，这也并非是新题目。清朝初期，王士禛《香祖笔记》说：阳谷县西北有一座墓，俗称"西门冢"。当地有大族潘、吴二氏，自言是西门嫡室吴氏、妾潘氏的后裔。一日乡里举行集会，登台演戏，吴家请戏班演《水浒记》，潘家认为吴家是在污辱其姑祖母，"聚众大哄，互控于县令"。根据此说，也有人认为潘金莲系出自名门大族。这是笔记，不足为凭信的。据新修河北《清河县志》说：潘姓和武姓都是该县分别拥有三四千人的中等姓氏。潘姓和大部分武姓人，还都是明朝永乐十四年（1416）由山西洪洞移民迁居到此的。

如此说来，潘金莲更非宋朝时人。参见武大郎篇。

莫把小说当历史。潘金莲只是一个小说里的人物，她代表了一种封建社会里的妇女模式。

也许鉴于"潘金莲"的知名度太高了，妇孺皆知，就像秦桧在民众中所特有的知名度，至今尚未见有秦门为子孙取名为"桧"的，我们于潘姓姑娘群中，也不多见有一个以"金莲"命名的，良有以也。如此如此，后人又何必煞费心机为她多做翻案文章呢！它也是一种文化。

西门大官人西门庆

《水浒》没有为西门庆留下绰号

今存宋元话本杂剧，也没有西门庆名讳的记录。

西门庆乃复姓西门名庆。西门庆名讳不见于他。宋周密《武林旧事》卷四称，赵构为太上皇时住德寿宫，有杂剧艺人盖门庆，或可作参考系。

因而有人认为西门庆是明初《水浒》定型时另外加上去的。

清代《蕉轩随录》援引包世臣《闸河日记》：明初阳谷县有个武知县，非常贪虐。他有二妻，一姓潘，一姓金，"俱助夫婪索"。县城西门有位庆大户尤受其毒害。当地人恨之入骨，"呼之为武皮匠，言其剥夺也；又呼为卖饼大郎，言其于小民口边求利也"。

此大户是否即嬗变为西门庆者？实无可据。

西门庆的知名度也是很高的，他是奸夫的符号。明清言情小说和鸳鸯蝴蝶南北派著作中，凡跳出来的奸夫，多少都蕴含有西门大官人的影子；这给人们的印象，农耕社会中第三者的文字塑造，都能作如是观。

西门庆和潘金莲是组合体。他是主犯，是矛盾发生的主要层面，由是被永远钉在耻辱柱上，不得翻身。从二十世纪初欧阳予倩的文明改良戏，以至今天魏明伦的戏剧创作，都分别为潘金莲作了若干洗刷和更新。电视剧乃是莫名其妙地从今人的堕落缘由推理，与人感觉潘之堕落，全是西门大郎的教唆，好像她只是块任人雕琢的呆木头，西门庆才是巧匠。

"西门庆"这个姓名符号太臭了。此后当然不会有同姓名出现。好在"西门"这个姓氏在中华古今本来就是稀姓，从未形成望族，这也就避免西门家族为子弟取名的麻烦。

开茶局王婆

贪贿说风情，利令智昏

贪贿说风情的阳谷王婆，是一家模式。张恨水说，"西门庆是色胆天大，王婆是利令智昏。色字头上有把刀，人多能言之矣，利字旁边一把刀，举世皆昧昧焉，好为干娘之事者，其读王婆传"（《水浒人物论赞》）。可谓至评。

宋元话本多有将媒婆称为"王婆"，如宋话本《西山一窟鬼》，有与秀才吴洪说媒的王婆；说本《史弘肇龙虎君臣会》，有与武夫郭威做媒的王婆；此书前回也分别有替林冲娘子看家的间壁王婆与宋江阎婆惜撮合的王婆。都以王婆为媒婆符号。但阳谷王婆显然参照了其他诸王婆的形象，巧言令色，胁肩谄笑，其行使马泊六之思维魔力更是被刻画得入木三分。

按，王婆说风情，似参照自宋话本《京本通俗小说》末篇《金虏海陵王荒淫》中贵哥为主子定哥说风情一段。胡适以为此段"与《水浒传》王婆说风情在文学艺术上有同等的价值"。

王婆是拉皮条、教唆杀人的行家。因此明容与堂本批："这个婆子倒是老手。"袁无涯刻本批："王婆是过来人。"堪称至评。

团头何九叔

天下至聪明人，左右逢源

何九是团头，团头是行帮帮主。

两宋商业经济兴旺，行业多已蔚成同业行会，结为行帮。此处何九所主管行业，乃是殡仪行业。当时凡属民间红白喜事操办，南方用丐头，北方用团头。小小阳谷县也不脱此俗，足见行帮的发达。

团，宋人称市肆行业为"团"。《都城纪胜》称："又有名为团者，如城南之花团，泥路之青果团，江干之鲞团，后市街之柑子团是也。"

按，团头，即一团的为首者。"唐宋以民兵为团，取团聚之义。有小团大团：十人为火、五火为团，此小团也；府兵以三百人为团，此大团也，故有团练、团长等名。团头者，一小团之头"（程穆衡《水浒传注略》）。

何九是专做丧事、送火葬场的承包户，乃精明之人。他偷偷收藏武大酥黑骨头，以为日后佐证。可是《水浒》作者和他开了一个不大不小的玩笑。书中认定砒霜中毒会致使骨殖酥黑，其实不然。

砒霜即三氧化二砷（As_2O_3），俗称"白信"，白色固体。

生者名砒黄，俗名黄信。加热时升华，稍溶于水成亚砷酸（H_3AsO_3）。它的亚砷离子进入人体后与体内酶蛋白结合，使它凝固，导致死亡，但不至于骨殖酥黑。所谓用砒霜毒人致死，乃传统说法，如《苏三起解》也是砒霜杀人致死，由此移植也。

何九叔出场镜头不多，但此人却不可少。两面讨好，执持其中，所谓左右逢源是也。因此黄永玉有称："世上一天有何九叔，世上一天就有真历史。"[①]

---

a 《黄永玉艺术随笔·水浒人物系列》，浙江文艺出版社 2000 年版。

东平府尹陈文昭

难得见到的好官、清官

《水浒》出现的地方官吏，十之八九是贪官污吏，但也有几个好官，其中有姓有名的是东平府尹陈文昭。

陈文昭史有其人。

但他乃是元朝的一个县令。

据雍正《慈溪县志》："陈麟，字文昭，永嘉人。少贫窭，为吏二十年始刻志读书，登至正甲午进士，为慈令。"据说，陈文昭是浙东大儒赵宝峰门人，"邑令陈文昭诣门请业，行弟子礼，皆以治民事宜告之，文昭以是得民心"（光绪《慈溪县志》）。因而今人黄俶成先生以为出自《水浒》的这个陈文昭与元至正间浙江慈溪县令陈文昭很相似；又称，至正二十六年（1366）前后，罗贯中在浙东慈溪一带有文学活动，故对陈感情极深，很可能把他的事迹插写到《水浒》中去 ①。

a 《施耐庵和水浒》，上海人民出版社 2000 年版。

菜园子张青

寺院所雇佣的俗家人

张青，《宣和遗事》有"没羽箭张青"，后来龚圣与作《宋江三十六赞》，将他改为"没羽箭张清"。剩下"张青"名字，《水浒》不忍丢却，就把他按在地煞星群，送上一个"菜园子"的绰号。

菜园子，即种菜园的人。它系由职业嬗变为绰号的。宋时菜园随之城市商品经济发展，于城镇、寺院亦多见有菜园。张择端《清明上河图》就绘有在进入市区大道旁都是菜园的写景。菜园多有兴旺。《清异录》记有纪生者经营菜园，十亩菜田，养活一家三十口。临终告诫子孙说，这十亩地，就是铸铁炉子啊。盖以宋代北方生产水平，三亩粮田能养活一人，而此处一亩菜田可养活三人，当时就有"一亩园，十亩田"农谚。寺院多附设菜园，据《随隐漫录》：南宋理宗宠妃阎贵妃，"以特旨夺灵隐寺菜，建功德寺"。张青即寺院所雇佣菜园的俗家人。虞云国教授以为"菜园子"用为诨号，是宋代蔬菜商品化潮头下蔬菜种植业勃兴的明证（《水浒乱弹》）。宋人通常称管菜园、种菜园为生的人为"菜园子"。"臧道论郎中知洪州日，有老兵为园子，能致非时果菜"（宋吴曾《能改斋漫录》）。又，奸臣朱勔处死后，其家属被放逐于海岛，前几日刚被授予诰封者，此时其诰封尽被革除。当时有人作谑词云："做园子，得数载，栽培得那花木，就中堪爱。特将一个保义酬劳，反做了今日殃害。诏书下来索金带，这官诰看看毁坏。放牙笏，便担屎担，却依旧种菜。"（宋龚明之《中吴纪闻》卷六）

所记可为绰号"菜园子"参照。

张青十字坡黑店开得红红火火，可惜走的是歪路子。他是靠蒙汗药发财致富的。

蒙汗药，又称蒙汉药。宋人葛弘毅《淄水千方》称，蒙汗药的"汗"本来是写作"汉"，即专门用来蒙倒壮汉的。

据宋明笔记，蒙汗药制作可有多种原料。《齐东野语》说，"草乌末同一草食之即死，三日后亦活"。《桂海虞衡志》记有曼陀罗花，盗采花为末，置人饮食中即醉。《癸辛杂志》称，回回国有一种药，名"押不卢"，用它来入酒，饮后通身麻痹而死，至第三日，以解药投之即活。但《狮山掌录》称"押不卢"为解药，能起死回生。阿盖公主哀段功诗："云片波鳞不见人，押不卢花颜色改。"清程穆衡以为蒙汗药的原料是莨菪花子，称它"有大毒"，食之令人狂乱，"急以浓甘草汁灌下，解之"。而史书中用莨菪酒迷人的记载很多。如唐安禄山诱杀奚契丹，就是让他饮莨菪酒，麻翻后加以活埋（《水浒传注略》）。程穆衡以为《水浒》和其他书中所涉及的蒙汗药均以莨菪浸渗于酒，此亦一说。

也有认为"'蒙汗药'又称'麻汉药'，古之麻沸散也"（清汪林瑞《本草疏》）。麻沸散相传就是华佗用以外科开刀的麻醉剂。它是用曼陀罗为主要原料配制的。

《水浒》时期大概是蒙汗药走红的时代，和十字坡相似，梁山朱贵酒店、揭阳岭李立酒店以及智赚生辰纲、诱骗金枪手、燕青麻翻王班直，也都曾以蒙汗药麻人或靠蒙汗药生效的。蒙汗药可谓威力大矣。读《水浒》者不可不知蒙汗药。

武松十字坡故事是作者写蒙汗药最为有声有色的一节，真可谓落地有声，因此十字坡也出了名。

相传，十字坡在河南孟州道上。但也有称它在河南范县境内。据山东作家苗得雨说："1958年我去范县采访，从县城樱桃园往濮阳走的路上，有一片洼地，陪去的县委宣传部长说：'这就是十字坡！'我们停车看了看，想看看四面都多远才靠村。"《水浒》是小说，难道真有十字坡，也难说十字坡就在这里。"此说是。盖今存所谓《水浒》文化古迹，均须作如是观。

母夜叉孙二娘

能吃鬼，制作人肉馒头

十字坡女强人孙二娘绰号为母夜叉，除了取自她性格泼辣，办事利索，更是因为她善于斩客，曾发明、制作人肉馒头。她堪称是一个跳来跳去的女人。

绰号母夜叉，金圣叹腰斩本据佛藏改为"母药叉"。夜叉、药叉、夜乞叉同义，均出自梵语，意译为"能吃鬼"或"捷疾鬼"，含"勇健"或"凶暴丑恶"之意，佛教说它是一种吃人的恶鬼。始见于隋唐，后因佛教广为传播，始为民间熟悉。

"母药叉"，见佛经《根本说一切有部毗耶奈杂事》："王舍城内，有药叉神名娑多，生女名欢喜，嫁犍陀罗国药叉，号半支迦，生男五百，最小者名爱儿。母恃豪强，于王舍城中人家所生男女，次第食之，因此皆唤为'诃梨底母药叉'。皆往佛所，白言世尊为作调度，佛以钵覆爱儿。药叉母不见小儿，即大惊忙，触处寻觅，投身擗地，悲踊号哭。佛为授戒，城中人众皆得安乐。"

佛经此处称有母药叉（母夜叉）好吃人肉。唐五代也有"夜叉，好吃人肉"说（《十国春秋·高澧传》）。此等所述，可为开人肉铺的孙二娘绰号作注脚。

　　一部《水浒》，孟州道上孙二娘制作的人肉馒头是颇有名气的。其实，人肉馒头最先专利权并非在她。宋元话本已有叙述，如《宋四公大闹禁魂张》写道："赵正吃了药，将两只箸一拨，拨开馒头馅，看了一看，便道：'嫂嫂，我爷说与我道：莫去汴河岸上买馒头吃，那里都是人肉的。'""赵正去怀里别搦换包儿来，撮百十丸与侯兴老婆吃了，就灶前撅番了。"这段文字，正写了人肉馒头和戏弄侯兴老婆事，和武松十字坡故事相似。文中侯兴老婆称"二娘子"，与文中赵正，即是孙二娘和武松的原型。

金眼彪施恩

梁山好汉多呈武勇之状，所取绰号也大有江湖气，其中尤喜采用带有龙、虎、豹字眼的，所谓五龙九虎（含二大虫）三豹子是也。唯独绰号带有"彪"字者，一百零八人仅金眼彪施恩一人而已。彪，小虎。庾信《枯树赋》："熊彪顾盼，鱼龙起伏。"如此说来，施恩也是归纳为"虎"字号英雄绰号类的。

绰号"金眼彪"，语焉不详。但把"彪"写进绰号，始作为俑，《水浒》作者是第一人。这在他所见的二十二史和宋元笔记里是没有的。这也是《水浒》绰号的文化价值。

但"施恩"大名作为词组却常见于元人杂剧，如元杨文奎《翠红乡儿女两团圆》，"这施恩不在年纪老。哎，扭打不必性儿劣"。或由此随手写入。

《水浒》作者有署施耐庵的，但以旧时重家族门第以及光宗耀祖等习俗而言，很难想象当时的人在自己著作里，将同姓人写成因人成事的下三流角色。它不符合士大夫文人的文化心理行为，所以施恩是施耐庵制造的，实难理解。《水浒》梁山寨上一百零八人中却无罗姓，或可作如是观。与此相反，罗贯中在

119

《隋唐演义》，显扬燕山罗艺，杜撰罗成罗通，在《粉妆楼》又杜撰罗灿兄弟，分别大彰其英雄业绩，也可看作是一种文化补偿心理的反映。

蒋门神蒋忠

身材高大，色厉内荏

蒋忠绰号"蒋门神"。

取绰号为"门神"，也足见宋元民间诸神圈的门神文化的走红。

门神，是中华传统文化的一盆特色餐。

中华民间门神有悠久的历史、丰富的内涵。

"门神"两字始见于《礼记》。

最初出现的门神是神荼、郁垒。它大概风行两汉到隋唐，火爆了七八百年。

所谓神荼、郁垒，乃出自东汉王充《论衡·订鬼》所转引《山海经》：内称大海里有座度朔山，山上有株大桃树，它盘根错节，枝叶繁茂，铺天盖地三千里。在它枝叶间东北称"鬼门"，乃天下万千鬼群出入处。"上有二神人：一曰神荼，一曰郁垒，主阅领万鬼。恶害之鬼，执以苇索，而以食虎。于是黄帝乃作礼，以时驱之；立大桃人，门户画神荼、郁垒与虎，悬苇索以御凶魅。"

神荼、郁垒形象就依此为据，为后世绘为武士相。"岁旦，绘二神披甲持戟，贴于门之左右，左神荼，右郁垒，谓之门神"

（南朝梁宗懔《荆楚岁时记》）。

唐和宋元明流行的门神是钟馗和秦叔宝、尉迟恭。

钟馗是由唐明皇李隆基和画家吴道子联手推出来的。相传李隆基病中梦见钟馗捉鬼吃鬼，大为惊喜；钟馗还表示"要为陛下除净天下的大鬼小鬼"。他醒后，病一下子就除去了，而且精神爽朗，于是令吴道子为钟馗绘像。吴道子绘了一幅钟馗像，神似皇帝梦中所见者，李隆基大为欢喜，下诏天下："神灵应梦，疾病已除，烈士除妖，实须褒奖，画其异状，颁布各司，岁暮驱鬼，家喻户晓，以退邪魔，更净妖气，告令天下，一体周知。"宋熙宁五年（1072），神宗赵顼还命画匠刻版印刷，赏赐大臣，此后门神钟馗画像，由宫廷跑进了寻常百姓家。

据元《三教源流搜神大全》卷七所称，自唐以后，神荼、郁垒逐渐为唐初武将秦叔宝、尉迟恭替代。相传唐太宗李世民患病时，常受鬼怪吵闹的打扰，将军秦叔宝、尉迟恭全副戎装，手持兵器在寝宫外站岗值班，果然一夜安静。翌日，李世民"谓二人守夜无眠，命画工图二人之形象全装，手执玉斧，腰带鞭锏弓箭，怒发一如平时，悬于宫掖之左右门。邪祟以息。后世沿袭，遂永为门神"。

但北宋门神无定型，且还有以无名武人形象充造型的。"除夕，用镇殿将军二人甲胄装门神"（宋赵与时《宾退录》）。所谓镇殿将军，即是"正旦大朝会，车驾坐大庆殿，有介胄长大人四人，立于殿角，谓之镇殿将军"（宋孟元老《东京梦华录》卷六）。又宋百岁寓翁《枫窗小牍》称，"靖康以前，汴中家户，门神多番样，戴虎头盔，而王公之门，至以浑金饰之"。花荣所射的门神，即是此等武人绘像。

称蒋忠为"蒋门神"，说他身材高大，形象丑恶，但内涵仍是揶揄他是色厉内荏的无能匹夫，有如贴在门壁上的神像，只是吓吓胆小鬼而已。

蒋忠名字，或系作者任意采用，元时"有丹徒县尉蒋忠，崇德州人，承事郎，至元十三年任"（乾隆《镇江府志》卷三十一）。

兵马都监张蒙方

因系武人，实为副职，官商勾结，更见卑鄙

兵马都监，名为武官职，实授文臣。盖宋制以文官管理兵事，中央和地方皆同。

按，兵马都监，本系地方州县级官员。"若京朝幕官则为知县事，有戍兵则兼兵马都监或监押"（《宋史·职官志七》）。建炎元年（1128）又规定"要郡文臣一员带本路兵马钤辖，武臣一员充副钤辖；次要郡文臣一员带本路兵马都监，武臣一员充副都监"（同上）。

宋制，地方设有正、副的马步军都总管、兵马钤辖和兵马都监，其正职均由文臣兼任，副职始由武人出任，如出征，一郡即以副总管挂帅，副钤辖、副都监等随征。

此处张蒙方所任之兵马都监有两层含义：（一）系知孟州兼兵马都监；（二）书中有"孟州知府"出现，则张蒙方的确实职务或是"兵马副都监"。《水浒》于此多不言正副，如东平府之兵马都监董平也是。当有缺也。盖宋官制重文轻武，于此可见一斑。

张蒙方，旧史无其姓名记载。

相近者有《新唐书·黄巢传》，记有唐金吾大将军张直方，在灞上迎降黄巢大军。黄巢称帝后封为检校左仆射。后因匿藏唐贵族大臣，被杀。

飞天蜈蚣王道人

一介草贼，乃人间业毒虫也

王道人作恶多端，霸占民女，据称他因所居地在蜈蚣岭，由此自号为"飞天蜈蚣王道人"。

"飞天蜈蚣"绰号，据清程穆衡称，苏颂《本草图》：飞天蜈蚣，即地蜈蚣，左蔓延右，右蔓延左，叶密对生，似蜈蚣形，其延上树者，呼飞天蜈蚣。作者寓言此草贼也。

此言不甚确切，盖此处乃自飞天蜈蚣的爬虫视角而谈述它的习性。其实，飞天蜈蚣故事出自南宋晚期权奸贾似道以谣言谮害丞相吴潜事。元刘一清《钱塘遗事》卷四：丁大全罢相后，吴潜代之。吴潜为人豪俊，其弟兄亲属对他也没什么投托和依附。贾似道向理宗进谗言说："外间童谣曰：'大蜈蚣，小蜈蚣，尽是人间业毒虫，黄缘攀附有百尺，若使飞天能食龙。'"理宗虽然疑惑不解，但从此开始对吴潜有了戒心。庚申（1260）七月，吴潜被谪居建昌，"寻徙潮州"。

此处取"飞天蜈蚣"绰号，自以为可以食龙也。

独火星孔亮

因性急，好与人厮闹

孔亮绰号独火星。独火星，又释为"火星"。

北宋末期，当金人围攻京都汴梁时，京西制置使曹端在京城陷落后，聚众骚扰京西，号为"曹火星"（《三朝北盟会编》卷一百四十一）。今人王利器即认为"'独火星'的起法，正如'曹火星'相似"（《耐雪堂集》）。此亦一说。

按，以"火星"为绰号，还可见自南宋韩元吉所写《连公（南夫）墓碑》：连南夫任泉州知州时，岭南水陆起事者甚多，"刘宣自赣扰揭阳，郑广、周聪抄海边，而曾衮据釜甑山者七年，其余妄称大王、太尉、铁柱、火星、飞刀、打天之号，凡十八夫，动数千人也"（《南涧甲乙稿》卷十九）。

可见以"火星"为绰号，在当时是颇为时鲜的。

孔亮名字，也是虚构。我猜想很有可能由三国蜀汉丞相诸葛亮的名和字而来。"诸葛亮字孔明"（《三国志·蜀书·诸葛亮传》），由于以《三国》为题材的元杂剧平话以及说唱等的走红，很有可能将他的名字解体为二，演化为孔明、孔亮哥儿俩的。

毛头星孔明

扫帚星出，东北大乱

毛头星，即天象二十八星宿之一，又称昴宿，为白虎七宿之第四宿，有七星。《史记·天官书》称"昴曰髦头，胡星也，为白衣会"。即是。

按，毛头星，即民间俗呼的"扫帚星"。此说由来已久。《宣和遗事》说，"此星名毛头，又名彗星，俗呼为扫帚星。此妖星既出，不可禳谢，远则三载，近则今岁，主有刀兵出于东北坎方旺壬癸之地"。作者据此为孔明绰号。此处或有可能先有绰号定位，再发明孔明名字。孔明，三国蜀汉丞相诸葛亮字。相传诸葛亮死于五丈原时，"有星赤而芒角，自东北西南流，投于亮营，三投再还，往大还小。俄而亮卒"（《晋阳秋》）。

另说"孔明"为草本植物。《酉阳杂俎》称，"良常山有萤火芝，其实是草，大如豆，紫花，夜视有光。食一枚，中心有一孔明；食至七，心七窍洞澈，可以夜书。"

锦毛虎燕顺

刺青纹身，一体锦片

燕顺绰号锦毛虎，最初见自元初李文蔚杂剧《同乐院燕青博鱼》，内称燕青下梁山结识卷毛虎燕顺（燕二）。估计当时梁山好汉尚未定型，燕顺乃系天罡院三十六人外之人，所以要比燕青等资历浅些，还要由他带上梁山。后来又有倪荣绰号也是"卷毛虎"之故，为不使撞车，改号为"锦毛虎"也。

锦毛虎，即五花斑斓的老虎。元明平话杂剧，多喜用"锦"为名词修饰语。如"锦马超"。又，锦毛即指虎。元末杨景贤《西游记杂剧》第十一出《行者除妖》，有妖精银额将军自称："银额金睛锦毛遮，黑雾黄云罩涧斜。"此处"银额"即虎精，因其毛为五斑，故称"锦毛"。此为"锦毛"与"虎"同义。另"锦毛"亦可作体肤"刺青"解。《武林旧事》提及杂剧，则曰绯绿社，相扑则曰角花社，花绣则曰锦体社。锦体社就是刺青纹身社团，以刺青为标记。大街之上亦是"浑身赤膊，一身锦片也似文字"。锦毛虎之"锦"当也似有刺身纹身。即燕顺亦是刺青人。山寨之人多有刺青者。

燕顺等取活人心肝下酒，为奴隶社会的残迹，也见于史传。通常有二解：一是以复仇摘取仇人心肝，如东晋初期赵胤为父仇杀死杜曾，吃其肺和肝脏（见《太平御览》卷四八一《事部》卷一二二）；南北朝时，马权杀仇人綦毋翊，食之肝脏；阴平太守谯登借流民力量，诛杀巴西太守马晚，食其肝脏（见《古今图书集成·明伦汇编·人事典》卷二十一）。此中道理，据荷兰汉学家德格鲁特说：中国人这样做是为了最严厉地惩罚仇人，并使仇人遭受最大限度的痛苦。因为中国人相信人的生命在于心脏和肝脏 ①。二是它带有滋补、壮血和张胆的目的。美国学者郑麒来说："中国人还相信食用人心，可以增加勇气并消除胆怯。在1850—1864年间太平天国起义时期，太平军和清军双方士兵都食用俘虏的心脏，以使自己在战斗中更加勇猛。"（《中国古代的食人》）由是元人杂剧也穿插此残忍行为，如康进之杂剧《李逵负荆》第四折，在李逵、鲁智深捉拿了冒名宋江、鲁智深的强徒后，宋江下令，"将他绑在那花标树上，取这两副心肝，与咱配酒"。元杂剧《赵礼让肥》据《后汉书·赵孝传》演西汉末期天下大乱，人有相食，时马武为盗吃活人心肝事。此亦更多地带有殃及无辜的色彩，燕顺等所为即此。

---

① 《中国宗教体系》第四章第373—374页。

矮脚虎王英

贪财好色，放火杀人，不是好汉

矮脚虎绰号是颇逗趣的，它当系元《水浒》杂剧中的"王矮虎"嬗变的，如关汉卿《钱大尹智勘绯花梦》，"你可便悄声察贼情，比及拿王矮虎，先缠住一丈青"。

明人杂剧仍见有《王矮虎大闹东平府》，或是写《水浒》定本前王英故事，所以王英绰号原为"矮虎"，尔后在《水浒》始定名为"矮脚虎"的，但书中时时留有"王矮虎"名讳。

"矮脚虎"，也有可能系创作者参自他说而演化而来，那就是：

（一）"长脚龙"。宋初武将马仁瑀，曾在山东主持镇压周弼等起事，"兖州贼首周弼、毛袭甚勇悍，材貌奇伟，弼号曰'长脚龙'"（《宋史·马仁瑀传》）。

（二）"独脚虎"。山东登州上元节习俗，"各家以罗卜燃烛作灯，或以豆面为之，午后送先墓，谓之送灯。至昏，街市及各巷口皆结棚悬采灯，各庙张灯或为鳌山狮象龙鱼，谓之灯会，好事者作灯谜，榜于通衢，群聚观之，谓之'打独脚虎'"（光绪《登州府志》）。又明李诩《戒庵老人漫笔》说，"近见包括谜子，书名《江边岸》，如独脚虎之类，本题岁在癸未至正三年暮春之初，中吴三老先生王仲端引"。

按，"矮脚虎"绰号在民间颇见风行。徐珂编《清稗类钞·诙谐类》记高心夔任吴县知县时，正好学宫举行童生试，他高座大堂，按照童生花名册次序点名发试卷。考生们重重叠叠围着圈听着叫自己名字。忽然，人丛里有个顽皮的童生模仿唱名的吏员叫道："高心夔。"另个童生跟着叫道："为什么不对《水浒传》的'矮脚虎'呢？"高心夔听到了，却赞赏地说："对得好！"满堂童生也都跟着起哄鼓掌。

王英名字，见诸宋元诸书甚众，王利器以为南宋建炎四年（1130）结寨于京西与山东、河北接境的王英，就是《水浒》聚义清风山的王英。这也是"施耐庵把忠义军来撞七十二小伙的证据"（《耐雪堂集》）。

按，王英姓名，也见《元史·王英传》："王英，字邦杰，益都人，性刚果，有大节，膂力绝人，善骑射，袭父职，为莒州翼千户，父子皆善用双刀，人号之曰'刀王'。"我以为此王英也可为《水浒》王英造型参照，但《水浒》却将他的双刀，送给他那浑家扈三娘使用了。

白面郎君郑天寿

苏州小银匠，上山做大王

白面郎君，见自北宋孙光宪《北梦琐言》：有唐招讨都统幕僚，称"白面郎君"（卷十四《儒将成败》）。

白面郎君，是由白面和郎君两词组成。

白面，元明杂剧多有出现"白面"。"郢召诸将谋曰：'主上深居禁中，与白面儿谋，必败人事'。"（《新五代史》卷二十二《刘郢传》）此处"白面"通常为武人视为文人、书生。

郎君，通常称贵家子弟。源出自西汉故事。《镜源遗照集》称，吴斗南曰："汉制二千石以上得任其子为郎，故谓人之子弟为'郎君'。"唐人著作，更广泛采用"郎君"。《唐摭言》记有称新科进士为"郎君"：薛逢骑老马，路逢新科进士仪仗，"前导曰'回避新郎君'"。五代后晋安义留后李继韬（李嗣昭之子）降梁，部将裴约据泽州（今山西晋城）自守，"泣谕其众曰：'余事故主（李嗣昭）逾一十余年，分财享士，志灭仇雠。不幸丧亡，枢尚未葬，郎君遽背君亲，忍耻事雠，我虽死不能从也'"（《五代唐史平话》卷下）。可见这是汉唐对少年儿郎的称呼。也有称主人。唐传奇《猎狐记》："仆曰：'吾家郎君，为陇西观察使。'"

唐宋伊始，郎君又渐作尊贵称号。赵翼《陔余丛考》，"汉以后凡身事其父者，皆呼其子为郎君，而郎君遂为贵介及群厮少年之尊称，至唐又为极尊贵之称。金代只限于宗室贵族独有之称"。无名氏《女真传》，"其宗室皆谓之郎君，事无大小，必以郎君总之。虽卿相尽拜于马前，郎君不为礼"。

宋金时人，也有以"郎君"为绰号的。《齐东野语》称宋将曲端屡败金兵，金兵多畏之，望而即惧，"撒离喝乘高望之，惧而号泣，虏人目之为'啼哭郎君'"。《岳忠武王全集·公牍》称，宋绍兴六年（1136），岳飞部将李宝、孙彦在河南宛亭县（治今山东曹县西北）打败金兵，"劫杀金人大寨，杀死并拥掩入黄河不知数目，杀死千户三人并鹘旋郎君"；数日后又击败金将金牌郎君（《申省宛亭捷状》）。

小李广花荣

神臂将军，百发百中

小李广花荣，最初见于《宣和遗事》。他是押运花石纲的十二名军官之一。

龚圣与《宋江三十六赞》有称："中心慕汉，夺马而归，汝能慕广，何忧数奇。"这是完全按西汉李广故事作叙述的，没有什么新意。将花荣故事演成情节的，还是元杂剧，如也是园剧目所记的《小李广大闹元宵夜》，虽然已佚，但大致可推测这是《水浒》写他任清风寨知寨时的情事。

花荣有两个诨号：一个就是"小李广"。那是勒名石碣，永世难以磨灭的。取号"小李广"，当然源自龙城飞将李广。李广很会打仗，更以骑射知名，"广为人长猿臂，其善射亦天性也"，"其射，见敌急非在数十步之内，度不中不发，发即应弦而倒"（《史记·李将军列传》）。另一个乃是晁盖、吴用等所敬奉的"神臂将军"了。

神臂将军，神臂，出自"神臂弓"。神臂弓乃两宋时期所特制的一种新式秘密武器。岳珂《桯史》称，北宋雄州知府和诜"因上制胜疆远弓式，诏施行之。弓制实弩，极轻利，能破坚于三百步外，即边人所谓'凤凰弓'者。绍兴中，韩蕲王（韩

134

世忠）因之稍加损益，而为之新名曰'克敌'"。按，克敌弓即神臂弓。叶绍翁《四朝闻见录·甲集》，"洪氏遵，试《克敌弓铭》"，却不知克敌弓的出典是什么。有一老兵借送砚水的机会，偷偷对他说："即神臂弓也。"是以神臂弓多为南宋诸军配备，如抗金名将吴玠吴璘兄弟，"先是，吴氏守蜀时，专用神臂弓保险"（《齐东野语》卷二十）。吴玠部将杨政在仙人关狙击金兵，"连日百余战，敌帅督战益急，政命卒以神臂弓射之"（《宋史·杨政传》）。可见神臂弓在宋元时期是颇有威力的。明冯梦龙据宋人笔记所作《郑节使立功神臂弓》，还借神话说是此弓得自天界，凡间乃如法仿制。据纪昀说："宋军拒金，多依此为利器，军法不得遗失一具，或不能携，则宁碎之，防敌得其机轮而仿制也。元世祖灭宋，得其式，曾用以制胜，至明乃不得其传，唯《永乐大典》尚全载其图说。"（《滦阳续录》卷一）

这大概是称花荣为"神臂"的张本。

《水浒》写花荣，为了突出他的"神臂"，从前人史事中移植了若干相关情节，塑造了他的箭术。

花荣有四支箭是射得极其漂亮的。

一是在清风寨射门神的骨朵头（长柄手挝）和盔顶朱缨，两发两中。它源自李渊（唐高祖）。《旧唐书·后妃传上》称，北周窦毅之女才貌双全，父母为她选择夫婿，在门屏画两只孔雀，诸公子求婚，就给两支箭射之，约定射中孔雀目者，能缔结婚约。前后有数十人未能如愿。"高祖后至，两发各中一目，毅大悦，遂归于我帝。"

二是解开吕方郭盛两支长戟上揽做一团的豹子尾和五色幡。此典出处见郭盛篇，此处不赘。

三是梁山射雁，一箭正穿在雁头上。此类故事多见于史传。如北齐斛律光，"尝从世宗于洹桥校猎，见一大鸟云表飞飏，光引弓射之，正中其颈。此鸟形如车轮，旋转而下，至地乃大鹏也"（《北齐书·斛律光传》）；唐末沙陀人李克用"年十三，见双凫翔于空，射之连中"。"又尝与达靼部人角胜，达靼指双雕于空曰：'公能一发中否？'武皇（李克用）即弯弧发矢，连贯双雕"（《旧五代史·武皇纪》）。元白朴杂剧《箭射双雕》，即演此事。而与花荣事更相近的，乃明武忠事。成化中，都督同知武忠，体貌雄壮，精于射箭。曾出使朝鲜，"国人请阅兵，因以弓矢，请射"。当时正有大雁横空而过，武忠援弓射之，大雁应弦而落（明余继登《典故纪闻》）。

四是射落红灯（指挥灯），使梁山人马从祝家庄顺利突围。以红灯为号，古皆有之，元刘一清《钱塘遗事》称宋末民军张顺、张贵奉命救襄阳围城，由汉水而上，"各船置火枪、火炮、炽炭、巨斧，夜漏下三刻，起船出江，以红灯为号"。后来，大概见红灯熄灭，船队缺乏定势，始在元军围攻下失败了的。

古代武人有好武艺的，都须具备箭术；善射者不在于多发，往往是靠一箭定局。古史就记有春秋楚国养由基出战，仅携数支箭，而只发一箭，就命中敌帅，"军中号为养一箭"。五代吴国杨行密部将刘彦贞，"善骑射，矢不虚发，军中号曰'刘一箭'"（《十国春秋·刘彦贞传》）。就此多人故事聚合，塑造了花荣形象和特技。

花荣名字不见于明以前的正史野史。

近年，有姜燕生先生著文提出，花荣原型是明洪武年间江苏宝应县三阿乡人花荣。"花荣，善骑射，胆略过人。洪武间有盗千数，剽掠乡邑，势猛不可挡。荣与郁信甫请于朝。募民丁协心掩捕，……发弩中其（首）袁九四胸，擒之，余党就平，以功迁安丰巡检"（嘉靖《宝应县志略》）；道光《宝应县志》所记大致相同。姜文以为三阿乡贴近淮安，当为《水浒》作者施耐庵所知，而采纳他的姓名。也有人认为此明花荣与《水浒》花荣并无瓜葛。盖《水浒》之花荣，早在宋元平话杂剧里已多次出现了。此说也有可取处。但我认为：（一）此处宝应县花荣有可能系受《宣和遗事》以及元人杂剧的影响，而取为同名的；（二）当时《水浒》还未定本，此处宝应县花荣也可能为《水浒》作者塑造、强化花荣形象，提供了素材。

青州慕容知府

皇亲国戚，多是奸臣

青州知府慕容彦达是个假托人物，以衬托国戚的奸邪。

宋徽宗贵妃中并无慕容氏。此处疑由蔡京家姬故事移植。靖康元年（1126），蔡京最终为钦宗赵桓赶出京都。蔡京南迁途中，有旨取其宠姬慕容、邢、武者三人，因为金人指名来索也。蔡京作诗与宠姬诀别，云："为爱桃花三树红，年年岁岁惹东风。如今去逐他人手，谁复尊前念老翁。"（《挥麈后录》卷八）其中慕容氏疑即杜撰的慕容贵妃，以皇帝贵妃暗托蔡京宠姬，盖慕容知府是属于蔡京奸臣圈中的人。

按，《水浒》所列姓氏，复姓有公孙、钟离、西门、呼延和慕容。此间慕容也是归化姓。据《太平寰宇记》，"慕容氏亦东胡之后别部鲜卑也"。"魏初，渠帅有莫护跋率诸部入居辽西。"当时燕、代人士多戴步摇冠，莫护跋见而好之，便束发戴起了步摇冠，其部众因此称他为"步摇"，其后音讹，成为"慕容"。"或云慕二仪之德，继三光之容，遂以慕容为氏。"慕容氏家族在公元五世纪曾在黄河南北建立前燕、后燕、南燕、西燕等政权；隋唐之际多散居北方。赵匡胤（宋太祖）朝有大臣慕容令钊。

镇三山黄信

要捉尽三山人马，反为三山所欺

黄信绰号镇三山，据《水浒》称："黄信却自夸要捉尽三山人马，因此唤做镇三山。"

看来，他是非常乐意接受这个绰号的。

"三山"，《水浒》杜撰了青州地面的三座山：清风山、二龙山、桃花山。

但"镇三山"绰号，有可能源自五代吴越国孙承祐绰号"小三山"："吴越孙总监富倾霸朝，用千金市得石绿一块，天质嵯峨如山，命匠冶为博山香炉，峰尖上作一暗窍出烟，烟则聚，而且直穗凌空，实美观视。亲朋效之，呼'小三山'。"

按，"三山"，典出《史记·秦始皇本纪》，"齐人徐市等上书，言海中有三神山，名曰：蓬莱、方丈、瀛洲，仙人居之"。东晋王嘉《拾遗记》也说，"三壶，则海中三山也：一曰方壶，则方丈也；二曰蓬莱，则蓬莱也；三曰瀛壶，则瀛洲也"。

黄信绰号美其名"镇三山"，这只能是一种愿望，可望而不可得，他连一山都镇不了。所以张恨水评黄信，"姓王者多名佐才，姓梁者多名国栋，非真个个王佐之才而国之栋梁也，必向往之而已"。可谓信然。

霹雳火秦明

行事迅猛，性如烈火

"霹雳火"源起于"霹雳"。

"霹雳"，《尔雅·释天》："疾雷为霆霓。"注："雷之急击者，谓霹雳。"霹雳，又作为星名，《星经》："霹雳五星在云雨北，主天威击劈万物。"由此咬文嚼字，"霹雳"也作迅猛、声响解释。

迅猛说。《唐书·裴琰之传》，裴琰之为同州司户参军，刺史李崇义轻视他年少，派人拿数百件积案去刁难他。"琰之立为省决，一日而毕，理当词平，文笔劲妙。崇义亟谢过，由是名动一州，号'霹雳手'。"

声响说。《乐府解题》："楚商梁游于雷泽，霹雳下，乃援琴而作歌，名《霹雳引》"；《梁书·曹景宗传》："拓弓弦作霹雳声"；均以拉弹弓弦犹如霹雳巨响意。辛弃疾《破阵子·为陈同甫赋壮词以寄之》即据此有词句：马作的卢飞快，弓如霹雳弦惊。

由是宋元平话杂剧常将"霹雳"引申为"霹雳火"，用以抒发某人的性格。如宋人平话《杨温拦路虎传》引诗有："大林木编成寨栅，涧下水急作泉流，霹雳火性气难当，城头上勇身便跳"；元尚仲贤杂剧《柳毅传书》也有"则为那霹雳火无情的丈夫"。今人张亮采佐证，"按吾袁郡（江西宜春）语，以'霹雳'二字状火烧物声及人性躁暴"（《中国风俗史》）。当如是说。

秦明名字，仅见于元人《秦并六国平话》，说有"昔百十二国内梁邦秦明上将"，或由此移植。且在水泊梁山理想桃源世界里荣任马军五虎将之一。

按，梁山五虎将并非《水浒》首创，它的发明权属关汉卿；关汉卿杂剧《刘夫人庆赏五侯宴》始记有"五虎将"一词。"某今领二十万雄兵、五员虎将与梁兵交战去。小校，唤将李亚子、石敬瑭、孟知祥、刘知远、李从珂五员将军来者。""举着阿妈的将令，看俺五虎将与王彦章交战去来，被俺五虎将围了彦章。"估计后来大明皇帝的朱元璋也看过这出杂剧。"龙凤六年庚子（1360）正月朔日，太祖（朱元璋）于府门亲书桃符曰：'六龙时遇千官觐；五虎功成上将封'"（钱谦益《国初群雄事略》卷一）。朱元璋是否有戏谑他的那几个将领为"五虎将"的意思，语焉不详。大概"五虎将"这个叫法太逼真了，于武人也堪称是最高职称，此后罗贯中的《三国演义》和《水浒》都收有此称，后人不察，信以为真，其实仍是文化圈里对武人的称谓。

小温侯吕方

贩生药亏本，上山做大王

吕方诨号是自我介绍的："平昔爱学吕布为人，因此习学这枝方天画戟，人都唤小人做小温侯吕方。"

看来，他很满意这个充满英雄气的诨号。

吕方绰号小温侯，是形容他如同吕布转世：一，他本姓吕，和吕布同宗；二，他手器用的是方天画戟。

吕布是东汉末年武艺高强的战将。他顺从董卓后，被封为温侯。

这是有本本记录在案的。《三国志》和《后汉书》的有关史传都分别称他是"人中吕布，马中赤兔"。由是元人《三国志平话》写他本领在同时代武人中名列第二，仅次于燕人张翼德。但在明罗贯中《三国演义》中，却是更上层楼，把他写成天下无敌，就是桃园三兄弟，在刘备未上阵助威前，以张飞、关羽合力，和他也只打了个平手。而一部《三国演义》，关张合力同战一人，也仅吕布而已。由此衬托出吕布的绝伦本领了。

可是要说史传中吕布的手器，应是当时武人常用的长矛。吕布用戟，最初是《三国志平话》创造的形象："骑赤兔马，身披金铠，头戴獬豸冠，使丈二方天戟，上面挂黄幡豹尾。"始作为俑，《三国演义》也就如是说。

因此吕方所用戟，是从《三国志平话》《三国演义》沿袭过来的，但一部宋武人史，已无戟器充兵器了。这是因为戟这种曾经在先秦发挥威力的兵器，在三国魏晋已经很少随武人驰骋于沙场了。

两宋和元明也用戟，但已完全摆脱了战场的尘灰，而是用作仪仗、装饰。据《宋史·舆服志二》，仪仗所用之戟，全为木制，"门戟，木为之而无刃，门设架而列之，谓之棨戟"。

梁山好汉所用兵器的总和很像个古兵器陈列馆。这是为了让旁观者觉得场面精彩而铺陈的，见兵器如见其人，这样再观《三国演义》吕布的戟，也就顺理成章了。

赛仁贵郭盛

贩水银翻船，上山做大王

中国人的文化传统是讲究对称的，大概因为有个吕方所用兵器是方天画戟，因此也得制造另一个要用方天画戟的人物。

就此，和吕方同时出现的，就是赛仁贵郭盛。

郭盛的绰号，就是因他所用兵器方天戟使得精熟，被比拟作唐初名将薛仁贵，由此而得来的。

那么郭盛为什么不姓"薛"呢？这样该更恰切些。清程穆衡说："温侯即是用姓（指小温侯吕方），则仁贵当亦用姓，但史册未见，不知作者用何书？"也许是梁山好汉还缺姓郭的；而姓薛的，却有个病大虫薛永。

唐初名将薛仁贵，史传说他作战时用过长戟。唐初东征，至辽东安市城，"太宗（李世民）命诸将分击之，仁贵恃骁悍，欲立奇功，乃著白衣自标显，持戟，腰鞬两弓，呼而驰"（《新唐书·薛仁贵传》）。按，薛仁贵持戟作战故事，元杂剧多采用为题材。

又两宋时人的浑号多喜欢冠以"赛"，比喻"超越"前人。如宋末孟珙部将刘整，"珙攻金信阳，整为前锋；夜纵骁勇十二人渡堑登城，擒其守，还报。珙大惊，以为唐李存孝率十八骑拔洛阳，今整所将更寡而取信阳，乃书其旌曰'赛存孝'"(《元史·刘整传》)。

由此组合为"赛仁贵"诨号。

郭盛吕方故事，精彩的还是对影山比高低这场戏。因为是"赛仁贵"，穿一身白，骑一匹白马，和那学吕布、穿一身红、骑赤马的吕方比武，而又为花荣将两戟上揽做一团结的绒绦射断两分，此道风景线真是写得有声有色。不过也有所本，元人《秦并六国平话》说，魏将郑安成和齐将邹阔校场比武争挂先锋印，双方各用套索，不料恰巧相互套住，"各人套索不开。有小兵放冷箭射断套索，乃是昔日十二国内梁邦秦明上将之孙，姓秦名斌"。

石将军石勇

泰山石敢当，如猛虎当道

石将军绰号来自"泰山石敢当"。

旧时营建新屋，每每在对着大路小巷口的墙脚处，镶立一块大小不等的长石，石面刻曰"泰山石敢当"五字。它在中华大地东西南北中，处处可见。

按，"泰山石敢当"，初名"石敢当"。最初见自西汉史游《急就章》，唐颜师古注曰："石氏敢当，一言所向无敌也。"有人由此取名为石敢当，如五代刘智远部勇士石敢当，人即称他为"石将军"。宋元更甚，元陶宗仪时代，它已嬗变为"泰山石敢当"碑石，"据所说，则世之用此，亦欲以为保障之意"，"今人家正门适当巷陌桥道之冲，则立一小石将军，或植一小石碑，镌其上曰'石敢当'，以厌禳之"（《南村辍耕录》）。这也是石敢当俗称为石将军的一说。

石勇名字不见于《水浒》前诸书，当是作者为凑地煞星人员而发明的；更有可能是先找到了绰号"石将军"，再衍生此名字的。因为还有一说是，春秋时期卫国的石碏、石买、石恶，郑国的石制，他们都当过将军，英勇无敌，由是后人常称石姓雄壮汉子为"石将军"。

混江龙李俊

乘龙混江，竟到暹罗国做国主去了

《宣和遗事》写有"混江龙李海"，他在九天玄女娘娘编制的天罡院猛将花名册里位置很高，竟排在吴加亮（吴用）、李进义（卢俊义）和杨志之后，名列第四。可是事迹平平，只说他是随宋江到梁山泊。

将"李海"改名为"李俊"的，始作为俑是龚圣与，他在《宋江三十六赞》写有混江龙李俊赞："乘龙混江，射之即济。武皇雄争，自惜神臂。"

混江龙，多见于宋元记载。

一是南宋初期洞庭湖起义军领袖杨么的坐船。杨么水军所使用的车船是当时最先进、最有威力的战舰。"车船者，置人于前后踏车，进退皆可。其名大德山、小德山、望三州及浑江龙之类。""浑江龙则为龙首，每水斗，杨么多自乘此"（《中兴小记》卷十三引李龟年《记杨么本末》）。

二是宋人治河常备工具。《元史·泰不华传》：黄河决口，泰不华奉诏以珪玉白马致祭河神，完事后，他上奏说："淮安以东，是黄河入海处，宜仿照宋朝的制度，设置撩清夫，用辊江龙铁扫，撼荡沙泥，随潮入海。"朝廷采纳了他的建议。据清阮癸生

《茶余客话》所记南京龙江造船厂故事:"神木厂所积大木多永乐时旧物,木各有名,刻字为记,其最大者,曰……混江龙等名,朽烂弃掷,对面人立,尚不相见。"

三是元杂剧常用曲牌名。

混江龙本为宋元间常用词,于是按字义解,就用为表现李俊翻江搅海本领的绰号了。

李俊名字,或为龚圣与自史传中移植:绍兴十年(1140)二月,单州砀山染户宋从,因贩枣前往南京界,在刘婆家遇见一小儿,名叫"遇僧"。遇僧自称是少帝(宋钦宗赵桓)第二子。此事上报朝廷后,遇僧被送到阁门司。阁门司核实,钦宗并无第二子,于是皇帝下旨:"决脊杖二十,刺配琼州(今海南琼山)牢城。"遇僧被刺字和受杖刑时,针笔人执笔不敢下手,既而字刺得极细;杖刑执行人李俊执杖不敢决,既而轻拂几下,皮亦不伤。遇僧路经来安县(今属安徽)时,题诗于兴国寺,曰:"三千里地孤寒客,七八年前富贵家,泛海玉龙惊雪浪,权藏头角混泥沙。"他还是坚持自己是钦宗第二子(《三朝北盟会编》第一百九十九)。

余嘉锡认为:"若此人则又偶同姓名者耳。观刘遇僧所题诗,自谓玉龙混于泥沙,则混江龙之名,可以移赠,亦趣闻也。"

李俊之名还见于《金史·宣宗纪下》,内称金兴定四年(1220),"林州元帅唯良擒叛人单仲、李俊,诛之"。此李俊当是北方红袄军头目,降金后复起,所以称"叛人"也。

李俊在功成名就后，不做官，出海为暹罗国之主，自是《水浒》悬念之笔。按，此故事本乃虚说，清初陈忱《水浒后传》已有续笔，以抒明遗民心理。此处虽寥寥几笔，实也参自唐杜光庭《虬髯客传》传奇所称，即虬髯客自知在中国已无其用武之地，在与李靖、红拂女道别时说："此后十年，当东南数千里外有异事，是吾得事之秋也。""适南蛮入奏曰：'有海船千艘，甲兵十万，入扶余国，杀其主自立，国已定矣。'"作者借用与李俊，作为世外桃源之据也。

又《吴王张士诚载记》，其中也有劝张士诚放弃老根据地、赴海外立国的相似记述，但此故事是否为《水浒》传者所影射，那就语焉不详了。

催命判官李立

揭阳岭黑店老板，无本生意

李立绰号催命判官，似出自他在揭阳岭下开黑店、草菅人命的经历，由此称"催命判官"。

判官，原系唐宋所设官名，为地方军政长官的主要僚属。此处系移植为传说中阴曹地府阎王殿的判官。相传阎王殿设判官多名，其中执掌生死簿判官为首席判官。元明杂剧平话通常将他定为唐滏阳县令崔钰。明人平话《西游记》《三宝太监西洋记》均分别提及崔判官故事，或由此借助衍生为"催命判官"绰号。但由《水浒》有绰号"判官"，也可佐证当时"判官"已被叫得红红火火。

李立姓名，《元史·纽璘传》内称，元至元十一年（1272）有宋四川安抚昝万寿部将李立，奉命献嘉定（今四川乐山）诸寨降元。

李立其人，不见于宋元诸平话杂剧。或于笔记所录相同姓名随意移植，如《春渚纪闻·金刚经二验》，记有北宋末安吉人沈二公，金兵破城时在家中。忽有一少年破门而入，向沈怒目而视。沈安坐不动，仰视之，说："汝非燕山李立耶！"

出洞蛟童威

不是发洪水的怪物，而是私盐贩子

童威和他的绰号出洞蛟不见于《宣和遗事》和其他元明平话杂剧。当系《水浒》在增加地煞星时所设。

出洞蛟，即出洞之蛟龙。蛟，古书记载的龙属动物图腾。《说文》，"龙之属也"。《楚辞·九思·守志》："乘六蛟兮蜿蝉。"王逸注："龙无角曰蛟。"也有人认为，蛟非龙，而是鼍（猪婆龙）、鳄鱼之属。《吕氏春秋·季夏》："令渔船伐蛟。"高诱注："蛟，鱼属，有鳞甲，能害人。"五代孙光宪《北梦琐言》："蛟之为物，不识其形状，非有鳞鬣四足乎？或曰：虬蟆蛟蜦，状如蛇也。"民间传说它是能发洪水的怪物。

南宋时有海盗郑广，"自号滚海蛟"（《桯史》卷四）。盖郑广横行海上，所以有此号。童威绰号或也参照于此。由此清程穆衡解释道："南方每岁出蛟水发，甚至摧山汩陵，所谓出洞蛟也。"（《水浒传注略》）

翻江蜃童猛

翻江倒海，乃贩私盐无法无天也

翻江蜃童猛也当是《水浒》为配备七十二地煞星而新写入的。

翻江蜃，即翻江倒海的蜃也。蜃，同蛟。据明李时珍《本草纲目》称，蛟之属有蜃，其状似蛇而大，有角，如龙，红鬣，腰以下鳞尽逆，能吁气成楼台城郭状，将雨即见，名蜃楼。也有认为蜃，乃是巨蛤。

童猛兄弟以贩私盐为业。唐宋盐铁专卖，为官府控制，故走私者多有，此书仅说两童，可窥一豹。

病大虫薛永

不是大虫，貌似大虫

梁山好汉绰号带有"病"字的，见有三人，那就是病关索、病尉迟和病大虫薛永。

用"病"作为绰号字眼，是不多的。

所谓"病"，有三解：一从《国语·晋语》所注"病"作"短也"解，即不足、不够格的意思。大虫，即老虎。也就是说薛永这只"病大虫"，只能算是准老虎、预备级老虎，并非真老虎。《水浒》作者大概循"病关索""病尉迟"之"病"，以杨雄"面貌微黄"（第四十四回）、孙立"淡黄面皮"（第四十九回），自貌相取绰号，由此创造薛永乃是一只并非有"病"的"病大虫"。过去通常误识"病大虫"为"生病的老虎"，视为是对薛永的揶揄。此人等而下之，宁为鸡首，毋为牛后，病虎连健犬也不如，当系望文生义，显然这并非作者所取绰号的本意。

二是宋人的口语。据龙潜庵说，"那个'病'字，是赛、竞等义，有比得上、赛得过等意。这是宋人的口语"。他还以《古今小说》卷三十六有个王秀，诨名"病猫儿"为例，解释说"'这汉走得楼阁没赛，起个诨名，唤做病猫儿'。可见是称誉他比得上猫儿那样，有飞檐走壁的武艺了"；又以《武林旧事》卷十"官本杂剧段数"里有"病爷老剑器"和"病和采莲"等目为例，"'爷老'即曳剌（兵士），病爷老剑器，是说比得上兵士那样舞剑器；'和'亦作'禾'，指农民、农妇，'病和采莲'，是说比得上农村姑娘采莲那样的表演，可见这是宋人口语"[①]。

三是出自地方方言。今江苏东台犹称"比"为"病"。又称，本字当为"并"，《广韵》，"并，比也；又比，并也，近也"。

按，唐宋时中华多虎。民间崇虎之威力，对勇武有力者多颂之为"大虫"。《传灯录》："百丈问希远见大虫么？远便作虎声。"即是。见于史传的，诸如《旧五代史·翟璋传》，璋"好勇多力，时目为'大虫'"。《宋史·姚内斌传》说，姚出任庆州刺史时，"在郡十数年，西夏畏服，不敢犯塞，号内斌为'姚大虫'"。又《宋史·卞衮传》，"衮性惨毒，掊克严峻，专事捶楚，至有'大虫'之号"《宋史·高登传》，"豪民秦琥，武断乡曲，持吏短长，号'秦大虫'"。盖"大虫"绰号为中性，善恶者冠之不一，且取为绰号也颇见时髦。薛永绰号亦可作如是观。

船火儿张横

水上横行，独立单干；

无法无天，不是东西

船火儿张横最初在《宣和遗事》中出现，是"火船工张岑"。他和杜千因是宋江旧相识，由宋江推荐，上太行山梁山泺投奔晁盖。改换绰号姓名作全新包装的是龚圣与《宋江三十六赞》，他始称"船火儿张横"，还赞："太行好汉，三十有六；无此火儿，其数不足。"龚赞只说他是凑数的，别无他。也没有说明他和张顺是哥儿俩，后来大概是《水浒》作者发现他的名字在张顺后，两人又都与"水"有点搭界，就搭成同胞兄弟了。

绰号船火儿，即摇橹船夫。两宋时，船夫多称为"火儿"。《宋会要辑稿》（第一八四册兵二三）："每只合销梢工四人，摇橹四枝，用火儿四名。"宋江休复《邻几杂志》说，江南有一节使，某天召相者来官邸，命其妻立群婢间，令相者辨认。相者说："夫人额上，自有黄色。"群婢不禁偷眼去看夫人，相者据此认出节使之妻。"柁工火儿杂立，使辨何者是柁人，云面上有水波纹，亦用此术。"此处船火儿，即是船伙儿。古义，火，同伙。如乐府《木兰辞》，"出门见火伴，火伴皆惊惶"；《宋书·卜天兴传》，"少为队将，十人同火"。皆是。

然而张横之绰号船火儿，没有伙伴，而是江湖独行儿，在扬子江边僻静处做私渡。在《水浒》里，他就哥儿俩联手劫渡有术向宋江作了详细叙说。此类之事，正反映出当时社会的阴暗面。明姚旅《露书》："水老鸦者，扬州舟猾也。"据说，船夫多托故与"乘客"争吵。在争吵中，突然有人因"气愤填膺"而投水中，久久不出，他的同伴就向对手索命。乘客们受此惊吓，不得不向吵架者赠送金帛求息。其实跳水者伏行水中，早已在二三十里以外的地方上岸了。王利器由此确认："这种事情，由来已久，只是明人才把它记下来而已。我还记得宋元人笔记中说钱塘江的渡船，也有这种情况。"（《耐雪堂集》）当是。

汪仲贤《上海俗语图说》有"种荷花"条，即此法之古为今用。这是老上海帮会的一种暗杀手段，"将鲜龙活跳的人，当作荷花一般种在水底，人非两栖动物，浸入水中，不能呼吸空气，不久就要窒息，活人就变作'浸胖浮尸'了"。所谓"种荷花"，就是"先将罪犯浑身用麻绳捆缚，还怕他挣脱，用一个坛子套住他的双脚，如果再要道地，身上还系一块大石头，让他沉在水底，尸骨永不得翻身。这种杀人方法，在上江路里叫做'放水灯'，到了上海就为'种荷花'。在旧小说中我们时常看见'吃水馄饨板刀面'的故事，水馄饨就是种荷花"。

这正是杀人有术，一脉相承。

张横在南宋初期确有其人。

一是刘超部将张横。建炎四年（1130），"程昌禹提兵入援，有诏改昌禹镇抚鼎澧。偏将邵宏渊者隶帐下，有关、马之勇。贼党刘超犯澧阳将趋桃源。未至数十里间，有药山寺，寺之两旁，十步一松，宏渊单马闲行。贼将张横适至，两骑相蹑，环松而驰。横投以巨斧，斧着木，深不能出。宏渊负其多力，跃而前欲生致之。横因壮勇，力均敌之，不能得，则曳而俱坠。横以身压宏渊，且搦其阴。宏渊手攀枯桩，欲藉而起，相与力疲未决。宏渊亲兵至，擒之。宏渊患横凶暴，断其手而献于昌禹。横素以勇闻，昌禹命之酒，欲活而用之。宏渊曰：'贼无用。'遂杀之"（周南《山房集》卷八）。

二是太行山张横。绍兴五年（1135）九月，自靖康之末，"两河之民，不从金者，皆于太行山保聚，太原义士张横者，有众二千，来往岚宪之间。是秋，败金人于宪州，擒其守将"（《建炎以来系年要录》卷九十三）。

三是建康（南京）军使臣张横。绍兴十九年（1149）八月二日，"诏承信郎建康府驻扎御前选锋军使臣张横除名勒停，送饶州编管；以横殴击百姓马皋辜内身死，法当绞，特贷之"（《宋会要辑稿》第一百七十册刑法六）。

王利器据龚圣与赞张横为"太行好汉"，认定"绍兴间保聚于太行山的张横，当就是船火儿张横"。也是一说。但余嘉锡以为"龚赞中'太行'字数见，盖以三十六人为聚于太行，与此所云于太行山相保聚者，亦偶合耳"。我意同。盖古代姓名多有单名，并且取名者为迎合时代气息，常在若干字圈里打转转，故易于碰撞、混同，如余嘉锡说："宋时武人，多喜名'胜'、名'顺'、名'俊'、名'平'、名'横'、名'青'，而名'进'者尤多。裒各书所见，可得数百人。其名既如是之同，若其姓又为张、王、李、赵，则名氏皆易同，无由别其为一人二人也。"（《宋江三十六人考实凡例》）当是。

小遮拦穆春

一付地头蛇，有其兄必有其弟

穆春小遮拦绰号从没遮拦出，准确应称"小没遮拦"。当系《水浒》作者为拼凑地煞星群而杜撰。

穆春于浔阳镇上欺负外来户薛永事，此类地头蛇故事，农耕社会常有，明清侠义小说多见有移植，不赘。

宋江投宿和被穆氏兄弟浔阳江边追赶的故事，部分似由宋洪迈《夷坚支志》所记朱四客主仆误投黑店事移植：

朱四客主仆路遇一个持长枪的强盗，朱乘此人不备，从背后袭击他，然后成功脱身，借宿于一家旅邸。就寝之前，朱发现旅邸的男主人其实就是白天所遇的强盗。朱"大惧"，惶恐之间破壁而逃，与仆躲藏草丛中。强盗也发现那主仆原来就是白天逃脱的"行货"，便与妻点燃火把大肆搜索，并向前追赶了十数里。朱估计强盗已远去，赶紧跃出草丛，放火焚烧旅邸。不久，强盗返回，仓皇运水救火，无暇寻找朱四客主仆，"朱遂尔得脱"。

此说前段为《水浒》嫁接与李逵遇李鬼（假李逵）夫妻故事处，可谓一鸡两吃。

没遮拦穆弘

横行本乡，固步自封；
划地为王，坐地称霸

《宣和遗事》有"没遮拦穆横"，是押运花石纲的一个指使，后来与李进义、杨志等上太行山梁山泺落草。他也是梁山的基本成员，因而在九天玄女娘娘钦定的天书里，也是天罡院三十六猛将之一。

因为源自太行山原班人马，龚圣与作赞就称："出没太行，茫无畔岸。虽没遮拦，难离火伴。"

没遮拦绰号。遮拦，或自"遮栏"引申，元人杂剧常见有"遮栏"，为说书、演唱场地所设的低栏杆。按，遮拦，还常见于《水浒》本传。据该书第十四回《赤发鬼醉卧灵官殿》所叙雷横刘唐相斗："一来一往。似凤翻身；一撞一冲，如鹰展翅。一个照搠尽依良法，一个遮拦自有悟头。"由此"没遮拦"，也可据清程穆衡解说，"遮拦，抵御之意，言其凶猛无可抵御也"（《水浒传注略》）。

穆横，《水浒》始改作"穆弘"。这大概是在它成书时，发现三十六天罡带横字辈的已见有雷横、张横，就把他改为"穆弘"了。

蔡九知府德章

奸臣世家，有其父必有其子

蔡九知府说是蔡京的儿子。

有《水浒》第三十七回介绍为证："江州知府姓蔡，双名德章，是当朝蔡太师蔡京的第九个儿子，因此江州人叫他做蔡九知府。"

这当然是小说家言。

其实，蔡京只有八个儿子。

据《宋史·蔡京传》，蔡京有八个儿子。靖康元年（1126），金兵南侵，赵佶（宋徽宗）传位赵桓（宋钦宗）前夕，无可奈何将他们父子一概罢官；赵桓登基时，又在朝臣、太学生等压力下，把蔡京贬至岭南。蔡京八子中，蔡儵早死，蔡攸、蔡翛为赵桓下诏诛死，蔡绦流放病死，蔡鞗因娶公主，免流徙，"余子及诸孙皆分徙远恶郡"。所有儿子都是单名。

大概就是这个原因，就编造了一个"老九"，而且是取双名"德章"。他让读者有意地窥出，这是冒牌儿子。

所以称"蔡九知府"，乃是按行第，也就是蔡京儿子蔡绦《铁围山丛谈》所称："至尊始踵唐德宗呼陆贽为'陆九'故事，目伯氏曰'蔡六'。是后，兄弟尽蒙用家人礼，而以行次呼之。

至于嫔嫱宦寺，亦称天子称之，以为常也。目仲兄则曰'十哥'，季兄则曰'十一'，吾亦蒙上圣呼之为'十三'。"

龙生龙，凤生凤，奸臣的儿子是贪官滥官，这就是水浒时代的思维定势，也是农耕社会的血统说。

神行太保戴宗

只有道门，才能编造日行千里

戴宗绰号神行太保，即俗称飞毛腿是也。他是马拉松健将。

神行太保也是组合词。

神行，道家仙术，且瞬行游几千里。太保，此处以戴宗常打扮如太保，而呼为"太保"。

按，太保典出为古代三公之一。《周礼》："立太师、太傅、太保。兹唯三公，论道经邦，燮理阴阳。"唐宋仍设此职，多为大官加衔，无实权。它自唐末五代转滥，所谓有"太保满川，司空满地"语；五代义子成风，也称太保，如沙陀李克用有十三太保。宋元时，太保又为民间所用：一，用于庙祝、巫师。宋俞琰《书斋夜话》："今之巫者，言神附其体，南方俚俗，称为太保。"《宋史·孙子秀传》："为吴县簿，有妖人，自称水仙太保。子秀按治之，沉诸太湖。"戴宗外出奔走，所扮即此等人员。二，用于绿林好汉。多见称于元人杂剧。无名氏《鲁智深喜赏黄花峪》二折："小生刘庆甫是也，被蔡衙内将我浑家夺将去了，上梁山告宋江太保去。"元李敬远杂剧《都孔目还牢末》第四折："太保，你认识我吗？"此乃李孔目对梁山黑旋风李逵之尊称也。三，明时，轿夫也称太保。见《古今小说》第三回："官人吃了

163

几杯酒，睡在楼上，二位太保宽坐等一等，不要催促。"

由此神行太保的"太保"，只能因戴宗时常扮同庙祝、巫人而得出绰号的。

戴宗名讳，不见于史传。《宣和遗事》只说他等九人随宋江直奔太行山梁山泺上，为此，龚圣与赞有："不疾而速，故神无方，汝行何之，敢离太行。"

戴宗当然是宋江三十六人的原班人马。他的"神行太保"在元人杂剧里也经常出现，也是《水浒》不可或缺的重要角色。由此可见元时以"太保"称巫，蔚为俗语。明初即禁师巫称太保。"此元时旧习也，国初有禁"（《菽园杂记》卷二）。但仍难绝，至清康熙二十五年（1686）三月上谕：严禁五圣庙，革除太保之称。始根除绝。

戴宗神行，全仗甲马术。

甲马术典出于《金史·突合速传》，金将孛堇乌谷多次进攻石州（今山西离石），都失败了，将士阵亡数百人。"突合速谓乌谷曰：'敌皆步兵，吾不可以骑战。'乌谷曰：'闻贼挟妖术，画马以系其足，疾甚奔马，步战岂可及之？'突合速笑曰：'岂有是耶？'"于是令诸军改为步战，遂尽歼宋军。《花朝生笔记》也说昆山人顾大愚"有符咒甲马，拴于两股，日亦可三四百里。今闻其符咒书为人窃去，不能走矣"。戴宗神行故事后也为仿制。《花当阁丛谈》：张成，徐州人，短小精悍，善走，日可行五百里；若缓步，亦与人同。造意远行，则不可及。然既行，又不能自止，或遇墙、抱树乃止。凡封奏羽报，则使之。夜则于圆簏中缩足而睡。按此事果信，《水浒》中之神行太保，殆非寓言耶！[①] 似可视为《水浒》为戴宗塑造"神行太保"形象的张本。

但也有称甲马系纸马嬗变而来。纸马，本作为祭祀之用，同纸钱。《天香楼偶得》称，"俗于纸上画神像，涂以彩色，祭赛既毕则焚化，谓之'甲马'，以此纸为神所凭依，似乎马也"。《蚓庵琐语》且称：从来世俗社会祭祀，都须焚烧纸钱甲马。相传苏州穹窿山有个施道士请温元帅下凡办事，事毕回去，索取纸钱甲马，但连烧几帖，仍不回天。施道士说："献呈尊神的纸马是很多了吧！"温元帅在纸上显字说："马足有缺陷，已不能充作坐骑。"由是取来未被烧焚的纸马细看，始才发现纸上由印模打出的马足图案断缺没有连接。于是拿朱笔把它连接补整。温元帅才姗姗离开。该书又说："然则昔时画神像于纸，皆有马以为乘骑之用，故曰'纸马'也。"《水浒》称戴宗甲马卸下，须几陌纸钱烧送，此处也可为"神行"作注脚。

按，《水浒》开拓《宣和遗事》戴宗的神行术，似也自侧面反映宋时邮递事业的迅速发展。盖宋时邮递，如属急件，以"急脚递"（接力传递）一昼夜须行四百里，而"金字急脚递，如古之羽檄也，以木牌朱漆黄金字，光明炫目，过如飞电，望之者无不避路，日行五百余里"（沈括《梦溪笔谈》卷十五）。如岳飞为

---

① 《水浒资料汇编》第118页。

金牌十二道由郾城前线召回，即此特制的涂金木牌。

戴宗名讳不见于史传。宋话本有"戴嗣宗"，今佚。见宋罗烨《醉物谈录》甲集卷一《后耕叙引·小说开辟》著录，入"公案"类，此文不见传，本事不详。谭正璧云："疑即《水浒》中的神行太保戴宗，但因名字中多一'嗣'字，恐怕另有其人亦未可知，不敢不断。"[①]

---

① 《话本与古剧》上卷第 32 页。

黑旋风李逵

天降天杀星，地生龙卷风

黑旋风李逵在《宣和遗事》是没有什么事迹的，但他在元人杂剧里却是《水浒》戏的第一红角儿。

李逵绰号黑旋风，因而也大大的出了名。

黑旋风何解。龚圣与《宋江三十六赞》说："风有大小，不辨雌雄；山谷之中，遇尔亦凶。"意思说，此黑旋风刮起来厉害，而在山谷里尤见厉害。它没有再作其他解释。望文生义，龚赞很多都是。

"黑旋风"绰号，应该是组合词。

"黑"，乃是指本人面色黝黑。如元人杂剧《李逵负荆》，李逵自称："人见我生得黑，起个绰号，叫作'黑旋风李逵'便是。"宋人多有取带"黑"的绰号，宋初名将、沿边都巡检尹继伦"面色鼍黑，胡人相戒曰：黑大王不可当"（《宋朝事实类苑》卷五十五《将帅才略》）；宋仁宗时名将王德用，"其状貌魁伟，而面色正黑，虽匹夫下卒，闾巷小儿，外至远夷君长，皆知其名，识与不识，称之曰黑王相"（同上）。此处尹继伦、王德用皆因脸黑之故，而有带"黑"字的绰号。由是，"黑旋风"之"黑"，亦应该作如是解。

"旋风"，即自然界平地而起的龙卷风。元孙继曾《梨园落英集》卷二《黑旋风》条称，"旋风者非可借可随之东风南风也；飙然而起，扶摇羊角，塞乎天地，其势可骇也。此状李逵顶天立地，赫赫然，巍巍然也"。"公（魏大谏）即归大名，在路为大旋风所绕，莫能前进，公怒曰：'安有是哉！'遂引弓射之，正中一物，风乃止，视之，一白驴首，旋逼而灭之，行者尽惧异之"（同上书卷六十九《神异幽怪》）。

又，旋风来时，自下而上卷起一阵乌烟，也有称之为"黑风"。司马光就记有宋康定元年（1040）"丙子，黑风自西北起，京师昼晦如墨，移时而止"（《涑水纪闻》卷十二）。正是。

按，古战争起，常伴有黑风，盖大军移动，飞沙走石，触及气流。前燕慕容宝伐魏，"忽有大风黑气，状若隄防，或高或下，临覆军上。沙门支昙猛言于宝曰：'风气暴迅，魏军将至之候，宜遣兵御之。'"（《晋书·载记》卷二十三《慕容垂》）

但王利器认为，"旋风"是一种炮。他在《耐雪堂集》引《三朝北盟会编》卷六十六："金人攻东水门，矢石飞注如雨，或以磨磐及礅碡绊之，为旋风炮，王师以缆结网承之，杀其势。"

李逵绰号黑旋风，用旋风炮作注脚，似乎是说李逵是火暴性格，像大炮。此也一说。

我意黑旋风就是龙卷风、黑风，来去迅猛，此也可参见元末陈友谅的皂旗军。朱元璋与陈友谅战于江西，"友谅与其将张定边出皂旗军号'黑旋风'者迎战"（钱谦益《国初群雄事略·太祖实录》）。盖"皂旗军"以行走如疾风，而得名"黑旋风"也。

黑旋风起，一片灰黑，真乃是鬼见愁。西北地区多见有此旋风。1949年8月3日，毛泽东接到彭德怀关于进军新疆时间的来电，内称："三四月间系风季，安西至星星峡处常起旋风；黄旋风来势缓，人可避，黑旋风来势猛，事先如无准备，人可吹走。"①1973年12月，新任兰州军区司令员韩先楚即在宁夏遇到黑风：宁夏阿左旗哈日苏海的戈壁滩中有怪风，冬天被称为"白风"，搅雪喷雾，刮起满天皆白，春天被称为"黑风"，挟沙裹尘，卷来天昏地暗。那天韩乘车至阿左旗哈日苏海边防，途中，天暗黑，陪同的边防官兵说："首长，黑风将至，请避之。"须臾，黑风果至，韩与警卫避一沙丘下，约一小时，风过，不见将军，只见沙堆，陪同者急将韩先楚扒出。②今人李新教授于河西走廊身临其境，其有体会，他说："在张掖，我还领略过一次黑旋风的奇特景象，那可真是大开眼界。黑色的旋风自西而来，先沿走廊的南北两面山麓向前飞奔，如同两路大军包抄一样，形势逼人。老乡们都拼命往家跑，边跑边喊：黑旋风来了，快回家呀！这时两股合围在一处，其势之猛，不仅摧枯拉朽，更会使房倒屋塌；没来得及跑到家的人，必须马上就身卧倒，否则风会把人卷得很远很远。有的小羊被风刮到河滩，摔死在石头上。有了

---

① 《王震传》，人民出版社2008年4月版。
② 《今古传奇·人物》2014年第11期。

这次亲身经历，我才明白用黑旋风来形容李逵的性格，是再贴近不过了。"①

两宋史传记载确有李逵其人的。他的名字还上了《宋史》。

据《建炎以来系年要录》说，建炎元年（1127）十一月，密州知州赵野携家属弃城而去，人心混乱。守卫军校杜彦和军士李逵、吴顺商议："方今盗贼纵横，一州生灵，岂可无主。"于是趁机作乱，杜彦自称代理知州，李逵等辅佐之，并遣人将赵野捉回，杀头示众。后来李逵又杀死杜彦，自立为知州。建炎三年闰八月，知济南府宫仪与金兵战于密州（今山东诸城），兵溃，"仪及刘洪道俱奔淮南。守将李逵以密州降金"（《宋史·高宗纪》）。

显然，此李逵与元人杂剧和《水浒》中李逵的性格、气质和行为判若两人。

余嘉锡在作了缜密的考订后说：李逵此人《三朝北盟会编》作"乐将节级"（卷一百十四），"而《水浒传》谓黑旋风是江州小牢子，宋时牢子亦称节级，又似颇相合者，岂（杨）志、（史）斌辈因征方腊有功受赏，而逵终屈于走卒，流落不偶，以至是欤。抑小说家取此李逵之事，傅之黑旋风欤。是皆不可知也。始汇其事，以俟考订耳"。他也认为史事记载的李逵，"卒以密州拱手授金。其为人暴戾恣睢，背信蔑义，与诚笃爽直、尚意气之黑旋风行事殊不类。不能以其姓名时间之偶合，遽断为一人也"

---

① 《回望流年——李新回忆录续篇》，北京图书馆出版社，第128—129页。

（《宋江三十六人考实》）。按：李逵名讳见之于宋元诸史仅此一而已，余嘉锡说仅移植其名讳，当是。

李逵名字或参见《后汉书》卷六十八《许劭传》，许劭，汝南平舆人。"劭邑人李逵，壮直有高气，劭初善之，而后为隙。"本书人物多借自《后汉书》，此又一证。

又，李逵或为"李珪"谐音嬗化。据徐朔方教授《我和小说戏曲》称，金王实甫《丽春堂》主角监军李珪和管军元帅徒单乐善在香山会上因赌赛双陆争吵，打掉对方门牙，被贬斥在济南闲居。因草寇作乱，取他回朝。草寇闻风投降，李官复原职，向徒单负荆请罪。此人姓名和李逵谐音 ①。

李逵小名"铁牛"。铁牛，民间当铸以用作镇江河之神器。笔者儿时在浙江海宁钱塘江畔，即见有所铸铁牛。冯玉祥亦称在四川常见：民初在四川，见涪江右岸，全是石灰打成。沿着江岸，每隔一段路，置一头铁牛。我不懂铁牛有什么用。问当地老百姓，才知这叫"铁江牛"，和供龙王一样，是为防水患的。（《我的生活》第十九章《蜀道难（一）》）

《水浒》所写李逵故事，很多移植于元人杂剧，元人《水浒》杂剧李逵是最佳人选，现存如《梁山泊李逵负荆》；也有若干存目，如《黑旋风乔断案》《黑旋风穷风月》《黑旋风诗酒丽春园》《黑旋风仗义疏财》《黑旋风斗鸡会》。也有是从唐宋笔记汲取

---

① 《学林春秋》二编上册，朝华出版社 1999 年版。

素材再创作的，著名的如李逵离家途中沂岭杀四虎事："有庄客张俊，妻为虎害，复挟两矢，携弓腰斧，下道乘黑而行。""虎又于窟中引四子。皆大如狸，掉尾欢跃。虎以舌舐死人，虎子竞来争食。俊在树上见之，遂发一箭，正中虎额，其虎腾跃，又发一箭，中其胁，箭皆傅毒，虎遂惊跃，狂乱吼怒，顷刻而死。俊复下树，以斧截虎头，并杀四子，亦取其首，葛蔓贯之"（《原化记》，引自《太平广记》卷四十一《虎八》）。又，"绍兴二十五年（1155），吴傅朋除守安丰军。自番阳遣一卒往呼吏士，行至舒州境，见村民穰穰，十百相聚，因弛担观之。其人曰：'吾村有妇人，为虎衔去，其夫不胜愤，独携刀往探虎穴，移时不反，今谋往救也。'久之，民负死妻归，云：'初寻迹至穴，虎牝牡皆不在，有两子戏岩窦下，即杀之，而隐其中以俟。少顷，望牝者衔一人至，倒身入穴，不知人藏其中也。吾急持尾，断其一足，虎弃所衔人踉跄而窜。徐出视之，果吾妻也，死矣。虎曳足行数十步，坠涧中。吾复入窦伺牡者，俄咆跃而至，亦以尾先入，又如前法杀之。妻冤已报，无憾矣。'乃邀邻里往视，舆四虎以归，分烹之"（宋洪迈《夷坚甲志》卷十四）。

此处所记舒州某村民杀虎为妻报仇，当系真人真事故事。这个村民有智有勇，开始很容易地除去在岩洞下嬉戏的两头幼虎，而隐身在洞里时，乘雌虎倒身入穴，从背后斩其一足，使它跛足跌入深涧；又乘雄虎也以尾先入洞时，循旧法将它杀死。他是乘老虎不备时先出制之。故事与李逵杀虎大有相似处，且同时杀二大二小虎，所以鲁迅就此条笔记说："案《水浒》叙李逵沂岭杀四虎事，情状极相类，疑即本如此等传说作之。《夷坚甲志》成书于乾道初（宋孝宗乾道元年，公元1165年），此条题云《舒民杀四虎》。"（《华盖集续编·马上支日记》）

浪里白条张顺

雪浪如山，汝能白跳，愿随忠魂，来驾怒潮。

张顺绰号浪里白跳，是《宣和遗事》宋江三十六人里很有形象思维的一个绰号。龚圣与有赞称："雪浪如山，汝能白跳，愿随忠魂，来驾怒潮。"生动地描绘了张顺有如弄潮儿，随着潮神伍子胥，在白浪滔滔中跳水稳步行进。

但金圣叹的腰斩七十回本，"浪里白跳"改作"浪里白条"。此中"白条"，有二解：一是称赞张顺在惊涛骇浪里的白条似身材，显得轻捷灵敏；二是把张顺的好身手比作鲦鱼。鲦鱼，即鲹鲦，呈银白色，长仅十余厘米，行动极为灵活。《正字通》称，"白鲦，形狭而长，若条然"，即是。按，鲦鱼常见于江南河溪，金圣叹由此浮想联翩，改为"白条"，似更见浪中张顺形象。

张顺绰号的形象化，大概是与作者心目中已有的忠义行为模式相关的。这一模式，就是南宋亡国前夕的忠义军张顺。

见于南宋史事的张顺有四：

一，芜湖寨兵张顺。"马俊或曰进，太平州慈湖寨兵也。绍兴二年，寨军陆德、周青、张顺等据州叛，青为谋主……（俊）伺青上马，斫中颊"，而马俊遇害。后"官军至，德、青遂伏诛"（《宋史·忠义传·马俊》）。

二，永兴军路本将张顺。"建炎四年五月，永兴军路部将姒遽与其徒四百人谋杀将官张顺，不克，亡去，引众犯金州"（《建炎以来系年要录》卷三十三）。

三，淮东张顺。绍兴四年（1134）五月，"遂以中卫大夫和州防御使淮东宣抚使前军统领张顺，充淮东兵马都监，洪泽镇把隘，用（韩）世忠奏也"（《建炎以来系年要录》卷七十六）。

四，忠义军头领张顺。宋咸淳八年（1272），襄阳被元军包围已五年，朝廷出重赏募死士赴援，得三千人；求将，得张顺与张贵。五月，发舟百艘，进据团山下。又过二日，进占高头港口，结方阵，各船置火枪、火炮、炽炭、巨斧、劲弩。夜漏下三刻，起碇出江，以红灯为号。时张贵在前，张顺殿后，乘风破浪，径逼重围，至磨洪滩以上。元军舟师布满江面，无隙可入，宋军乘锐击断铁绠攒柹数百处，转战一百二十里。黎明，抵襄阳城下。但收军以后，独不见张顺。"越数日，有浮尸溯流而上"，"视之，顺也，身中四枪六箭，怒气勃勃如生。诸军惊以为神，结冢殡葬，立庙祀之"（《宋史·忠义传·张顺》）。

又，《金史·忠义传》也有张顺，内称，淄州（今山东淄博西南）人张顺在传递信息时，为围城元军所俘，他拒绝说降，不屈而死。

张顺名字可谓多矣，可能还有。其中谁与《宣和遗事》能有牵连的，实难详断。"至于《水浒》所叙张顺死事情形，则又因南宋末年之张顺而附会之者也"（余嘉锡《宋江三十六人考实》）。

此忠义军头领张顺，生为人杰死为鬼雄，很容易与死于杭州涌金门的《水浒》张顺混淆为一，他为《水浒》张顺节烈行为提供了生动的形象。

百回《水浒》也穿插制造文化古迹。如武松在杭州六和塔出家，此处也在杭州西湖为张顺建庙，敕封为金华将军。说得神乎其神，其实非也。据宋咸淳《临安志》卷七十三："金华将军庙，在丰豫门（涌金门）内涌金池前，神姓曹名杲，真定人，仕后唐为金华令。时郡兵叛，神以计平之。吴越王嘉其功，就擢婺守。国初，钱氏来朝，委以国事。尝即城隅浚三池，曰涌金。邦人德之，为立祠池上。"《梦粱录》卷十四也有记载。清梁玉绳在《瞥记》也说："涌金门外金华将军庙，人以为即张顺归正，非是。"可见今日仍存于杭州涌金门内的金华将军庙，所祀神主是五代宋初的曹杲，曹曾任金华令，故通称金华将军，与张顺实无关。

黄蜂刺黄文炳

此人用心刻毒，犹如蜂刺

《水浒》说："且说这江州对岸，另有个城子，唤做无为军（'军'，宋时凡有重兵驻扎处设'军'，由县升级，领数县亦有不设县，比县级高；内地关隘设军，直隶京都），却是个野去处，城中有个在闲通判，姓黄，双名文炳。"

通判，宋时州府佐官，行监察事，与州府相互牵制，凡州府公事须知州与通判合签，本人亦可直接上奏皇帝，通称"监州"。在闲通判，是罢了官的，也有作无有实授的带通判衔的闲官。

黄文炳绰号黄蜂刺。

这个绰号源出姓氏，而巧用了"黄蜂刺"，恰如其人，极写此人用心刻毒。自然界有黄蜂。黄蜂有毒刺。按，黄蜂为昆虫类膜翅目，与胡蜂形状同。体长七分余，全体遍黄褐色，头大，颈上密长有光泽之短毛，触角呈棍棒状，脚长，腹分六节，尾端有钩状毒刺，贮毒液，一次螫物，刺即折断。此蜂常伤害树皮及果实。

唐宋文人多有写黄蜂入诗者。

李贺《残绿曲》："垂杨叶老莺哺儿，残丝欲断黄蜂归。"李商隐《闺情》："红露花房白蜜脾，黄蜂紫蝶两参差。"陆龟蒙

《春晓》："黄蜂一过慵，夜夜栖香蕊。"苏轼《四时》："帘额低垂紫燕忙；蜜脾已满黄蜂静。"可见当时人们于黄蜂的熟悉程度。

黄文炳史无其人，或因唐宋时人有出现此类黄姓排行，如唐末黄巢、朱温部将黄文靖，宋黄文政、黄文晟。而更名"文炳"，或采自《元史·董文炳传》。董文炳率军伐宋，由安庆至无为州，顺江东下，首先进入临安（今浙江杭州）。

圣手书生萧让

能仿制各家书体，以假乱真

萧让绰号圣手书生，是因他会写诸家字体。北宋末年，政坛文坛流行仿四家书法。四家，是指苏轼（东坡）、黄鲁直（庭坚）、米芾（元章）和蔡京四家。所谓"苏蕴藉，黄流丽，米峭拔，蔡浑厚"（《苍润轩碑跋》），皆有独特的艺术风格，颇见意趣神韵。南宋前期，四家字体仍甚吃香，"高宗初作黄字，天下翕然学黄字；后作米字，天下翕然学米字"（杨万里《诚斋诗话》）。"光尧（高宗退位后的尊号）喜书，自恨不与黄太史（鲁直）、米南宫（芾）同时"（刘克庄《后村题跋》）。岳飞自学成材，好书法，书宗苏轼，雄浑峻拔，劲利凝重。

由是《水浒》作者发明了萧让。盖山寨兴旺发达，亦需要有此类人才也。萧让能仿制各种书体，以假乱真，其手若有特异功能，所以被冠与"圣手书生"绰号。

圣手，意为神仙之手。元孟汉卿杂剧《张鼎智勘魔合罗》一折（一半儿）："敢是我这身体不洁净，触犯神圣；望金鞭指路，圣手遮拦。"郑德辉杂剧《程咬金斧劈老君堂》一折（么篇）："尊神与某金鞭指路，圣手遮拦。"均可为"圣手"参照。

"书生"，见陆逊与关羽书："仆书生疏迟，忝所不堪。"（《三

国志·吴书·陆逊传》）

魏晋时，佛经东渐带来俗文学后，中国中下层黎民百姓，开始和文字结缘，但为数甚少。见于《水浒》的梁山好汉，虽多呈阳刚勇武丈夫气概，但文化层次很低，不少人是文盲，余下的也只是半文盲、识字分子。鹤立鸡群，只有萧让才堪称梁山大才子。

萧让名讳，见元杂剧贾仲名《萧淑兰情寄菩萨蛮》，"自家姓萧名让，字公让，祖居萧山人氏"（卷一）。

玉臂匠金大坚

山寨军事制度化，不得不有印章

玉不琢，不成器。宋人平话有《碾玉观音》，这是当时玉雕工艺取得显著成就的佐证，是以《水浒》出现有玉石雕刻匠作和工匠。

金大坚绰号玉臂匠，是因他雕得好玉石。

玉臂，即肉臂。刻石用章，非手力不可，所以称玉臂匠。

农耕社会尤讲究权力，印章是权力的象征和表示，所以雕刻、拥有印章之权均在官府；民间偶有治印，也未能进入市场，成为一门社会职业。是以宋元所谓的一百二十行业中虽有玉石雕刻行，但不包括印章业。

元末书画家王冕首创用青田石刻印章，打破了过去仅以金属、玉石、象牙、犀角等材料刻章的传统，民间始出现有刻字个体户，即专门篆刻印章的工匠。《水浒》编造的玉臂匠，是以明初社会行业中有雕刻业为背景的。

金大坚，是《水浒》的创造，盖以金为大坚，是表示刻章材料坚硬如金也。

通臂猿侯健

飞针走线，天下第一手裁缝

元人杂剧常见有"通臂猿"字眼。如乔梦符《玉箫女两世姻缘》，"搽一个红颊腮似赤马猴，舒着双黑爪老似通臂猿"。

通臂猿，或即俗称长臂猿，属灵长类。"猿似猴而大，有青、白、玄、黄、绯数种，其长臂者名通臂猿，能伸缩其肘，善攀缘"（宋范成大《桂海虞衡志》）。清末刘体仁《七颂堂识小录》记叙他在安徽家乡所见送往北京的通臂猿："于池河驿见贡猿雌雄各一，抱一子，傍聚猕猴数十，掷跳喧阵。贡者言：猿恶人间哭泣声，闻则肠断，故以是乱之。雌白而黑环其面，颈以下亦黑，若衣领，雄黑而白环其面，颈绿亦白。与之枣栗，伺其引手接，则引远，猿必引臂及之，左长则右缩，信通臂也。"大概因为通臂猿手巧心灵，与《水浒》塑造侯健黑瘦轻捷契合，于是发明了此绰号。

侯健，不见于宋元诸书籍。盖侯健者，即猴捷也。由绰号而取名字，由名字而定绰号，这也是《水浒》若干绰号和人名的一大来源。

黄佛子黄文烨

受佛教影响而来，意为善人

黄佛子，原名黄文烨，是无为军陷害宋江的黄文炳之兄。黄为姓，佛子为绰号，意思就是善人。从"佛子"一词来看，似已清楚他的为人品行。

"佛子"作为绰号，自唐宋伊始，多见有记载。

尹佛子。唐朝泽州都督尹正义。尹为官公平、清正；后王熊继任，贪赃枉法。"百姓歌曰：'前得尹佛子，后得王癫獭。判事驴咬瓜，唤人牛嚼沫。见钱满面喜，无锤从头喝。尝逢饿夜叉，百姓不可活。'"（唐张鷟《朝野佥载》卷二）

边佛子。南唐名将边镐，出守湖南，因宽厚待人，被称为"边佛子"（《十国春秋》）。

李佛子。"李侍郎仲容，涛相之后，吉德恬退，不与物校，时人目为'李佛子'"（宋吴处厚《青箱杂记》卷二）。

陈佛子。"陈思让酷信释氏，人目为陈佛子"（赵翼《陔余丛考》卷三十八）。

费佛子。元福建宣慰使，松江（今上海）人费棨，"轻财好施，勇于为义，人皆称'费佛子'"（元陶宗仪《南村辍耕录》卷七）。

是以《水浒》制造了"黄佛子"。

摩云金翅欧鹏

大江军户，黄门为盗

欧鹏绰号摩云金翅，是从他的名字而来的。

摩云金翅，即神话传说里的大鹏鸟。《庄子·逍遥游》："有鸟焉，其名为鹏，背若青天，翼若垂天之云。"被神化的鹏鸟，在佛教东渐后又演化为民间传说的西方世界的大鹏金翅鸟了。按，大鹏鸟，即佛典所称护法神，为天龙八部之六迦楼罗（kalandaka），意即金翅鸟神，双翅羽毛呈金色，两翅张开为三百三十六万里，以龙蛇为食。

欧鹏绰号即由"摩云"和"金翅"组成。

摩云，贴近云霄。《五代史·李罕之传》：河中（今山西永济）、绛州（今山西新绛）之间，有摩云山，绝高，民保聚其上，寇盗莫能近。李罕之攻拔之，时人谓之"李摩云"。

金翅，《佛藏》称，金翅鸟，一足踹海底，一足攫龙尽啖之，龙绕其咮如咀蚓，尚能为雷电霹雳也。《贤愚经》：记佛为救苦救难，自化身为金翅神鸟，捉拿作虐民间的十首怪龙，将它撕裂碎片吞食。所谓"一龙身有十头，于虚空中雨种种宝，雷电震地，惊动大众，时舍利佛便化作一金翅鸟王，擘裂噉之"。

金翅鸟在宋元前就多有传说。曲家源先生引用《南齐书·南

184

郡王子夏传》："武帝梦金翅鸟下殿庭，搏食小龙无数，乃飞上天"，《述异记》："兰陵山有井，异鸟巢其中，金翅而身黑，见即大水"，乃称"可见金翅鸟相当凶恶"①。此也一说。

欧鹏姓氏不见于宋元诸书，当系作者杜撰。《水浒》称他祖贯黄州人氏，实无据。盖欧姓不出于湖北也。

欧姓古无有之。《雪山志林》载："（明初）区吉因有功授彰德卫百户。一日，太祖问其籍，对曰：区吉，为区别之区。"朱元璋即赐在"区"旁加一"欠"字。自此吉之子孙皆用红字写"欠"旁为"欧"。是以两宋更无"欧"姓者。此也一说。

---

① 《松辽学刊》1984 年 1—2 期。

神算子蒋敬

山寨要有人掌管钱粮核算，故有大会计

蒋敬是以落第举子的身份上梁山的，是梁山好汉群里难得的知识分子。他有一技之长。盖水泊虽以军事组织为主体，但总得有人掌管钱粮核算，蒋敬就是大会计。

神算子，算子，即明清至今的算盘雏形，这是古代的计算工具。程穆衡认为："古算子皆竖握之，有九觚，每觚七筹，上下其筹以算。"

算子，有时也泛指知识分子。宋罗大经《鹤林玉露》说：五代后汉王章不读书、不看报，"不喜文士，常语人曰：'此辈与一把算子，未知颠倒，何益于国！'"此或即蒋敬绰号的由来。

《水浒》称蒋敬为潭州（治今湖南长沙）人。蒋姓宋元时即为潭州望族，作者当知此姓氏渊源，由是杜撰蒋敬其人，而籍贯却无误也。

《清异录》："宣武刘钱，民也，铸铁为算子。"《懒算子》卷五："卜者出算子约百余，在地上几长丈余。"《秦并六国平话》卷中："杀得官人如算子，丫叉尸首不堪闻。"此指尸体满地纵横，乱七八糟，如布算时的算子。但此算筹，乃宋时产物，非木盘上横梁所装的算珠组成的算盘（算盘出现当在明中叶），而是以片作计数的。所以《勘头巾》二折："大凡掌刑名的，有八件事，可是那八件：一、笔札；二、算子；三、文状。"《盆儿鬼》楔子："那先生把算子又拨上几拨，说道：只除离家千里之外，或者可躲。"

铁笛仙马麟

小番子，能舞大刀，能吹铁笛

马麟绰号铁笛仙。以"铁笛"为绰号可以有两说。

善于吹铁笛。唐宋笛具多为竹制，贵族阶层则有玉制器具；也有使用铁笛的，铁笛沉重，能吹奏者通常为非常之人。如西夏初期国相张元，微时浪迹江湖，常夜游山林，口吹铁笛，绿林好汉闻之，就远远避开。此处或借用为马麟绰号。

相传南宋富春（治今浙江富阳）孙守荣少年时，游于山谷，有老人教以吹奏铁笛，并学会从宫、商、角、徵、羽的五音里，来推五数的数理，配合金、木、水、火、土的五行常理，测度万物的始终、盛衰的定理，甚至于一个人的祸福吉凶。孙此后吹笛为生，自号"富春子"；又因为会算卜，料事如神，又被多人称为"铁笛富春子""铁笛仙"[①]。

他人名号。元末诗人杨维桢号铁崖，又号铁笛道人、铁仙。据称杨维桢得有古剑半截，请能匠炼为铁笛，为平生心爱之物，因而自号"铁笛道人"，并作《自题铁笛道人诗》。

以"铁笛仙"绰号与"马"姓挂钩，或出自东汉儒学大师马

---

① 李奕定《历史故事新述续集》（下），台湾商务印书馆 1989 年版。

融故事。马融善笛，所用长笛，正上有五孔，背下有一孔，长一尺八寸，后来吹笛者多有仿此规格、尺寸而制作。是以就炮制了一个姓"马"的"铁笛仙"了。

马麟名字，当系《水浒》作者借用他人之姓名。史传笔记记录明初马麟就有四人：

（一）马麟，元丹阳县达鲁花赤，承事郎，大德六年（1302）任。（乾隆《镇江府志》卷三十一）

（二）元末，朱元璋命将军韩政、顾时攻濠州（治今安徽凤阳东北临淮关），"濠州知州马麟降"（钱谦益《国初群雄事略·太祖实录》)。

（三）明永乐年间有"六科都给事中马麟"（明余继登《典故纪闻》卷六）。

（四）明初蓟州守将，"马麟，灵璧人。以金吾卫指挥使掌蓟州卫事，果敢有为，军士赖之"（清道光《蓟州志》卷七《卫所》)。

其中是否有梁山地煞星之马麟的参照呢？

《水浒》定格马麟出身乃是"小番子"。按，小番子，乃明特设的锦衣卫所所辖的杂务人员，无编制，专从事刺探民间阴暗事由，以举报陷害为旨。

九尾龟陶宗旺

山下种田地，山上玩土木

　　陶宗旺是梁山修筑城垣的主管，也就是总建筑工程师。他因为成分好，是庄家田户，所以二十世纪五十年代有人称他是梁山好汉群里唯一的贫下中农，最具革命性。竟说是《水浒》描写农民起义的佐证。

　　陶宗旺何以取名九尾龟，语焉不详，似乎和他的贫下中农成分没有关系。

　　按，九尾龟，或即九州龟。《骈雅》：龟有九尾者，即九州龟。一尾主一州，乃《龟策传》八龟之一。《史记·龟策列传》：八名龟，各有文在腹下。《龟筮绀珠》：龟三千岁九尾，巢莲叶之上。我意根据《水浒》的成书时间，陶宗旺取绰号九尾龟或出自元杨维桢诗，杨有诗咏降元的张士诚筑城苏州虎丘事："锦囊脱颖千年兔，彤管光摇九尾龟。"（《上张太尉诗》）

　　至于明末陆粲《庚巳编》所记九尾龟故事以及近代章回小说《九尾龟》，那都是陶宗旺出世后多年的事了。

九天玄女娘娘

宋江保护神，梁山信仰神

九天玄女娘娘，俗称玄女、九天娘娘，为传统女神，道家崇奉的女仙。

在古代神话传说中的九天玄女，其图腾原型据考是一头玄鸟（重磅级黑羽毛鸟）。"天命玄鸟，降而生商，宅殷土芒芒。古帝命武汤，正域彼四方"（《诗经·商颂·玄鸟》）。相传五帝之一的帝喾次妃简狄就是吃了玄鸟蛋怀孕的。"三人行浴，见玄鸟坠其卵，简狄取吞之，因孕生契"（《史记·殷本纪》）。

传说中的玄女形象，乃是"人首鸟形"（《隋书·经籍志》）。九天玄女人体化兴起于汉代，唐时才定格为道门神女。晚唐高骈以西川节度使守蜀地，每与南诏交战，都要在大半夜召集将士，烧焚纸人纸马，抛小花，嘴里念念有词：蜀兵怯懦，今遣玄女神兵攻阵破敌。罗隐有诗：九天玄女犹天圣，后土夫人岂有灵。

据两宋时期的记载，她已是大罗金仙，"服九色彩翠之衣"。而且因传说她曾教授黄帝兵法，被奉为仙凡合一的兵家之开山祖师，"玄女即授帝六甲六壬兵信之符，灵宝五符、策使鬼神之书，帝遂率诸侯再战……遂灭蚩尤于绝辔之野"（张君房《云笈七签》卷一四四）。此中提及的符、书，后世平话杂剧讹传为"天书"。

元马致远《吕洞宾三醉岳阳楼》"还有三卷天书";明清平话如罗贯中《三遂平妖传》、《杨家府演义》、无名氏《薛仁贵征东》、吕熊《女仙外史》等，都分别有玄女娘娘无偿赠送天书的章回篇目。《宣和遗事》也记有宋江为躲避捉拿他的官兵，躲在九天玄女庙的故事。"宋江见官兵已退，走出庙来，拜谢玄女娘娘；则见香案上一声响亮，打一看时，有一卷文书在上。宋江才展开看了，认得是个天书。"是为《水浒》宋江梦遇九天玄女醒来得赐天书张本。

玄女娘娘的书就是"玄"，说得妙不可测。

其实所谓天书，就是兵书。它的式样还是纸卷，盖北宋时尚未发明装订成册的书本也。

玄女娘娘所授天书，是哪家兵书，由于故弄玄虚，故语焉不详。但通常也有指伪托姜子牙写的《太公兵法》。因为它所编入的天书三卷，内容是记天、地、人。据说有一年，唐高宗和举人员半千就兵书事作了番交谈，高宗问："兵书所书天阵、地阵、人阵，各何谓也？"员半千答曰："臣观载籍多矣。感谓：天阵，星宿孤虚也；地阵，山川向背也；人阵，偏伍弥缝也。以臣愚见则不然，夫师出以义，有若时雨，则天利，此天阵也；兵在足食，且耕且成，得地之利，此地阵也；卒乘轻利，将帅和睦，此人阵也。若用兵者，使三者去，其何以战？"高宗深嗟赏，对策上第（唐刘肃《大唐新语》）。

可见即使冒充天书的《太公兵法》，也无非是按孟子天时地利人和的这般说法。仅此而已。

但由于北宋时期神秘文化和专制文化的契合，竟然出现了"天书"不断诞生，而又被不断严禁和垄断的现象。据记载，真宗景德末年，天书降在左承天门鸱尾上，后又降在朱能家中，于是改元祥符，筑玉清昭应宫，建宝符阁，"尽衰天书，置阁中"。虽然真宗对此深信不疑，但朝臣并非都以为然。不久，朱能谋叛，天下愈知其诈。真宗死后，"王文正公曾当国，建议以'天书本为先帝而降，不当留在人间'"。于是把所有天书葬于真宗永定陵中，"无一字留者"。《宋大诏令集》所公布的《禁天文兵书诏》还申明天文兵法，私习有罪；"《六壬》、《遁甲》、兵书及诸家历算等"，不得存留及私自传习。如有犯禁，限一日自首并上交官府，"限满不首，隐匿违犯，并当处死"。

可见所谓玄女娘娘所授天书，是具有天书外壳的兵书，实际上都是民间密藏的某家兵书。物以稀为贵，在那个只允许地主贵族垄断文化的时代，小民百姓得书难，得兵书尤难。这不由不衷心感谢九天玄女的大恩大德了。

也许是元明杂剧平话大树特树九天玄女娘娘赐天书的恩德，自后中国城乡民间多建有祭祀九天玄女娘娘的神庙。只是在民间，她因带有"九天"，被讹传为"连理妈"神，相应出现了由大妈至九妈的九尊女神。

今人有说"九天玄女娘娘"即是福建、台湾等地崇奉的妈祖神，即天妃、天后；她是北宋初年由"九天玄女"转世的。此也一说。

假李逵李鬼

假的鬼比真的鬼有时还可恶

李鬼，为李逵谐音，即假李逵造型。

鬼者，凡阴险作恶害人或行事不光明者皆可谓之，此处冒名顶替，打劫行人者也是鬼。

《诗经·小雅·何人斯》，"为鬼为蜮，则不可得"。毛泽东《七律·和郭沫若同志》，"妖为鬼蜮必成灾"，即取其意。盖凡作鬼术者，必能害人，故取名为李鬼。

作假之事，古亦有之，于今为烈。凡此，人多以"李鬼"为作假者符号。这就是李鬼其人其事有很高知名度的原因。

《水浒》李逵李鬼相遇故事，似移植自宋洪迈《夷坚支志》：婺民朱四客，其女为吴居甫侍妾。朱每年必去探望女儿，去时带一仆相随。某次过九江境时，在山岭下遭遇一盗，此人躯干甚伟，持长枪，叱令朱他往，而发其箧。"朱亦健勇有智，因乘间自后引足蹴之，坠于岸下，且取其枪以行。暮投旅邸，主媪见枪扣之，遂话其事，媪愕然，如有所失。将就枕，所谓盗者，跛曳而从外来，发声长叹曰：'我今日出去，却输了便宜，反遭一客困辱。'欲细述所以，媪摇手指之曰：'莫要说，他正在此宿。'

乃具饭饷厥夫，且将甘心焉。"

黄永玉评李鬼："冒牌货往往比原作声势还大还夸张。"①

说鬼何似在人间。清乾嘉年间，上海人张南庄《何典》写的全是鬼世界，说的乃是世相，"谈鬼物正像人间，用新典一如古典"。

① 《黄永玉艺术随笔·水浒人物系列》，浙江文艺出版社 2000 年版。

长工李达

平话小说难得见有的贫下中农

李逵有兄李达。

李达是长工。据《水浒》四十三回朱贵介绍说："这李逵，他是本县百丈村董店东住。有个哥哥，唤做李达，专与人家做长工。"

长工即雇工，是农村的无产阶级。

李达之名排行从李逵，是先有《宣和遗事》和元《水浒》杂剧的"李逵"，然后再出现平话小说的"李达"。

他当然是编造出来的。

据《画继》，北宋有画家李达，开封人，善画小景山水，长于布局经营，且喜以远岸沙汀芷不尽之意，时称妙手。

《水浒》作者们于小说创造群众角色姓名，也喜采用宫廷和民间画师姓名，如前述之李吉、李成。

明初也有叫李达的。据《明史列传》卷三二，有李达其人，凤阳定远（今属安徽）人。永乐初以都指挥使镇守洮州（今甘肃临潭），在镇四十年。按：此李达姓名出现正在《水浒》定型期间，可作一说。

青眼虎李云

为徒弟陷，轻易走上黑道

水浒中李云出场，有诗为证：

> 面阔眉浓须鬓赤，双睛碧绿似番人；
> 沂水县中青眼虎，豪杰都头是李云。

写了李云其人，赤发碧眼，相貌古怪，由是获得"青眼虎"绰号。

青眼虎的"青眼"，见魏晋竹林七贤阮籍故事，"籍又能为青白眼，见礼俗之士以白眼对之，乃嵇喜来吊，籍作白眼，喜不择而退，喜弟康闻之，乃赍酒挟琴造焉，籍大悦，乃见青眼"（《晋书·阮籍传》）。据《名义考》解释，"阮籍能为青白眼，故后人有青盼、垂青之语。人平视睛圆，则青；上视睛藏，则白。上视，怒目而视也"。此说当可作为作者取绰号"青眼"的注脚。由此可见，"青白眼"似又为今沪语中的"横白眼"。

历史上确有李云其人。

一是东汉桓帝时因谏被杀害的李云，"李云字行祖，甘陵人也。性好学，善阴阳。初举孝廉，再迁白马令"（《后汉书》卷

197

八十七《李云传》）。

二是南宋隆兴二年（1164）普宁（今广西容县）百姓李云在藤州起事，据郑安恭墓志铭说，"俄李云三千人犯容营，建黄麾，语僭甚，公以骑兵夹攻，遂获云与其左右丞相，而散其众于农"（韩元吉《南涧甲乙稿》卷二〇）。此李云已登基称王，所以设有丞相。

三是五代后周沧州铁狮子所铸工匠李云。

四是金国后期中都宝坻（今天津宝坻）乡兵头目。金贞祐初（约1213）在家乡随兄李霆起兵，后投金。见《金史·完颜霆传》。

《水浒》作者是否将其中之一的李云名字，作为符号移植于地煞星群呢？

笑面虎朱富

笑里藏刀之两面人也

"笑面虎"，即口蜜腹剑，笑里藏刀之两面人也。今人常用的"笑面虎"比喻，典出朱富绰号，而朱富绰号笑面虎，疑出自宋庞元英《谈薮》所述故事：

王公衮是当今王宣子尚书的弟弟。有年他们在绍兴的祖墓遭看墓人奚泗盗掘了。监守自盗，王公衮到官府诉讼，要求严惩；官府却只将他打了几十板屁股，就当庭释放了。王公衮气愤极了，但又无可奈何。奚泗受罚回来，得意地向王公衮打招呼。王公衮却不露声色，叫奚泗前来，说是请喝压惊酒，乘机拔剑把他杀了，还割下脑瓜赴官府自首。这时王宣子已官居侍郎，打报告给皇帝，乞求以自己官职赎取兄弟的杀人罪。王公衮经过各方审议，终于获得特赦。当时王公衮是以孝顺闻名于天下，大才子王十朋还赠诗加以赞扬；而他的性格又相当温柔，平时与人接交、往来，也是心平气和，彬彬有礼，因此当这件杀人的勾当发生后，人们给了他一个特别的两重人格的绰号"笑面虎"。

王公衮的所作所为，以武犯禁，一反他平时和顺的态势，由此戴上"笑面虎"绰号，是恰切的。但《水浒》塑造朱富"笑面虎"定位，是很难与他等量齐观的。

　　此处朱富的事迹，只能从他为救李逵、巧言令色骗取李云都头，令李云为他的"笑面"所迷惑等情节中去寻找了。

　　其实《水浒》不少绰号，乃是随手捡来、任意安装的，不必就其人其事作对号入座的查考。如此处之朱富便是。

　　朱富，史传和宋元平话杂剧都无见有此名字符号。《水浒》人物多有姓朱。在梁山头领一百单八人里，朱姓头领仅次于李姓（有六人），而与张姓头领并列（各有四人）。按，朱明王朝于姓氏系从旧例，无有因国姓而须避讳，所以《水浒》梁山出现朱仝、朱武和朱富、朱贵哥儿俩；而朱氏兄弟取名带姓为朱富、朱贵，是否又有为大明王朝张扬之含义，这就有待后人评说了。

锦豹子杨林

漫游江湖，结交绿林

《水浒》梁山角色绰号带有"豹子"者有三：豹子头、金钱豹子和锦豹子。

按，豹子，为元杂剧常用之词。如《举案齐眉》一折《肚葫芦》，"兀的是豹子峨冠士大夫，何必更称誉"。刘庭信（寒儿令）《戒漂荡》，"丽春园惯战的苏卿，识破了豫章城豹子双生"。

锦豹子之"锦"，是华美鲜艳之义。以喻"豹子"也。

杨林，见《幽明录》："宋世焦湖庙有一柏枕，或云玉枕，枕有小坼。时单父县人杨林为贾客，至庙祈求。庙巫谓曰：'君欲好婚否？'林曰：'幸甚。'巫即遣林近枕边，因入坼中，遂见朱楼琼室，有赵太尉在其中，即嫁女与林。生六子，皆为秘书郎。历数十年，并无思归之志。忽如梦觉，犹在枕旁。林怆然久之。"（《太平广记》卷二百八十三）又《太平寰宇记》亦引此则，作干宝《搜神记》，但今本《搜神记》无此文。

说部《隋唐演义》中也有杨林其人，封靠山王，为隋帝杨广之叔。其角色定型当在此同时或稍后，或系罗贯中重复采用也。

火眼狻猊邓飞

吃人过多者，眼睛要发红

邓飞出场，是由锦豹子杨林作介绍的：为他双睛红赤，江湖上人都唤他做火眼狻猊。

《水浒》在此场面，也有诗为证：

原是襄阳关扑汉，江湖飘荡不思归。

多餐人肉双睛赤，火眼狻猊是邓飞。

邓飞诨号"火眼狻猊"，或系由"火眼"加"狻猊"组合的。

火眼，即双睛红赤。《宋史·张威传》称南宋后期陕西抗金名将张威，"临阵战酣，则精采愈奋，两眼皆赤，时号'张红眼'，又号'张鹘眼'。威立'净天鹘'旗以自表"。狻猊，《尔雅》：狻猊食虎豹。郭璞注：即狮子。

邓飞诨号"火眼狻猊"，主要当得自"火眼"。盖"火眼"之得名就是因为邓飞吃人。据称凡吃人过多者，双睛要发红。"戴宗形容邓飞是个以人肉为食的人，而这也正是他的眼睛看来很凶恶的原因"（美郑麒来《中国古代的食人》）。虽叙述与原章回不甚确切，但亦备一说。

　　按，火眼狻猊，古书也记有此兽名称。《山海经广注》："鸟兽自为雌雄者，亶爰之类，鹒鸡之禽，带山鹠鹠，竹山豪猪，阳山象蛇，以至火眼狻猊，一首两身，相为牝牡。"可见"火眼狻猊"本是人们杜撰，而世上并无此种怪兽。尔后，竟还有好事者证实有此怪兽，说是"从云南腾冲得有怪兽皮，人多不识，有胡僧说：'是名火眼狻猊，西域间有之，出则望国兵。'且笔薮语云：火眼狻猊，曰万兽君，厥首唯一，牝牡各身。是食狮象，迅蹄蹑云，饥喷烈焰，足兵尾火，出现世间，剑戟天下，有其薶之，可以弭祸"（明董斯张《吹景集》）。此种荒诞野语，不足为凭。它和邓飞诨号的原意以及内涵，正可以说是风马牛而不相及了。

玉旛竿孟康

长身白净，造船巧匠

孟康绰号来由，据邓飞介绍：因他长大白净，人都见他一身好肉体，起他一个绰号，叫他做玉旛竿孟康。"旛"一作"幡"，同义。

《水浒》有诗为证：

> 能攀强弩冲头阵，善造艨艟越大江。
> 真州妙手楼船匠，白玉旛竿是孟康。

玉旛竿作为绰号，也和他擅长造船有关。

孟康绰号或源自"铁幡竿"。元杂剧《硃砂担》第三折："那怕他泼顽皮绰号'铁幡竿'。"

按，旛竿，长竿悬挂有长方而下垂的旗帜，通常建立于军队主帅大帐或寺庙、会馆等高大建筑物前。宋孔平仲《珩璜新论》引《五代史·晋安重荣传》，称成德军镇之牙署堂前有揭旛竿长数十尺。《新五代史·安重荣传》亦称，"重荣将反也，其母又以为不可。重荣曰：'请为母卜之。'指其堂下旛竿龙口仰射之，曰：'吾有天下则中之。'一发而中，其母乃许"。元周伯琦《近光集》称，"上京西山上树铁旖竿高数十丈，以其下海中有龙，用梵家说，作此镇之"。由是，由旖竿拟人，此处亦可为孟康玉旖竿作注脚，屹立于船上，有如长竿高蠹，亭亭玉立。

孟康姓名，见《三国志·魏书·杜恕传》引《魏略》，有魏黄初初年拜散骑侍郎的孟康。此处之孟康当系作者杜撰，但取姓为孟，也有典出。"梁简文云：船神名冯耳，又呼孟公、孟姥。"（《戒庵老人漫笔》卷四）看来，孟姓乃是造船世家，名正言顺，足可堪称是专工监造大小战船的技术权威了。

铁面孔目裴宣

主官好做，辅吏难为

裴宣原是京兆府六案孔目，因办事分毫不肯苟且，就此荣获"铁面孔目"绰号。

铁面，典出自《晋书·朱伺传》，"夏口之战，伺用铁面自卫"。铁面，乃是铁制面具护脸，使不受刀剑伤害。所以《唐书·吐蕃传》："其铁胄精良，衣之周身，窍两目，劲弓利刃，不能甚伤。"《宋史·西夏传》引其制亦如此，盖即受诸吐蕃者也。吕思勉称，"人之最不可伤者为面，胄虽深，亦不能尽蔽之，此吐蕃制之所以为良"[1]。

铁面，也就是严肃冷峻的面孔。这个面孔，是俗称一本正经的象征，不过要真正做到，殊非易事，须是对上对下对左对右都是持一副面架子，板板六十四，才能堪称"铁面"。所以尽管人们渴望的"铁面"满天飞，但真正获得"铁面"誉号者于史鲜见，有宋一代见之于青史丹青者也就两人：

一是北宋的李伦。"开封尹李伦，号'李铁面'"（宋康誉之《昨梦录》）；李伦也是第一个"铁面"。

---

[1] 《吕思勉读史札记》，上海古籍出版社 1982 年版 1177 页。

二是北宋的赵抃。赵抃出任殿中侍御史时，"弹劾不避权倖，声称凛然，京师目为'铁面御史'"（《宋史·赵抃传》）。

孔目，原指档案目录，见《史通·题目》。后即为掌文书之吏员名称。

裴宣被誉为"铁面孔目"。在左右逢源的官场上，不誉大官誉小吏，这本身就说明官场上"铁面"官何其难得。

按，孔目乃州府地方衙门辅佐主官办理文案的吏员。元胡三省说："孔目官，衙前吏职也，唐世始有此名。言凡使司之事，一孔一目皆须由其手也。"（《资治通鉴·唐玄宗天宝十载注》）宋时内外衙署多设此种吏职，任检点文字之责。明只翰林院设置，清因之，为低级事务人员。

裴宣，《魏书》卷四十五《裴宣传》："高祖（孝文帝元宏）曾集沙门讲佛，因命宣论难，其有理论。高祖称善。"

病关索杨雄

微黄面色细眉浓，不是关索，胜似关索

　　杨雄绰号在《宣和遗事》和元杂剧《诚斋乐府》均作"赛关索"。龚圣与《宋江三十六赞》也作"赛关索"："关索之雄，超之亦贤，能持义勇，自命何全。"

　　两宋时武人多喜用"关索"为己之名号，或相互指称，如小关索（《过庭录》）、袁关索（《林泉野记》）、贾关索（《金陀粹编》）、张关索（《金史·突合速传》）、朱关索（《浪语集》）；又《三朝北盟会编》记有岳飞部将赛关索李宝、镇压方腊义军的宋将病关索郭师中；而诸色伎艺也多采用为艺号，如赛关索（《梦粱录》）、张关索、严关索、小关索和赛关索（《武林旧事》）。据称此"关索"，即三国关羽之子关索。按，查《三国志》和裴松之注等均无有此记载。元至治《全相三国志平话》、明弘治《三国志通俗演义》也未记有其人其事。但民间传说甚多，西南地区多有取地名为关索岭、关索庙。"云贵间有关索岭，有祠庙极灵"（《池北偶谈》），"关岭在州城西三十里，上有汉关索庙。旧志：索，汉寿亭侯子，从武侯南征有功，土人祀之"（《古今图书集成·职方典·安顺府永宁州》）。也有认为"关索"非人名，"西南夷谓爷为索，关索寨，即关爷寨，皆尊称也（赵一清《三国志》补注）"。"讹传为蜀汉勇将姓名，宋人遂纷纷取以为号"。于是，刮起了一阵以"关索"为号的人来风。如余嘉锡先生所称，"宋人之以关索为名号者，凡十余人，不唯有男而且有女矣。其不可考者，尚当有之。盖凡绰号皆取之街谈巷语，此必宋时民间盛传关索之武勇，为武夫健儿所钦慕，故纷纷取以为号。龚圣与作赞，即就其绰号立意，此乃文章家擒题之法，何足以证古来真有关索其人哉"（《宋江三十六人考实》）。

杨雄绰号病关索始见于《水浒》。

余嘉锡认为《水浒》有误，"观宋人多名赛关索，知《水浒传》作病关索者非也"。但从元杂剧存目也有名《病杨雄》，可见在龚圣与赞改《宣和遗事》的王雄为杨雄时，杨雄形象已如"病杨雄"，而演化为"病关索"。

杨雄在蓟州从事两院押狱兼刽子手职业，当然是小说家言。因为此时蓟州（今天津蓟县）为辽的辖区，或已由辽转隶为金的辖地，其间在宋宣和四年（1122），金曾一度以蓟州归还于宋，但时间极短，旋因金兵南下仍为其所辖。且为北宋管辖期间名广川郡，也不叫蓟州。道光《蓟州志》说，"汉唐明尤为重镇"，即指此。《水浒》于河北人文地理极为混乱，可见一斑。

西汉扬雄一作杨雄。王国维在北京时，时蒋伯斧集杜诗为春联：旁人错拟扬雄宅；异代应教庾信居。王于除夕晚乘无人时，改之。元旦清晨，打开大门，春联已改为：傍人错拟杨雄宅；半夜须防石秀刀。

踢杀羊张保

天下至尊无赖汉，横街当道

张保敢于向官府衙门的宠儿杨雄推横车，可见真是军汉中的无赖。

他的绰号踢杀羊，似泛指羊群的败类或害群之羊。

按，"踢杀羊"绰号不见于他书。仅宋庄绰《鸡肋编》有称：宋靖康年间，金人南下，山东、京西、淮南等路，人更互相食。绍兴癸丑（1133），仍有持之钱塘（今浙江杭州）者，称妇人年轻貌美者，名为"不羡羊"，小儿呼"和骨烂"，又通目为"两脚羊"。是说可为"踢杀羊"张本。盖古今绰号里，含有"羊"字者极少也。

张保姓名常见于宋元。南宋初大将张俊之兄叫张保，他尝怨张俊不相举荐，张俊说："今以钱十万缗、卒五千付兄，要使钱与人流转不息，兄能之乎？"保默然久之曰："不能。"（《宋稗类钞·鉴识》）宋人野史中，岳飞也有家将张保。又元初杨显之杂剧《郑孔目风雪酷寒亭》，有张保自称："小人江西人氏，姓张名保，因为兵马嚷乱，遭驱被掳，来到回回马合麻宣差衙里，往常时在侍长行为奴作婢。"

以上所列"张保"，均难从他们身上，找到绰号为"踢杀羊"张保的影子，看来《水浒》中"张保"姓名乃随意杜撰而已。

拼命三郎石秀

拔刀相助是英雄，真壮士也

《宣和遗事》有拼命三郎石秀，无事迹。

龚圣与的《宋江三十六赞》："石秀拼命，志在金宝，大似河鲀，腹果一饱。"也仅是写了拼命乃为钱财，如贪食河豚，不思后果云云。

绰号"拼命三郎"，不见于他书，似由"拼命"加"三郎"组合而成。

"拼命"见宋章定《名贤氏族言行类稿·章惇》：苏轼与章惇（字子厚）游南山，章惇的鞋跟折断于壁下。"轼拊子厚之背曰：'子厚异日得志，必能杀人。'子厚曰：'何也？'轼曰：'能自拼命者能杀人也。'"

"三郎"，《三国志·吴书·孙皓传》引《江表传》称，历阳县石山，"巫祝言石印神有三郎"，"巫言石印三郎说，天下方太平"。又称，兄弟排行第三是也。《十国春秋·太祖世家》称，王潮季弟王审知，"身长七尺六寸，紫色，常乘白马，军中号'白马三郎'"。

石秀被称为"三郎"，盖"郎"已从唐五代时和在此前对贵族官僚子弟的称呼转而成为宋元以来市井小民的称呼。清王应奎

《柳南随笔》说："江阴汤廷尉《公余日录》云：明初闾里称呼有二等，一曰秀，二曰郎。秀则故家右族，颖出之人；郎则微裔末流，群小之辈。称秀则曰某几秀，称郎则曰某几郎。人自分定，不相逾越。"

作家汪曾祺于石秀绰号极有兴趣。他解释说："拼命和三郎放在一起，便产生一种特殊的意境，产生一种美感，大郎、二郎都不成，就得是三郎。这有什么道理可说呢？大哥笨，二哥憨，只有老三往往是聪明伶俐的。中国语言往往反映出只可意会的潜在复杂的社会心理。"（《汪曾祺文集·散文卷》）

石秀智杀裴如海，且制造头陀、和尚互杀的现场，通常多以为是他智勇过人之处。实则不然。盖此种写法，乃是缺乏实地考察、自圆其说的结果。此处石秀伪造杀人现场，稍有知识的，就能发现破绽处。清人刘玉书也说："石秀既杀道人及杀海阇黎（裴如海），遂插刀死尸之手，妆点自戕之状，而检验之人，竟以一被杀，一自戕成案。夫被杀与自戕之不同，判若黑白，世人皆知，况刑仵乎？稗官野史之难尚如此。"（《常谈》）这正反映了糊涂官办糊涂事，息事宁人，有意或无意让它滑过去的状况，根本难以说是"智杀"。

杨雄浑家潘巧云

糊涂的丈夫，爱管闲事的石叔叔

潘巧云是《水浒》女性中最突出的悲剧人物。

潘巧云取名于乞巧。是七月七日生的。

宋元的旧历七夕乃是盛节。《东京梦华录》说，初六初七日晚，贵家多在庭院中结彩楼，谓之"乞巧楼"。铺陈磨喝乐、花瓜、酒炙、笔砚、针线，或儿童裁诗，女郎呈巧，焚香列拜，谓之"乞巧"。妇女望月望针，或把小蜘蛛放在盒子内，次日看之，若小蜘蛛结网圆正，谓之"得巧"。又《梦粱录》记南渡后的杭州，亦有此俗，"此东都流传，至今不改"。由是可证，以七夕为"乞巧"，风行于两宋，而以"巧"为名，也可见诸一斑。盖"乞巧"之俗，遍及中华大地，如山东旧俗正月也有作"乞巧"事，《续博物志》：山东风俗，正月时，取五位不同姓的小姑娘，共卧一榻，盖上被子，以箕扇之，良久如梦寐，或欲刺文绣，事笔砚，理管弦。一会儿醒来，谓之"扇天卜以乞巧"。

这就是七夕生的潘巧云取名来由。

潘巧云何以姓潘？二十世纪五十年代初，在对所谓《水浒》作者施耐庵作实地调查时，有种说法是，当年施耐庵写《水浒》，因他站在张士诚立场上，很鄙视潘元绍、潘原明哥儿俩的为人，故而为之。

两潘系张士诚反元起事时的伙伴。张称吴王，二人大见宠信。潘元绍是吴王爱婿，潘原明则手握重兵，出镇杭州。可是他俩在张士诚危难时，先后投降了朱元璋，从而加速了张士诚的失败。因而，施耐庵写《水浒》，有意将书中所出现的两个走野路、背夫不贞的妇女，都取姓为"潘"，即潘巧云和潘金莲。

由于潘巧云在蓟州翠屏山被杀，使翠屏山也沾上了名气。翠屏山，据清道光《蓟州志》，此山在城西北，称翠屏峰，属于盘山风景区。"翠屏峰在天成寺后，古木千章，悉从石罅中迸出，层层鳞砌，春夏之交，绿翠参天，霜黄碧叶纷遍地。王猴山云：乃山之曲室，殆非人间"（卷二《盘胜》）。但也有称翠屏山在山东梁山县寿张集或平阴县西二十五里玫瑰庄，系水泊梁山附近的一座小山。相传北宋时期翠屏山玉带河畔有潘巧儿、杨大牛订为娃娃亲，后潘巧儿为翠屏山和尚海能奸污和霸占。杨大牛由此大闹翠屏山，杀死海能和巧儿等，投奔梁山。近代冒广生《小三吾亭诗集》也有《翠屏山》五古一诗，有注说："舞鹤楼，在蓟州城内大街，相传即潘氏妆楼。"诸说纷纭，但都是小说家言，加上后人附会所致。

丫头迎儿

翠屏山上，玉石同焚

潘巧云贴身丫头叫迎儿。

迎儿，宋元笔记和话本多以丫头命名为"迎儿"。

宋魏泰《东轩笔录》说："至和中，陈恭公秉政，会嬖妾张氏笞女奴迎儿杀之。时蔡襄权知开封府，事下开封穷治，而仁宗于恭公宠眷未衰，别差正郎齐廓看详公案。时王素为侍制，以诗戏廓曰：'李膺破柱擒张朔，董令回车击主奴。前世清芬宛如在，未知吾可及肩无？'廓知事不可直，以简报王曰：'不用临坑推人。'"又宋话本《简帖和尚》，皇甫松家十三岁丫头名唤迎儿；《三现身包龙图断冤》也有丫头迎儿。

迎儿作为丫头名儿，只是一种符号，宋元多采用，于是《水浒》捡来了。

海阇黎裴如海

规范师玩女人，佛门有亏

蓟州报恩寺海阇黎，俗家叫裴如海，出家法名海公，这是潘巧云介绍给石秀说的。

海阇黎和杨太太吊膀子，因性丢命，本不足惜。可是半个世纪前，有剧作改编他本是绒线店小开，与潘巧云小姐青梅竹马，后潘为王押司强娶，故出家当和尚云云。

海阇黎，即海和尚。阇黎，是阿阇黎音译简称，梵语Ācārya 意译为"轨范师""正行"。意译为教授弟子、纠正弟子行为，为其轨范的导师。《华严经·净行品》："受阇黎教。"在元人杂剧常见有，如《东坡梦》，"你教那首座阇黎怎主婚"。

海阇黎看来有些音乐细胞，唱经好声音。按，海阇黎唱经，乃是正宗和尚借用民间通俗乐曲讲解经文，它采用为佛事仪式制作的法曲，结合梵呗以及演奏佛曲的乐器，并掺入中国传统器乐和道教音乐。在海阇黎生活的两宋时期，法乐更加系统、完整，且形成了南峨眉、北五台两大流派。其中北五台派又分为东西两路：东路以太行山东（今河北）为区域，以演奏铙钹为著；西路以太行山西（今山西）为区域，以曲调演唱华丽见长。所以此处海阇黎唱的音乐当属于东路。

鼓上蚤时迁

虽是狗盗之徒却有一技之长

梁山好汉排在最末座位的三位，都是鸡鸣狗盗之徒。此类人，其实也大有用处，尤其是时迁。

时迁在《水浒》里的所作所为，如偷鸡、偷甲，给人留下一个"神偷"的印象。

元明杂剧平话都对"神偷"塑像，那些惩恶扬善、劫富济贫的"神偷"，还作为正面人物受人青睐。

时迁也算是"神偷"。因为《水浒》给他造成的知名度，使他声誉大增。据说，明清时期，杭州石屋山畔还建筑了一座时迁庙。

时迁绰号"鼓上蚤"，源出何典，不详。研究者多认为系《水浒》作者的创造，而把"神偷"形象化。

"鼓上蚤"是什么意思，有几说：

一是清人程穆衡之说。他以为"鼓上蚤"应该是"鼓上皂"。"谓鼓上鞔皮处铜钉，取其小而易入也。"此说令人费解。

二是王利器之说：蚤，同蝨；蝨乃是夜晚巡更所击的守鼓。上蝨，即上更。在上更以后，就是时迁大显身手的时候了。

三是曲家源考释，"就是说时迁飞檐走壁的技巧非常高超，能够像蚤在鼓面上起跳而不出声响一样，在干跳篱骗马勾当的时候，身体轻捷，不易被人知觉"。对此，作家汪曾祺也有认同，"跳蚤本来跳得就高，于鼓上跳，鼓有弹性，其高可知；话说回来，谁见过鼓上的跳蚤，给时迁起这个绰号的人的想象力实在令人佩服"，"（这个绰号）是起得很精彩的，很能写出人物的气质风度，能传神，耐人寻味"。

时迁名字，"而真丹宿训，先行上世，道运时迁，俗未金悟，藻悦涛波，下士而已"（《弘明集》卷十二《与释道安书》）。也或是《水浒》作者的杜撰，盖与绰号连及，真是绝妙的歇后语：鼓上蚤——时迁。这真是鼓蚤神速，瞬时即迁。

鬼脸儿杜兴

鬼脸有义，胜似人面

杜兴粉墨登场时，杨雄对石秀介绍说："因为他面颜生得粗莽，以此人都唤他做'鬼脸儿'。"

长相何以可比拟为"粗莽"，此或可当作面孔生得难看，又丑又怪解。因此诨号取作"鬼脸儿"，即俗称"鬼面"是也。

我意杜兴绰号，似出自元人《秦并六国平话》卷上，内称有韩国老将"鬼面冯亭"。冯亭，史传确有其人，战国末期韩国名将。但冯亭的诨号"鬼面"，那是冯亭身后一千五百年民间说书人送给他的。

明人平话多采用"鬼脸儿"。《醒世恒言》第八卷《乔太守乱点鸳鸯谱》，称杭州府开中药店裴九老骂人语："待我送个鬼脸儿与你戴了见人。"

但杜兴绰号还可从傩戏中面具去寻探。

中华习俗有大傩。傩，是古人于腊月驱逐病疫的仪式。它始于春秋，于后为烈。至唐宋蔚为风气。所谓驱傩活动，其中参与者就要戴各色光怪陆离的假面具，装神弄鬼，翩然起舞。"教坊南河炭丑恶魁肥装判官，又装钟馗小妹、土地、灶神之类，共千余人"（孟元老《东京梦华录》）。盖此时面具之风大盛，且已蔓延于军事和日常生活里。如北宋名将狄青，作战常戴鬼脸面具；宋陈元靓《岁时广记》："除日作面具，或作鬼神，或作儿女形，……驱傩者以蔽其面，或小儿以为戏。"《鸡肋编》也称：绍兴四年（1134），韩世忠自镇江来朝，所领兵皆戴铜面具。军中戏曰："韩太尉铜脸，张太尉（张俊）铁脸。"

这也是一种戴上面具的"鬼脸儿"。

盖面具，即假脸谱，在南方俗称"鬼脸儿"者。

《湖海搜奇》称，金陵（今江苏南京）有人担面具出售，"即俗所谓鬼脸子者"。

飞天虎扈成

家破人亡，父死妹失

扈成绰号飞天虎，可能出自两处：一是元人杂剧《狄青复夺衣袄车》，内有"飞山虎刘庆"，即由绰号"飞山虎"嬗变；一是源自"飞天"，"飞天"参见"飞天夜叉丘小乙"篇。

扈成是悲剧人物，《水浒》称他扈家庄破后逃去，后来中兴时做了个军官武将。中兴是指南宋继北宋而兴事。扈成史传确有其人，但与扈三娘无血缘。南宋建炎三年（1129），金帅完颜宗弼（兀术）军由建康府（今江苏南京）西南马家渡渡江，有都统制陈淬率岳飞、戚方、刘经和扈成等十七将迎战。军溃。"飞与经、成议移军入广德军"。岳飞等既行，扈成留老少在金坛，自率部众前往镇江。戚方斜插花，在后面弄手脚，劫了金坛寨，尽虏老小而去。扈成大怒，急趋金坛。戚方设伏兵杀成，又进兵击败扈成部众，"尽取成父母及妻子，皆杀之"（《三朝北盟会编》卷一百三十五）。是扈成后死于戚方之手。

余嘉锡考信后认为，"作《水浒传》者，习闻南北宋间有武将扈成者，全家为人所杀，又知其时有一女将名一丈青，因而傅会牵合，以为梁山泊之事"（《宋江三十六人考实》）。

扑天鵰李应

独龙岗庄主，能玩五把飞刀

扑天鵰李应是《宣和遗事》所写押运花石纲的十二指使中的一个。后来随李进义、杨志等赴太行山梁山泺落草。

龚圣与据李应绰号扑天鵰作赞："鸷禽雄长，唯鵰最狡，毋扑天飞，封狐在草。"也只是讲鵰凶猛，没有什么新意，相应的是，在他这份《宋江三十六赞》花名册里，李应列在孙山位置，差点就抹去了。

扑天鵰，鵰，一作雕，即鹫，为鸟中的猛禽，翼翅展长有三尺。北齐斛律光善射，"尝从世宗于洹桥校猎，见一大鸟云表飞飏，光引弓射之，正中其颈。此鸟形如车轮，旋转而下至地，乃大鵰也"（《北齐书·斛律光传》）。元平话《武王伐纣平话》更将鵰神化，此鵰之威，能以金睛识破狐狸精（妲己）的本来面目，且能以力扑之。元人岳伯川杂剧《吕伯宾度铁拐李》中有六案都孔目岳寿，因为"谁不怕他，有个外名儿，叫做大鹏金翅鵰"，"大鹏金翅鵰，是个神鸟，生的没世界大，天地间万物，都挝的吃了，好生利害"。

这也许有绰号扑天鵰的含义吧。

李应的扑天鵰，是梁山好汉群中直接以猛禽命名的绰号。它和陆上的"虎""豹"，水里的"蛟""蜃"，形成了猛禽猛兽的立体格局。

　　李应名讳，亦系借用。《三国志·魏书·董卓传》引《献帝起居注》："司徒赵温以书责问李傕。李大怒，欲遣人害温，其从弟应，温故掾也，谏之数日乃止。帝问侍中常洽曰：'傕弗知臧否。温言太切，可为寒心。'对曰：'李应已解之矣。'帝乃悦。"

小郎君祝彪

恶霸子弟，除恶务尽

祝家庄庄主祝朝奉有三个儿子：祝龙、祝虎、祝彪。

《水浒》是侠义小说的滥觞。后来的《宏碧缘》《彭公案》《施公案》等，其中所描绘的绿林好汉、草莽豪客，有不少沿袭、模仿了《水浒》的若干故事片段和文字，如取名，也冠有"龙、虎、彪"；有第四子，还加上"豹"，如《宏碧缘》四杰村的朱龙、朱虎、朱彪、朱豹。

他们都定位为纠纠武人。

《水浒》的祝家庄三子，站在梁山对面的立场，当然都不是好东西。因而，此后其他书中出现的此等名字，十之八九是清官、武侠、正人君子们的对立面，是除恶务尽的镇压对象。

这是小说塑造的名字。其实经史子集里，包括"二十四史"和《清史稿》《新元史》等拥有大量姓名的大部头本本里，罕见有人为儿子取名以"龙虎彪豹"排行的（单独是有的，如太平天国时期淮北的起义者张龙）等。

此类命名，恐系姓氏文化里的一种创造。

祝龙、祝虎的绰号未见记载。

祝彪绰号小郎君。据《碑版广例》东魏敬史君碑，有称太守敬忻之子为小郎君。

此"小郎君"同"郎君"，乃是贵家子弟的称呼，如后世所称的"小公子""小少爷"是也。

庄主祝朝奉

聚族而居，以姓命名
纵子行凶，终得恶报

祝朝奉，姓祝，无名字记录在册。

朝奉是以官阶名称替代名字，以表示对他的尊敬。此种传统称呼延续至今，如李局长、张主任皆是。

据宋官制，所设的朝奉大夫、朝奉郎，原来分别为正五品下阶文散官和正六品上阶文散官。元丰三年（1080），改为新寄禄官，朝奉大夫相当于旧寄禄官后行郎中，朝奉郎相当于旧寄禄官中行员外郎、左右司谏。按，朝奉大夫、朝奉郎都是闲官，只是给了个空衔，却没有俸禄，更无实际职权，但可以佩戴相应的官帽官服，大概在开办红白喜事时，允许能享受五六品的同官阶政治待遇，出出风头。

祝朝奉是小说人物。

祝家庄也是《水浒》的祝家庄，但后人却多有考信。

据光绪《寿张县志》，"祝家庄者，邑西之祝口也"。祝口，在今山东阳谷县城南十五公里。作家苗得雨谈《水浒》遗迹说："祝家庄在梁山北不远处，我们看到的地方在阳谷县南部黄河金堤下面和书上写的地方差不多。人们介绍说，现名叫'祝口'，扈家庄仍叫扈家庄，李家庄今名叫'李台'。说祝家庄邻近的莲花池是演武场，村北有一报警铁塔，当年上面有报警鸡，铁塔几年前才倒塌。盘陀路是七十二条胡同都一样，胡同口都有一石臼、一石羊、一水井、一古槐，梁山大军两打时是被七十二条胡同弄糊涂了。"[1]

按，祝家庄说，也见于他处，如河北沧州，在县东南和正南分别都有同名的村落。盖农耕社会聚家族而居，久之即以姓氏命名所居地的村、庄。

近年还有一说是祝家庄在长江南的江阴祝塘镇。且说当年施耐庵先生创作《水浒》，其足迹所至江阴。"曾在江阴祝塘镇大宅里富豪徐麒家坐馆，徐家与祝塘镇上祝家不和，曾交兵三次，故《水浒》写三打祝家庄。祝塘镇下辖之曾家庄、十字埧等，即《水浒》中曾头市、十字坡"[2]。

---

① 天津《今晚报》1996 年 11 月 25 日。
② 《明清小说研究》1994 年第 1 期。

一丈青扈三娘

扈三娘的浑号一丈青，在史传里最早也是属于女人的。

梁山春色，有一丈青

扈三娘的浑号一丈青，在史传里最早也是属于女人的。

她就是南宋初期东京留守杜充部将马皋之妻，马皋死后，又嫁与张用为妻的一丈青。

"初，勍（淮南等处招抚使闾勍）迎奉神御起离西京也，循蔡河而下，至濠州，遇张用。勍说用归朝廷，以马皋之妻一丈青嫁用为妻。初，皋为郭仲荀所诛，勍周恤之以为义女，既嫁用，遂为中军统领。有二认旗在马前，曰'关西贞烈女，护国马夫人'"（《三朝北盟会编》卷一百三十八）。

建炎四年（1130），张用已受招安。"曹成以马老爷事，执捉中军人，多被杀戮者。用之妻一丈青，奋身出招中军人隶麾下。中军人皆归之，有众二万余人，皆诉无粮食。一丈青曰：'待我措置。'犹未知用投鄂州受招安。俄有人报用已受措置司招安。一丈青乃率众趋鄂州，避马友，不由汉阳，取间道出汉阳之后，自下流渡江，复与用合"（同上，卷一百四十一）。

一丈青归张用后，张用仍有反复，后来始为岳飞招安。岳珂《金陀粹编》卷五《鄂王行实编年》：绍兴元年（1131），相州人张用，勇力绝群，号张莽荡。"其妻勇在用右，带甲上马敌千人，自号'一丈青'，以兵五万寇江西。俊（张俊）召先臣语曰：'非公无可遣者。'问用兵几何。先臣曰：'以飞自行，此贼可徒手擒。'俊固以步兵三千益之。先臣至金牛，顿兵，遣一卒持书谕之曰：'吾与汝同里人，忠以告汝。南薰门、铁路步之战，皆汝所悉也。今吾自将在此，汝欲战则出战，不欲战则降。降则国家录用，各受宠荣。不降则身殒锋镝，或系累归朝廷，虽悔不可及矣。'用与其妻得书拜使者曰：'果吾父也，敢不降。'遂俱解甲。先臣受之以归。俊谓诸僚佐曰：'岳观察之勇略，吾与汝曹俱不及也。'"

此一丈青本亦是宦门中人，是在当将官的丈夫于内讧时被杀后，作为招抚需要的政治礼物，由官方送给强盗头子张用做妻子的。她跟着现任丈夫，嫁鸡随鸡，嫁狗随狗，最后又一起乖乖地听任岳飞前来招安了事。

她很有点扈三娘形象的影子。

在男性社会圈里，此一丈青能领军，能上阵，当然是女中豪杰，世之佼佼者，可谓是女强人。同样可悲的是，《水浒》中的"一丈青"，也是被宋江作为树立自己信义和威望的礼品，送给那个好色的王英。两者如出一辙，相似何异乃尔。

但是，"一丈青"这一绰号，在当时响当当，时髦得很，男女都爱用，似非女杰专用。

由是，在《宣和遗事》的宋江三十六人中出现有"一丈青李横"；

在龚圣与的《燕青赞》，也有"太行春色，有一丈青"。

"一丈青"很走红。今人余嘉锡教授说："一丈青三字，自是宋时俗语，不独不始于《水浒》，亦必不始于李横及马皋之妻也。"当是。

"一丈青"后来还嬗化为妇女头饰。清林苏门《邗江三百吟》在"新奇服饰"中称"长耳挖"，"此即俗名一丈青也。金银不一，妇女头上斜插之"。

《水浒》将一丈青女将定名为扈三娘。

为何取名扈三娘呢？

余嘉锡认为："就'太行春色，有一丈青'两语推之，盖青为春色，一丈青者以喻春色之浓耳。是必闾里浪子相传俚语，以此指目男子妇人之年少美色者，而李横及马夫人，遂皆取以自号。"

余嘉锡教授还称，吴自牧《梦粱录》卷十九举临安名妓女有一丈白杨三妈，正可与一丈青作对。"一丈白者，盖亦时人调谑之语，讥其年华老大，秋色已深尔。"

一丈青扈三娘或正由此嬗化。

取姓为扈，也有如余嘉锡所说，"作《水浒传》者，习闻南北宋间有武将扈成者，全家为人所杀，又知其时有一女将名一丈青，因从而傅会牵合，以为梁山泺之事"。

按，一丈青女性化故事最早见自元人杂剧。元关汉卿杂剧《钱大尹智勘绯花梦》称，"你可便悄声，察贼情，比及拿王矮

虎，先缠住一丈青"。似已谈及王矮虎一丈青是夫妻。元杂剧有
《一丈青闹元宵》，又名《村姑儿闹元宵》，已佚，仅存剧目。当
演扈三娘。但从剧目名称窥测，我很怀疑元杂剧里的扈三娘原型
应当是一个可爱的村姑，不知怎的，在从杂剧到小说的七变八变
后，竟然变为一个庄主小姐了。

　　《水浒》扈三娘是雄性化的女强人模式。后人根据她的形象，
塑造了杨家将的穆桂英和《征西》里的樊梨花；尤其是樊梨花麾
下有两位矮将秦汉和窦一虎，娶的都是如花似玉、武艺高强的
女将，他们这些人，再加上《封神》里的矮子土行孙和邓蝉玉
小姐，组合成一道矮子娶美妇的风景线。与她们相配的夫君虽武
艺不精，品位不高，但不管怎样，在夫为妻纲的世界里，她们仍
得处身夫君位下。故此，石碣上的名序，扈三娘理当排在王英
之后。

铁棒栾廷玉

教师爷，成也祝庄，败也祝庄

栾廷玉为祝家庄教师爷，据说有万夫不当之勇。

铁棒为冷兵器时代防身主要手器。《冥祥记》有"手把铁棒"说。但小说写栾廷玉在阵上是用铁枪、飞锤取将，未见有持铁棒对敌的。

栾廷玉绰号铁棒，源自元杂剧《梁山五虎大劫牢》提及的韩伯龙故事。韩手器为铁棒，如宋江称："说此人使一条铁棒好生英勇也。"或源自"枪棒教师"，练武时习棍，上阵中用枪。盖铁棒一头打有刀刺，也可充作铁枪也。

五代后梁名将王彦章，称"王铁枪"。

据称，南宋末山东人李全，绰号李铁枪。因曾于土中掘得一铁杆（棒），长七八尺，锻为枪，重四十五斤（据周密《齐东野语》卷九），或称为一丈二尺（元杨维桢《李铁枪歌》）。

栾廷玉，其姓名不见于《水浒》成书时或之前的诸家文字，或系杜撰，或由郝廷玉名字嬗变。郝廷玉，唐李光弼部勇将，善拼搏，事迹见《资治通鉴》卷二百二十一。

两头蛇解珍

登州高手猎户，善使浑铁钢叉

两头蛇解珍，最先出现在龚圣与的《宋江三十六赞》。赞曰：
"左啮右噬，其毒可畏，逢阴德人，杖之亦毙。"

《水浒》把他和解宝定为猎户职业，是个体劳动者。

"两头蛇"出自贾谊《新书·春秋》。相传孙叔敖幼时，有
一次出游还，满面忧愁，数餐不食。母亲问为什么。"泣曰：'今
旦见两头蛇。'母曰：'蛇安在？'曰：'闻见两头蛇者死。恐后
人复见之，已杀而埋之矣。'母曰：'无忧，汝不死矣。吾闻有
阴德必有阳报。'后为楚相。"此后再无有两头蛇，"世言有见两
头蛇者必死，自叔敖后，不闻有见之者"（郎瑛《七修类稿》卷
二十七）。两头蛇，即两头一身之蛇。《白泽图》说，"故泽之精，
名曰冕，其状蛇身两头"。

元人杂剧多次提及"两头蛇"，与"双尾蝎"并提。如关汉
卿《刘夫人痛哭李存孝》："一个是康君立，双尾蝎侵人骨髓，
一个是李存信，两头蛇谗言佞语。"杨景贤杂剧《刘行首》第三
折："他母亲狠似那双蚱蝎，心毒似两头蛇"；佚名杂剧《百花
亭》第一折："他狠毒呵似两头蛇，乖劣呵浑如双尾蝎。"《水浒》
若干绰号与元人杂剧密切，可以认为它就是龚圣与发明解珍解宝

兄弟绰号的滥觞。

又，中原虽无"两头蛇"，但岭南地区却有，通称"枳首蛇"，系无毒蛇，因其尾部圆钝，有与颈部相似的黄色斑纹，且能头尾同时行进，所以俗称"两头蛇"，但非两头一身之"两头蛇"。《太平广记》引《广古今五行记》："连州见一柑树，四月中，有子如拳大。剖之，有两头蛇。"又引《纪闻》，"至广州市，有人笼盛两头蛇，集人众中言：'汝识二首蛇乎？汝见二首蛇，则其首并出，吾今异于是，首蛇又一头，欲见之乎？'市人请见之，乃出其蛇。蛇长二尺，头在首尾"。近年，由于若干地区生态失衡，偶尔也出现两头一身的畸形蛇，但它与解珍绰号含义不相及。

双尾蝎解宝

登州高手猎户，手执莲花铁镜

蝎，通常都是单尾蝎，尾钩含有剧毒。而所谓"双尾蝎"，尤毒。

龚圣与《宋江三十六赞》有作："医师用蝎，其体贵全，反其常性，雷公汝嫌。"极写解宝之狠毒。

据清王开沃《水浒传补注》所引《墨憨斋笑录》："徐（江苏徐州）邳（江苏邳县）多蝎，尾有双钩，左钩螫则全身疼，右钩螫则半身疼。谚云：徐州不打春，邳州不开门，若还打春与开门，两尾蝎子咬杀人。"江邻几《杂志》："都下蝎尾有三毒者，有五毒者，城西剥马务，蝎食马血，尤毒。"

此也为解宝写照。张恨水曾以绰号点评解珍解宝，"人而以两头蛇、双尾蝎名之，其为人可知矣。然观于其兄弟本传，不过登州两猎户，初无何毒害加于社会也。无何毒害加于人，而人以虫豸中之最毒辣者以绰号之，得毋冤乎？予生思之，最决非无故"（《水浒人物论赞》）。

史传记解宝有其人。《三朝北盟会编》卷二百十七引《韩忠武王中兴佐命定国元勋之碑》："建御营，以王（蕲王韩世忠）为左军统制，诏平济州山口贼解宝、王大力、李显等，所向剿

235

除，升定国军承宣使。"王利器认为，"此被韩世忠剿除的济州山口'贼'解宝，当是绰号'双尾蝎'的解宝，他在老家登州受土豪压迫，才逼到济州山口去作'贼'耳"（《耐雪堂集》）。我意不然，此解宝无非名字相同，他有可能为龚圣与拼凑宋江三十六人时被借用，且按传统审美的对衬模式，又添加了一个"解珍"。所以杨荫深《混号分类考》以为此两名字的制作"实有所取义，也是'押解花纲石'之谓"[1]。当是。

---

[1] 《万象》1942 年第 9 期。

铁叫子乐和

喉咙响亮、清和

铁叫子绰号，据乐和自称，是因为"唱得好"。此比喻他喉咙响亮、清和，是标准男高音，有如"铁叫子"。他是梁山好汉中唯一见有记录的歌星。歌星也能当头领，坐上一把交椅，这真是山寨的可取处：群星灿烂，行行俱全。

叫子，是娱乐小器具，"世人以竹木牙骨之类为叫子，置之喉中吹之，能作人言，谓之颡叫子"（沈括《梦溪笔谈》卷十三）。"又用墨抹抢于眼下，如伶人杂剧之戏者；又口吹叫子"（《三朝北盟会编》卷一百三十五）。宋高承《事物纪原·吟叫》：宋仁宗后期，有叫卖紫苏丸，有乐工杜人经经启发，编有《十叫子》叫卖曲。"京师凡卖一物，必有声韵，其吟哦俱不同，古市人采取声调间以词章，以为戏乐也。今盛行于世，又谓之吟叫也。"程穆衡也以为"叫子，截竹为之，市井小儿所吹者。间有铁铸，其响甚厉，且坚刚耐久弄"（《水浒传注略》）。

《水浒》作者想得也奇妙，但要是将这绰号送给某位另类歌唱家作秀，那岂不是说她是"假唱"了。古为今用，务必谨慎之。

乐和，见有北宋湖州知府乐和者。宋谈钥《吴兴志》卷十四郡守题名，有"乐和，左正言，淳化三年（992）三月视事，是年四月罢"。宋元话本《乐小舍拼生觅偶》（一名《喜乐和顺记》），记有南宋临安府乐和其人。此处取名乐和，当亦蕴含有快乐如意、和鸣锵锵之意义也。

母大虫顾大嫂

雌老虎也，一个雄性化的女人

母大虫，即雌老虎，唐宋民间多以俗称老虎为"大虫"。盖虎纹斑斑，有似草丛毛毛虫也。

五代楚将有李琼其人，"善饮食，每一饭，肉十数斤，割大胾而啖之，军中谓之李老虎。先是，桂州儿童每聚戏，辄呼曰：'大虫来！'号呼而走"（《十国春秋·李琼传》）。

顾大嫂是个雄性化的女人，即所谓"强女人"是也。因为其勇武，气魄远超越丈夫多多，由是尊奉为"母大虫"，正名实相符，恰到准处。

后有好事者为她作像赞："当炉文君，割肉细君，曰寡小君。"

像赞以卓文君比拟顾大嫂。当年卓文君开店当炉，以她才貌和身份能招徕更多顾客慕名而来，由是司马大作家夫妻老婆店生意兴隆，但她只能坐在柜台上做"活广告""活招牌"，而顾大嫂坐如钟，行如风，却是能豁得出去的，更高一筹。

《水浒》盛行民间，"母大虫"也有了知名度。明晚期乙未（1595）丙申（1596）间，畿南霸州（今属河北）、文安（今属河北）之间，忽有一健妇剽掠，亦诨名"母大虫"。

小尉迟孙新

酒店主，一沾老婆之力；二沾老兄的光

小尉迟绰号，出处有三：一、初唐画家尉迟乙僧，于阗国（新疆和田）或吐火罗（阿富汗北部）人，因其父尉迟跋质那以善画闻名于隋，人称"大尉迟"。他本人在长安任宿卫，工画佛教人物、花鸟，人称"小尉迟"。

二、本系宋初河东名将呼延赞专用的。"呼延赞作破阵刀、降魔杵、铁鞭，幞头两旁有刃，皆重数十斤；乘乌骓马，绯抹额。慕尉迟鄂公（即唐初名将尉迟恭，字敬德，以功累封鄂国公）之为人，自称'小尉迟'"（宋江少虞《皇朝类苑》卷五十五）。《宋史·呼延赞传》也有"自谓慕尉迟敬德"之语。

三、元人杂剧也有小尉迟故事，但此"小尉迟"非呼延赞，乃是尉迟恭的儿子。现存的杂剧《汉钟离度脱蓝采和》，"做一段老令公刀对刀，小尉迟鞭对鞭，或是三王定政临虎殿"。这里说的"鞭对鞭"，也就是杂剧《小尉迟将斗将认父归朝》所演尉迟宝林（尉迟恭子）沦落番邦，沙场作战，与父相会的离合故事。

孙新武艺平平，绰号为"小尉迟"，实与呼延赞、尉迟宝林的"小尉迟"无关。此"小尉迟"，乃对衬于其兄孙立"病尉迟"，故此绰号，正确当定格为"小病尉迟"。他是沾老兄的光，乃是由"病尉迟"顺便捎带过来的。

出林龙邹渊

绿林小盗，绰号多为惊人

邹，春秋有邹国（在今山东邹城），后子孙皆以邹为姓。邹姓望出山东，故列姓有"邹"。

邹渊绰号出林龙，出处不详。

或从《易·乾》："或跃在渊"，或由此取名为"渊"。

袁啸波解说："龙，一般在水中或云中，不会在林中。起名出林龙，可能只是为了比喻山林豪杰"（《水浒大观》）。

曲家源解说："'出林龙'意即树林中的强盗"；"绿林好汉干抢劫勾当多躲藏在树林中，待行人走近再一跃而出"。

两说均以林中豪杰（盗）说邹渊。

"出林龙"或由"出林虎""出山虎"嬗化。

龙为水中物。大凡《水浒》陆地好汉，取绰号带有"龙"者，多是二三流本领，盖陆上难大展武功也。

独角龙邹润

以瘤充角，以长相奇异见长

《水浒》写邹润其人和绰号，有诗为证："脑后天生瘤一个，少年撞折涧边松。大头长汉名邹润，壮士人称独角龙。"

邹润因为长相独异而定绰号。以瘤充角，亦一景观。

邹润绰号独角龙。"独角"，很可能源自南齐祖冲之《述异记》，"独角者，巴郡人也。年可数百岁，俗失其名，顶上生一角，故谓之独角"。同书亦称，"尹雄年九十，左鬓生角，长半寸"。盖头顶生肉角，确有其人。《玉芝堂谈荟·头生肉角》搜集诸家史书所记，就有唐刘道安头生肉角，隐见不常。又，元无名氏杂剧有《刘千病打独角牛》。

传说中的龙的形象，为头顶生有一角，俗称独角龙。所以邹润绰号即由瘤换成独角，又嬗变为"独角龙"也。

又，"独角龙"或系源自唐末沙陀李克用绰号。《新五代史·唐庄宗纪》称，李克用"少骁勇，军中号曰：'李鸦儿'，其一目眇；及其贵也，又号'独眼龙'"。

病尉迟孙立

学尉迟，善使单鞭；似尉迟，勇不可当

南宋罗烨《醉翁谈录》就有"石头孙立"。《宣和遗事》将他列为天罡院三十六猛将之一，而且是押解生辰纲的主要军官。龚圣与赞有："尉迟壮士，以病自名，端能去病，国功可成。"也把他比拟为尉迟恭式的武人。

《水浒》塑造孙立形象，俨然是尉迟恭再世。孙立绰号为"病尉迟"，余嘉锡认为"殆以其善用鞭也"。《唐书》称，尉迟恭常用的兵器是长矛，也有用单鞭。元杂剧即以此为据。尚仲贤《单鞭夺槊》："某使一条水磨鞭，有万夫不当之勇。"无名氏《小尉迟》："那尉迟恭有水磨鞭。"元杂剧还有《尉迟恭鞭打李道焕》《尉迟恭鞭打单雄信》。长庆二年（822），义成军节度使曹华进献，且云得之汴水，有字刻云："'贞观四年尉迟敬德。'是尉迟用铁鞭有确据者。"（《宋江三十六人考实》）

"病尉迟"之"病"，据《水浒》介绍，乃出自"淡黄面皮"，犹如病状。其实，此"病"非病，仍应作"比得上"解。就是说，孙立的本领与尉迟恭差不多。

孙立，史有其人。

据《宋会要》《三朝北盟会编》等记载，孙立系邵青部将。

南宋初期，邵青受招安，授水军统制驻扎芜湖。但邵青不很安分，"遣人往太平州买卖，知州郭伟不放入城。邵青闻之怒，遂拥众攻城。青有众数万，大小舟数千艘，入姑溪河，上莲褐山，下至采石，东至三湖口，与其党单德忠、孙立、魏曦、阎应，分布遍满"（《三朝北盟会编》卷一百四十七）。孙立先后参与了邵青招安和叛乱。但据同书绍兴三十二年（1162）所记载，宋将孙立在淮北与金兵作战。"又据水寨孙立申：于颍河内烧杀粮舡二百余只，又招夺到人舡，又两见阵立功，乞赐推恩。"由是余嘉锡推理，"此孙立乃水军将领，或即邵青之党，降后立功者欤"。

但此孙立决非是《宣和遗事》和后来《水浒》的病尉迟孙立。

行院白秀英小姐

歌舞吹弹，色艺双绝

玉貌花颜俏粉头，

当场歌舞擅风流。

白秀英歌舞吹弹，色艺双绝，堪称为多栖歌星。

她原是东京行院，也许因为都城群星布列，掩其光芒，遂向东发展，既不上北京大名府，也不在大宋发祥地南京归德府停留，却偏偏选择了小小的郓城县走穴。此因何也，局外人难有明白，原来郓城知县是她的旧相好。所以白小姐能在郓城走红，拥有众多追星族，由京都无名小角儿，变作挂头牌的名角儿，就是依傍知县老爷这把大红伞；有了这把伞怕什么？即使雷横都头的拳头再硬，也可以叫他绗扒在地，不得翻身，如此利害，盖有书中所说的"枕边灵"也。

此处可为枕头重于拳头作注释。

由此看来，歌星要成为不溶的冰美人，一要找好地方，二要依傍靠山；当然也得有一曲流行的拿手歌，就像白秀英所唱的诸宫调《豫章城双渐赶苏卿》，当时就极为走红。据统计，以双渐苏卿故事为题材的，就有张五牛《双渐小卿诸宫调》、金院本

《调双卿》、无名氏《苏小卿月夜贩茶船》、元王实甫《苏小卿月夜贩茶船》、纪君祥《信安王断复贩茶酒》、无名氏《豫章城人月两团圆》，仅杂剧就有十余剧，而散曲更多，套数有十三、四套，小令二十多首；此外，出现过双渐小卿的名字，或有关这个故事部分情节的曲子，至少有三十首以上。在宋元时代，双渐苏卿故事传遍大小城镇。

按，双渐苏卿故事剧情是，解元双渐和名妓苏卿相爱，双渐中状元时寄书信与守志不移的苏卿，但苏卿却被鸨母卖与茶商冯魁，并将她逼上茶船，双渐闻知急驾船追赶，终于与苏卿团圆。此中悲欢离合情节，或亦为后世《秋江》《玉堂春》等所借鉴。

高唐知州高廉

神兵飞天，终成土灰

《水浒》高举完全、彻底打倒奸臣的旗帜。高俅是奸臣，他的兄弟高廉也必然是奸臣，应在打倒之列。

高唐州高廉是虚构人物，但他的"飞天神兵"却查有实据。

据宋史记述，靖康二年（1127），金军围攻开封，宰相误信了骗子郭京和他的神兵，命出击金军，谁知稍一接触，神兵就逃散了，金军乘机攻上了开封城头。

这事影响太大了，导致北宋王朝迅速崩溃。后世多有谈及，由是被详细地写进了《宣和遗事》："先是有卒名郭京者，自言能用遁甲法，可以生擒粘罕、斡离不等。何㮚、孙傅与内侍等皆倾心尊信之。又有刘孝竭各募众，或称六丁力士，或称北斗神兵，或称天关大将，各效郭京所为。是日，大开宣化门，出与接战；为金兵分四翼并进，郭京脱身逃遁，众皆披靡，城遂陷。"又《五代周史平话》也有周太祖郭威征慕容彦超，慕容彦超命术者"祷告镇星，求神兵相援"，而为术者所欺，致使全军覆没事。此等所说，或即为高廉组织"飞天神兵"的张本。

活神仙罗真人

九宫山道爷，梁山泊师父

罗真人是公孙胜师父，《水浒》李逵心服口服的活神仙，民间传说中唐明皇游月宫的第一导游。"汉皇重色思倾国"，皇帝就是见到嫦娥仙子后才患上难治的相思病的。

罗真人，加以"真人"衔，本非凡品。真人者，道家称"修真得道"或"成仙"的人。《庄子·天下篇》说，"关尹，老聃乎，古之博大真人哉！"《疏》："关尹、老聃为古之大圣，穷微极妙，冥真合道，故谓之真人。"

宋人笔记元人平话多记有罗真人其人其事。

"绵州罗江县有罗瑧洞，昔罗真人名瑧修道上升之所也，祷之，灵无不应"（宋黄休复《茅客客话》）。"太平兴国四年，绵州罗江县罗公山真人罗公远旧庐，有人乘车往来"（宋文莹《湘江野乘》）。话本《崔衙内白鹞招妖》（即《定山三怪》）也有称河北定州中山府，"此间有一修行在世神仙，可以断得；姓罗名公远"。

所谓罗公远，即罗真人，他的修道处本是四川罗江，但到了元人话本已在河北中山，到了《水浒》里，却又向北移几百里，而在蓟州（今属天津）九宫山了。

罗真人神通广大，但他戏弄李逵的特技表演，不是自己发明，而多是拾人牙慧，如手帕腾云故事，似即采撷洪迈《夷坚支志》：绍兴甲子岁（1144），河南邳徐间陈靖宝因事为金人立赏格严捕。"下邳樵夫蔡五采薪于野，劳悴饥困，衣食不能自给，尝叹喟于道曰：'使我捉得陈靖宝，有官有钱，便做一个快活汉。如今存济不得，奈何？'念念弗已。逢一白衣人，荷担，上系苇席，从后呼曰：'蔡五！汝识彼人否？'答曰：'不识。'白衣曰：'汝不识，如何捉得他？我却识之，又知在一处，恨独力不能胜耳。'蔡大喜，释担以问。白衣取苇席铺于破垣之侧，促坐共议所以蹑捕之策。斯须起，便旋路东，回顾蔡，厉声一喝。蔡为席载起，腾入云霄，溯空而飞，直去八百里，坠于益都府庭下。府帅震骇，谓为巨妖，命武士执缚，荷械狱犴，穷讯所由。"

这段发生在金下邳（今江苏睢宁西北）地区的故事，被写得活龙活现、煞有介事。文中樵夫蔡五见到捉拿陈靖宝、可得重赏的榜文，念念不忘于圆升官发财梦，但他遇到捉弄，那个有法术的白衣人，让他从席上飞翔至益都（今山东青州）府衙，身受牢狱之苦。这故事的后半段显然被移植到李逵名下了。

又，罗真人被称为"天下有名的得道活神仙"（第五十三回）。神仙，此处或借用长春真人丘处机故事。成吉思汗尊崇丘处机，"上问镇海曰：'真人当何号？'镇海奏曰：'有人尊之曰师父者、真人者、神仙者。'上曰：'自今以往，可呼神仙'"（《长春真人西游记》卷上）。由是此后元人皆称丘处机为"丘神仙"而不名。如陕西周至重阳万寿宫成吉思皇帝圣旨碑有"据丘神仙应系出家门人等，随处院舍都教免了差发税赋者"，"丘神仙你就便理，合只你识者"①。

---

① 《元代白话碑集录》，科学出版社，1955年版，第1、2页。

金钱豹子汤隆

山寨重军器，不可有缺铁匠总管

汤隆绰号金钱豹子与杨林锦豹子含义同，而金钱豹子，更见显著。

金钱豹子，即金钱豹。《本草》："豹文如钱者曰'金钱豹'。"豹纹如钱，示其身背有点点圆斑，毛色黄褐，所以俗以"金钱"比之。汤隆自称，"为是自家浑身有麻点，人都叫小人做'金钱豹子'"。盖以皮肤斑点而得名，非因武技高强而取此绰号也。此亦揶揄之作。

北宋还是冷兵器时代，铁匠工艺颇见重要。山寨不可无督造兵器的高明匠人，由此创造了铁匠世家的汤隆，凑上地煞七十二星之列。

汤隆民间打铁故事，佐证了两宋和明初均未颁布和施行过控制铁匠的政策，此即《水浒》写作背景。人们从汤隆铁铺都是铁砧、铁锤、火炉、钳、凿家火这一点上，似乎可以浮想联翩，这些打铁工具自两宋以后，竟又延续了近千年，现在有些地区继续使用。

当朝太师蔡京

六贼之首，千夫所指

蔡京是"六贼"中的龙头老大。

太学生陈东在宋钦宗（赵桓）上台伊始，曾三次上书给皇帝，请求诛杀祸害国家的"六贼"，第一名就是蔡京，以下名次是王黼、童贯、梁师成、李彦和朱勔。

陈东等人上书痛斥蔡京辈误国，说"论今日之事，蔡京坏乱于前，梁师成阴谋于后，李彦结怨于西北，朱勔结怨于东南，王黼、童贯又结怨于辽金，创开边隙；宜诛六贼，传首四方，以谢天下"（《宋史·陈东传》）。《水浒》说的梁山好汉的对立面就是蔡京为首的奸臣集团。

蔡京形象在《水浒》很少有笔墨，但整部书都有他的影子。他的儿子（蔡九知府）、他的女婿（梁中书）、他的门人（贺太守），就是他的代理人。

蔡京及其集团垮台的直接原因，不是靠宋江等造反反奸臣，它仍出自王朝最高层的自相倾轧。他们因为对新皇帝（宋钦宗赵桓）的态度不够端正，有抵触情绪，而且还捧着太上皇（宋徽宗赵佶）和新皇帝唱对台戏。一朝天子一朝臣，自然要被谪被流放了。

这事发生在靖康元年（1126）。

蔡京是被流放到儋州（今属海南）的，中途病死于潭州（今湖南长沙），时年八十。

王明清《挥麈后录》卷八记述了这段途中生涯："初，元长（蔡京字）之窜也，道中市食饮之类，问知蔡氏，皆不肯售。至于诟骂，无所不道。州县吏为驱逐之，稍息。元长轿中独叹曰：'京失人心，一至于此。'至潭州，作词曰：'八十一年住世，四千里外无家。如今流落向天涯。梦到瑶池阙下。玉殿五回命相，彤庭几度宣麻。止因贪此恋荣华。便有如今事也。'后数日卒。门人吕川卞老醵钱葬之，为作墓志，乃曰：'天宝之末，姚宋何罪云。'"

双鞭呼延灼

大宋功臣之后，无奈亦上梁山

《宣和遗事》和《癸辛杂识》所提及的宋江三十六人集团，均有铁鞭呼延绰。

据《宣和遗事》，呼延绰是宋王朝的将军，"朝廷命呼延绰为将，统兵投降海贼李横等出师设捕宋江等，屡战屡败。朝廷督责严切，其呼延绰却带领得李横，反叛朝廷，亦来投宋江为寇"。《水浒》的有关章回，显然是以这些情节为纲目而展开笔墨的。

首先，给他定位是北宋开国功臣河东呼延赞的嫡派子孙，并取名呼延灼。

呼延赞何许人也？"呼延赞，并州太原人……雍熙四年，加马步军副都军头。尝献阵图、兵要及树营寨之策，求领边任。召见，令之作武艺。赞具装执鞭驰骑，挥铁鞭、枣槊，旋绕廷中数四"（《宋史·呼延赞传》）。

"呼延赞，并人。忠实有勇，遍体文以'赤心呼杀'字。出入有破阵刀，降魔杵，铁幞头，两角有刃，皆十余斤。乘骓马，绛抹额，自谓慕尉迟敬德"（《隆平集》卷十七）。

原先，《宣和遗事》中的呼延绰，兵器是一条铁鞭。龚圣与《宋江三十六赞》皆称："尉迟彦章，去来一身。长鞭铁铸，汝岂

254

其人？"

由是为了写好呼延灼，他的手器由单鞭改为双鞭，而且是"使两条铜鞭，人不可近"。

史传呼延赞是善耍一条铁鞭的。古代名将唐尉迟恭、五代王彦章都是以单鞭闻名的；为了取诨号"双鞭"，也就不得不改弦更张了。余嘉锡教授说："盖作《水浒传》者，欲写呼延灼之勇，嫌铁鞭不如双鞭，遂以意改之耳。"

这就是"双鞭"诨号的由来。

按呼延灼和他的原型呼延绰，均不见宋元其他诸书，它仍是小说家言。而此处取姓有"呼延"，似作者之意还要在梁山上放几把少数民族成分的头领座位。

其中一把座位就是呼延灼。

呼延姓氏原不见秦汉大一统时期中原黄淮和诸越等民族姓氏。呼延氏来自漠南北。据《通志·氏族略》："匈奴有呼衍氏，入中国，改为呼延氏。"此说或是。另说呼延氏出自与鲜卑融合的匈奴人。公元四世纪、五世纪，鲜卑贵族在黄河北岸多次建立王朝，鲜卑也逐渐替代匈奴成为北中国仅次于汉族的主要民族。如起自鲜卑山（今大兴安岭北段）的拓跋部、辽西的慕容部、宇文部、段部。他们先后建立有代、魏（拓跋）、前燕、后燕、西燕、南燕（慕容）和北周（宇文）等政权。有些姓氏，随之国亡，也渐无闻，如原为拓跋氏的元氏；也有的沿袭至隋唐仍是望族，如宇文、长孙、诸窦；此间呼延氏因系匈奴融合于鲜卑，乃旁系，于是以托附望出太原（《百家姓》）今山西石楼县西有呼延山，以有呼延赞墓而得名。今近处多有呼延姓者，据传即其后裔 [1]。

呼延灼是仰仗连环马而出名的。北方游牧民族都善骑术，也擅长以骑兵作战，史载前燕名将慕容恪最早采用连环马战术，"乃以铁锁连马，简善射鲜卑勇而无刚者五千，方阵而前"（《晋书·冉闵载记》）。南宋初期，金朝四太子兀术（完颜宗弼）举兵南下，所率精兵中军是铁兜重甲的骑士（铁浮图），他的左右翼就是几匹马相连并进的轻骑（拐子马），即连环马，所谓是"三人为伍，以皮索相连"（《三朝北盟会编》卷二〇二）。

这种拐子马，也就是呼延灼连环马的造型。

可是这种拐子马，在对手发现了它的致命弱点后，在战场上就再也起不到威慑作用了。因此金国强大的拐子马，在进入中原大地后，一在颍州（今安徽阜阳）被刘锜击败；再在郾城被岳飞歼灭。所以当呼延灼踌躇满志，得意非凡，妄想仗着连环马踏破梁山时，一场以钩镰枪破连环马的战斗，已经在秘密而顺利地策划了。

---

[1] 《山西历史地名录》，第 81 页。

百胜将韩滔

解横枣木槊，受着锦征袍

百胜将绰号，又作"百胜将军"，此处从石碣铭刻。

"百胜"，源自《孙子兵法·攻谋篇》："是故百战百胜，非善之善者也；不战而屈人之兵，善之善者也。"《邓析子·无厚》："庙算千里，帷幄之奇。百战百胜，皇帝之师。"《管子·七法》："是故以众击寡，以富击贫，以能击不能，以教卒练击驱白徒，故十战十胜，百战百胜。"苏轼《留侯论》："项籍唯不能忍，是以百战百胜，而轻用其锋。"宋元平话杂剧有时简作"百战百胜"。

"百胜将军"，北宋有区希范其人，"自为神武定国令公桂牧"，而以"蒙赉为百胜将军"（曾巩《隆平集》）。

又有"千胜将军"，是唐朝守睢阳（今河南商丘南）的张巡的儿子张亚夫。明田汝成《西湖游览志》记杭州有"千胜将军庙"："千胜将军庙，在新安坊，其神张亚夫者，巡子也，拜金吾大将军，立庙雎阳。宋南渡时，凡汴京有庙者，皆得祀于杭，故建庙于此。元元统间毁。皇明洪武间，僧广成重建。"（卷十六）

由"百胜""百胜将军"以至"千胜将军"而被选进《水

浒》，成为地煞星群之一的绰号了。

韩滔之姓名不知从何处借用，当系作者的杜撰。

韩滔手器是铁槊，这又是作者的别出心裁，把前代的兵器、宋时已淘汰的兵器搬出来使用，使兵器多样化，煞是好看，也能够起到"以壮行色"的效果。按，槊，即长矛。《通俗文》：矛长丈八谓之槊。

本书称韩滔为陈州团练使，带兵。此乃小说家言。按，团练使原为唐设高级武官，掌一方人马。但至宋初，因广收兵权，团练使再不带兵，乃作为安置地方官的闲职，为从五品（低于正五品观察使）。

天目将彭玘

刀横三尺雪，甲耀九秋霜

佛家称肉眼、天眼、慧眼、法眼、佛眼为"五眼"。天眼即天趣之眼，能透视六道、远近、上下、前后、内外及未来等。天眼，即天目。

通常以为"天目"，即是生长在头额眉心的第三只眼，平话小说杨戬、华光和王灵官等道家神将，均长有此"天目"。

在史志里，"天目"是星官名称，就是鬼宿。《晋书·天文志》，"舆鬼五星，天目也。主视明，察奸谋"。即是。

彭玘绰号天目将当由此而来。

程穆衡《水浒传注略》以为"天目山在乌程，苕水所出。信阳州亦有天目山，下有龙窟，必家世曾官其地，故有此称"。此系附会之说，实误。盖天目山得名亦源于"天目"（天眼）。

两宋之际确有彭玘其人。此彭玘原为河南忠义军翟兴部骁将。宋绍兴元年（1131），在河南井谷设伏，击败金军；后降于伪齐。绍兴二年（1132）十二月，在宋襄阳镇抚使李横进军河南时，他与牛皋等率部分别反正。"绍兴三年二月十八日，襄阳府邓郢州镇抚使李横奏：近有知汝州彭玘并京西北路提刑牛皋，各率所部，背伪齐归正，并保明一行将佐，委是忠节得用之人，望赐优恤。诏彭玘、牛皋下有部将佐，候李横具到功状给降恩外，可令学士院先降敕书奖励"。

《水浒》很可能借用此处彭玘充数，盖彭玘名字很难能见有雷同的。

轰天雷凌振

管筒发射，超前跳出来的火炮手

凌振是国家级打炮手。在《水浒》中，火炮也算是新式武器了，但它是在超前意识指导下超前使用的。

轰天雷就是以从事的特殊职业所起的绰号。轰天雷或源自"震天雷"。金正大九年（1232），蒙古兵围金都城，金军的守城之具，"有大炮名震天雷者，铁罐盛药，以火点之，火起炮发，其声如雷，闻百里外，所爇围半亩之上，火点着者，铁甲皆透"（《金史·赤盏合喜传》）。此处所叙"震天雷"，并非是有炮筒炮架等的大炮，它是一种抛火器。史学家陈登原以为，"震天雷者，近于手榴弹"（《国史旧闻》）。此亦一说。

凌振绰号轰天雷，当也可作如是观。

盖凌振时代的"轰天雷"，应是用抛物器发射的某种火器。此时它虽美其名为炮，也有炮架子，但仍是以巨竹运石的弹力机。此间虽杂有火药抛筒，却不是用管筒发射的。它是应用杠杆原理发射的。

南宋末期，开始出现以巨竹为管筒的竹木炮。元至元十年（1273），元军用亦思马因所造巨炮轰塌宋襄阳谯楼。火炮就在此前后出现了。十五世纪初，安南传来炮器，是用熟铜或生、熟赤铜相间铸造，也有用铁（建铁、西铁）铸造，取名为"神机炮"，且特别配制炮架、炮车用以装载；它使用火药，却仍是前膛炮。明正德十二年（1517），明军开始使用巨腹长颈，内贮火药的佛郎机炮（葡萄牙铜炮），这种炮长达五六尺，射程达300米。宋应星《天工开物》也记有神烟炮、神威大炮、九矢钻心炮。但这些炮，都不是《水浒》凌振所操纵得了的。盖真正的火炮须具备三点：（一）系管形射击火器；（二）利用火药在筒膛里燃烧产生气体压力发射弹丸；（三）管筒口径大。

凌振轰天雷所放的炮，是《水浒》作者把元末明初的火炮作为道具搬到了宋代战场。

因此《水浒》中凌振的炮准确地说是石炮，应写作"砲""礮"，字从"石"。

金枪手徐宁

侍卫军教头，钩镰枪能手

徐宁也是《宣和遗事》押运花石纲的指使，后来上了太行山梁山泺。在元人杂剧里徐宁形象已有出现。在无名氏杂剧《争报恩三虎下山》中徐宁还是要角。但从杂剧里徐宁和关胜、花荣分别自称已是梁山第十二和第十一、十三头领来看，似乎他的最后座次还未定位。在《水浒》石碣，他是名列十八。

《宣和遗事》九天玄女娘娘的天书上明明写了"金枪手徐宁"。可是不知怎的，龚圣与作《宋江三十六赞》把他改为"金枪班"。且作赞佐证："金不可辱，亦忌在秽，盍铸长殳，羽林是卫。"明确把他列为皇帝的羽林军，由是《争报恩三虎下山》作"金枪教手"。

《水浒》给他正名，恢复为"金枪手"。

虽然经过几个反复，徐宁仍是"金枪手"，但却也在"金枪班"挂了号。金枪班是什么兵种？据《文献通考·职官考》称，殿前司所辖有"骑军有殿前指挥使、内殿直散员、散指挥、散都头、散祗候、金枪班"。它是皇帝的一支侍卫亲军。《水浒》封徐宁为"金枪班教师"，教师即教头、教练是也。

徐宁家藏的雁翎锁子甲，俗称赛唐猊，又称雁翎砌就圈甲。

据汤隆介绍，此甲应属于轻铁甲范畴。它锻造精细、周密，可以抵御强度不大的矢镞，真有点像现在的尼龙防弹衣。按，北宋国家兵工作坊颇有高匠，指导制作重甲（四十五到五十斤）和穿戴轻便、行动灵活的轻甲。沈括曾主持盔甲制作，他在《梦溪笔谈》中介绍了当时用"冷锻"法制造"瘊子甲"的技术。此甲"薄柔而韧"，"去之五十步，强弩射之不能入。尝有一矢贯扎，乃之中其钻孔，为钻孔所刮，铁皆反卷，其坚如此"（卷十九）。

由此推理，徐宁的传家宝雁翎锁子甲乃是用雁翎形甲片（每片长 2—2.5 厘米；宽 1—1.5 厘米）环环相扣为锁链状联结体，它内衬还有犀皮（或熟水牛皮）。盖犀皮坚固，"皆衣犀甲，刀箭不能伤"（《南齐书·高帝纪上》）。雁翎锁子甲因为制作工艺复杂，唐宋时通常是高中级将领的持有物，但生产还是很多的，宋元之际更见普遍。成吉思汗西征，将士就着此类衣甲。"彼得堡宫中藏有蒙古人遗留之甲胄，内层皆以水牛皮为之，外层则满挂铁甲，甲片相连如鱼鳞，箭所不能穿，制造巧妙，此为当时蒙古兵士之护身具"（张星烺《宋辽金元史》）。

徐宁被骗上山是因为他善于用钩镰枪。据曾公亮《武经总要》，宋时有单钩镰枪和双钩镰枪。但破连环马毋须用钩镰枪，此当是《水浒》作者别出心裁的形象思维。他当然是参照了南宋破金连环马的故事。

按，南宋破金连环马战事有二：一是绍兴十年（1140）六月，刘锜在顺昌（今安徽阜阳）命步兵"以拒马木障之"，尔后，用长枪挑去敌骑所戴的铁面兜，用麻扎刀破马足，"用刀斧砍臂，至有以手捽扯者"（《三朝北盟会编》）；二是同年七月，岳飞在河南郾城，又以麻扎刀、大斧等以步击骑，专劈马足，获胜。由此《草庐经略》说，"其破铁骑，宋人多用长柄巨斧，上椹（刺）人胸，下砍马脚。盖铁甲骑兵，兵刃难伤，故利用巨斧，中之未有不骨折者"。

哪里见有钩镰枪？

按，徐宁，不见于宋元史及笔记，仅见于《晋书·桓彝传》：徐宁乃东海郯人，任舆县令，为尚书吏部郎桓彝所赏识，后迁吏部郎，竟历显职。

太尉宿元景

大宋皇帝内官，梁山后台影子

太尉原为秦汉三公之一。秦、西汉是实职，主持国家军事，历代亦多沿置，后渐变为加官，无实权。

宋徽宗赵佶时，太尉被定为武官官阶的最高级（第一级），但其本身不再表示任何大小职务。唐宋多尊称高级武官为"太尉"，如郭子仪（《段秀实逸事》）、岳飞（《宋史·岳飞传》）即是。此处宿元景之太尉，当是加衔，而非实授。因而也有学者视此人能代皇帝行香，可能是内官，故虽与华州失陷有牵连，却仍属无妨也。

宿元景，史无其人，当系杜撰；其名或出自元魏时元璟、南朝梁人柳元景、武则天时酷吏索元礼。

日本学者佐竹靖彦也说《水浒》书中宰相级人物都是有真名实姓的，"唯有这个宿元景是虚构出来的。这说明他是《水浒传》作者为了故事的结构而创作的。这使人想起九天玄女'遇宿重重喜'的预言，他将此预言传授给星主宋江。该预言暗示着星宿世界的大聚会，宋江等天罡地煞星一百零八人都是名宿之臣，也就是他们的身份原本都与天上的星辰相连，宋江作为星主天魁星统领着众人。在《水浒传》中，与战斗和命运相关联，常常出现二十八宿即二十八个星座一词，宿元景正是以二十八星宿为主的天上星座的化身。'宿'即星宿的宿，'元'表示广阔之根源，'景'大概是光的意思"。①

此亦一说。

宋江等率兵马为救史进之困，自山东梁山取道中州京畿之地，智取华州（今陕西华县）。后人多视为小说家言，实不足取。其实，如从《大宋宣和遗事》追溯，宋江等主要活动地区梁山泺，在太行山脉，由此西下，取道晋南，直走华州，也是符合地理的。

宿元景是宋江等梁山好汉最信得过的坚固后台。但其人实无，所以也可说梁山只是影子后台的。

农耕社会人们的思维是：没有后台，也要制造一个后台。这样才心安理得。今读宿元景故事，当可作如是观。

---

① 《梁山泊——〈水浒传〉一〇八名豪杰》，中华书局，2005 年版，第 132 页。

八臂那吒项充

最为别致的受佛教影响的绰号

那吒是佛经故事中歌颂的神，随着佛教东来也传入中国。那吒系梵文 Nalakūvara "那吒俱伐罗" 的简称，相传他系佛教北方天王毗沙门的第三子。今存唐人敦煌壁画多有毗沙门天王和那吒太子三头六臂的画像。毗沙门天王在两宋很走红，凡府县衙的牢狱皆设有天王堂，为囚犯等顶礼膜拜，由是那吒也多为民间熟悉。

宋末元初，那吒形象也渐渐有变化，常说他本系玉皇大帝殿阶下的大罗金仙，身长六丈，头带金轮，三头九眼八臂，口吐青云，足踏盘石，手持法律，大喝一声，云降雨从，乾坤烁动。此乃宋元时期的那吒形象。

自明代以后，那吒渐渐嬗变为中华本土之神。他的一个形象也又有由八臂回归为六臂的。宋元西天原型那吒是八臂，其中有两手是为合十答礼的。明朝中叶以后，道教盛行，那吒又被写作为哪吒，为道教接受为神，成为中国化的哪吒了。因而他就不须再搞合十，就此删去了两臂，成为六臂哪吒，见自明中叶出现的小说《封神演义》。但官方仍执持 "八臂那吒"，日本学者佐竹靖彦还据元大都城门十一座乃仿照三头六臂两足那吒形象，明嘉靖四十三年（1564）又增加了两座门，说是仿照三头八臂两足那吒形象。由此或可推理，绰号"八臂那吒"的项充在明代中期，即《水浒》早期的本本里也仍有所保留。

项充的团牌，即傍牌，它的设计很有点想像力。

通常团牌只是用来防御，它与战国先秦所使用的木盾有异曲同工的功能；但项充手持的团牌，是特种工匠特种加工所制作，它仿制于南方民族的武器，在牌背后插有抛掷的短兵暗器。高承《事物纪原》说："《实录》曰：旁排自牟夷始也。或曰旁排，近世兵杖中有镖牌，盖出溪洞之蛮。熙宁中，……，其法乃盛传于中国，至神宗设于行阵，令诸军习之也。《宋朝会要》曰：太宗闻南方以标枪旁排为兵，令萧延皓取广德军习之。军士之用标牌，此其始也。"项充的团牌，牌上插飞刀二十四把，在作战中取而抛之，用以伤人。但通常写法，这些伤人的抛器都插于背脊，如元杂剧《摩利支飞刀对箭》称摩利支盖苏文，"脊背上有五口飞刀，三口得用，百步之外，能取上将之首级"。又本书第九十八回也有方腊部将杜微"背插五口飞刀"的描写，那都需要有非常熟练的抛刀技术。旧时江湖武术表演的飞刀钉板，大概就是承袭此等遗风而来。

项充，系借用他书，"项充，宋处州龙泉人，字德英，幼未知学，初受兄洵美训督。后与胡铨俱以《春秋》学驰名。终父母丧，兄弟析产，充尽以让兄，以报其教育之恩。诏旌表其门"（《宋元学案补遗》卷四五）。

飞天大圣李衮

为佛教新词命名的绰号

佛教东来，传播而衍生了不少新词汇，有些甚至在民间嬗变为流行词语，其中为武人捡来作诨号的，就有"飞天"和"大圣"等词语。

李衮绰号飞天大圣，即是一例。

"飞天"，据《酉阳杂俎》前集卷九《监侠》，"或言刺客，飞天夜叉术也"。宋曾巩《隆平集》卷二十《妖寇区希范传》，区希范有部将区世庸，被封授为"飞天神圣将军"。

"大圣"，北宋末期，在洞庭湖的钟相、杨么均先后自称"大圣"。"钟相，鼎州武陵人，无他技能，善为诞谩，自号老爷，亦称'弥天大圣'，言有神与天通"（《三朝北盟会编》卷一百三十七）；"鼎寇杨么，众益盛，僭号'大圣天王'，旗帜亦书此字，且用以纪年"（《建炎以来系年要录》卷六十四）。

按，"大圣"还常见于宋元话本，如《陈巡检梅岭失妻记》，"见说梅岭之北有一洞，名曰申阳洞。洞中有一怪，号曰白申公，乃猢狲精也。弟兄三人：一个是通天大圣；一个是弥天大圣；一个是齐天大圣"。

李衮也有绝技，就是在团牌背面藏标枪二十四根。

此种标枪原型，当源自远古先民投刺猎物的木棍。隋唐时，在岭南未开发地区，这种标枪仍有使用。后大有改进，作为投刺手器，宋时军中用为常规兵器，并称为梭枪。"梭枪，长数尺。本出南方，蛮獠用之，一手持旁牌，一手以掷人，数十步内中者皆踣。以其如梭之掷，故云梭枪，亦曰'飞梭枪'"（《武经总要》卷十三）。"都掌蛮叛。蛮善飞枪，取松枝为牌自蔽。行省命庭瑞（诸蛮夷部宣慰使张庭瑞）讨之，庭瑞所射矢，出其牌半竿，蛮惊曰：何物弓矢，如此之力。即请服"（《续资治通鉴·元纪二》卷一百八十四）。

元初蒙古骑兵善用标枪。它杆短刃尖，枪有四角形、三角形、圆形等种，多数两端有刃，有双功能，用作手器和抛掷器。明初设计的标枪，两头带刃，长68厘米，枪刃长23.5厘米，尖尾长7厘米，两头尖，中间粗，有如特制的长箭，两端均可用作刺杀，也便于投掷。此处李衮所采用的当系来自西南地区而又经过改进的明初标枪。

李衮，唐末响应庞勋在徐州造反者。"蕲县土豪李衮杀守将，举城降于承训"（《通鉴纪事本末》卷三十六）。

混世魔王樊瑞

芒砀山强人，全真派先生

魔王的"魔"，原不见于古汉字。《说文解字》中无"魔"字。魔王之称，也是从印度传至东土的。

相传古印度神话欲界第六天之主波旬为魔界之主，常带同麾下魔众作恶，破坏善事。佛经采用此说，以世间一切烦恼、疑惑、迷恋等妨碍修行的心理活动，称之为魔。《大智度论》卷五："问曰：何以名魔？答曰：夺慧命，坏道法功德善本，是故名为魔。"按，魔，系梵文"魔罗 māra"略称。《正字通·鬼部》引译经论："古从'石'作'磨'，梁武帝改从'鬼'。"意为"杀者""夺命""障碍"，亦作"恶魔"，一切扰乱身心障碍修行的事物，均可称为"魔""魔障"。按"魔"有四魔，其中第四为"天魔"，即欲界第六天的魔王 mārapapiyas 为魔众之领袖。

唐宋以降，就有"魔王"的流行词了。

宋何薳《春渚纪闻》卷二：蒋颖叔任发运使，至泰州谒见徐神公，坐定了，徐神公却无话可说。蒋起身告辞，徐突然自言自语："天上也不静，人世更不定叠。"蒋于是向徐求教，徐说："天下已遣五百魔王来世间做官，不定叠。"蒋又向徐求教自身的凶吉，徐告诉他："只发运使亦是一赤天魔王也。"

或即据此文字，嬗变、创造了"混世魔王"之号。

"混世魔王"，首见于《水浒》，但此绰号影响不小。《水浒》以后的明清小说，如《西游记》第三回孙悟空初战的妖怪，《说唐》的程咬金、《说岳全传》的牛皋甚至《红楼梦》的贾宝玉，都有以"混世魔王"相称或自称的。由此，或可见时行色。

《水浒》混世魔王樊瑞本身却是一位全真先生。

这是小说家言。要是把他放在文化大背景里，此处的樊瑞不能称全真先生，仍只能归宗于张天师正一派门下。盖因全真派还未产生。

按，全真派，金世宗大定七年（即南宋孝宗乾道三年，1167）始由王重阳在山东宁海（今烟台牟平）全真庵讲道时所设立。因他的教旨以"澄心定意，抱元守一，存神固气"为"真功"；"济贫拔苦，先人后己，与物无私"为"真行"。功行俱全，故名全真。后五十年，他的徒弟丘处机为元太祖尊称为国师，赐号长春真人，总领道教。由是有元一代，全真派最为兴盛。

樊瑞名讳，见《后汉书》卷三十二《樊宏传》："准字幼陵，宏之族曾孙也，父瑞，好黄老言，清静少欲。"

金毛犬段景住

盗马高手，献马上山

《水浒》梁山石碣铭刻的最后一个名字，就是金毛犬段景住。

段景住是在芒砀山魔头们入伙后，赶来梁山泊的。他向宋江自我介绍说："人见小弟赤发黄须，都呼小人为金毛犬。祖贯是涿州人氏，平生只靠去北边地面盗马。"（第六十回）

这是《水浒》梁山好汉群体中难得见到的以犬为绰号的好汉。他是自愿上山入伙的。

石碣排序最末的三名，就其个人出身或从事职业，都是偷儿，鸡鸣狗盗之徒。段景住就是偷马贼；即使身怀超级偷术，从英雄排座次、讲门第、讲职业和讲与宋公明哥哥的亲疏远近论定，他也只能是位忝末座。

《宣和遗事》和宋元杂剧均无段景住名讳，当系《水浒》作者为完成地煞七十二而添加的。

或系"金毛鼠"的改装组合。

按，北宋仁宗时翰林学士冯京奉诏安抚陕西，所至贪财嗜利。秦人呼为"金毛鼠"，言其外富文采而内实贪秽（《能改斋漫录》卷一一）。诨号金毛犬，"据内典，金毛，狮子也。犬号金毛，则犬而狮矣。今人家畜犬，色黄而毛毡者，俗呼猱狮狗"

（王开沃《水浒传注略补》）。看来，取名金毛犬，其实乃是一种金毛狮子狗，即常见于长发妹街头所牵着的宠物是也。

段景住对梁山最大贡献是送上一匹骏马，给梁山第一把手宋江做坐骑。这就是整部《水浒》难得有姓有名的照夜玉狮子马。

据段景住介绍，这匹好马是："雪练也似价白，浑身并无一根杂毛，头至尾长一丈，蹄至脊高八尺。那马又高又大，一日能行千里。"

果然是好马。它当然是小说家言，此乃作者塑造的名驹，其美丽雄俊的名字乃取自唐朝的两匹名马：即唐玄宗李隆基的"照夜白"和郭子仪所骑的"狮子花"。

"照夜白"是唐代记录在册的一匹名马。《明皇杂录》："上所乘马有'玉花骢''照夜白'。"《开元记》："'照夜白'，封太山回，令陈闳图之。"《画鉴》："《曹霸人马图》：红衣美髯，奚官牵'玉面驿'，绿衣阉官牵'照夜白'。"

"狮子花"也同。《杜阳杂编》："代宗自陕还，命御马'九花虬'并紫玉鞭辔赐郭子仪。以身被九花文，号'九花虬'。额高九寸，毛拳如麟。亦称'狮子骢'，皆其类。"

由是诗人杜甫《韦讽录事宅观曹将军画马图》有句："曾貌先帝照夜白，龙池十日飞霹雳"；"昔日太宗拳毛騧，近时郭家狮子花"。据《天中记》载杜诗注："'狮子花'即'九花虬'也。"

"照夜白"和"狮子花"的名字缀合而一，就跳出了照夜玉狮子。

　　段景住是涿州人（今属河北），又是"焦黄发发髭须卷"。我很认为他是中原的鲜卑人，盖鲜卑有段部也。

大金国人曾长者

梁山附近庄院，埋在大宋的定时炸弹

曾头市曾家府的老子叫曾弄，通常称曾长者、曾长官。

《水浒》说曾长者是"大金国人"。那末他的儿子曾家五虎和很多曾姓族人，也应该是金人。当时女真族完颜阿骨打已经建国，但曾头市却位在大宋腹地梁山泊附近，中间还隔着一个大辽，乃是一块飞地，却有这么多金人，而且是从头到脚的全副武装队伍，这样组织的第五纵队就难理解了。当然这是小说家言，毋须认真看待。它大概要表现宋江等梁山好汉同仇敌忾，也敢于扫荡与梁山作对的金人。

曾长者、曾长官，据张恨水说，原《水浒》里应称为"曾太公"，疑是元代或南宋作《水浒》者所加，此也一说。按，曾长者，确有此名讳。宋嘉定《镇江府志》，有北宋镇江官员曾长者。又"长官"乃民间对显贵者尊称，其出处乃元所设之官衔，元设有长官司提举所，管理人口散处之民匠等事宜。因此像曾家五虎的老二，百回《水浒》叫曾参，后来明人新设的百二十回《水浒》和金圣叹腰斩本，为避孔子门生曾参讳，就改为曾密了。

说曾长者等是金人，但却无其他文字佐证。宋陈准《北风扬沙录》记金人头饰说，"人皆辫发，与契丹异。耳垂金环，留顶后发，以色丝系之。富人用珠金为饰"（《说郛》篇五十五），又，《大金国志》所说略同。但小说中对曾长者等人的头饰却也模糊之至。

大教师史文恭

武艺虽高，用谋亦深，助恶为虐，终无好死

曾头市大教师爷，武艺高强，板眼多。他其实是曾头市反梁山的最高司令官。但小说对其来历并无交代，实乃一神秘角色。

明清戏剧以《水浒》为本，编制史文恭与卢俊义、林冲为同窗，均系周侗徒弟。周侗，即周同。《宋史·岳飞传》记有他传授岳飞武艺。

按，史文恭，明和明以前诸史、笔记均无此同样姓名出现，当系小说作家杜撰耳。

我很怀疑"史文恭"乃作者们的文字游戏，是编造；或是由史传中之"史文忻"与"史恭"的组合。

史文忻，北周朔方人，字仲乐，熟谙兵法，治军有方，从武帝（宇文邕）平定北齐，进位大将军。静帝大象二年（580），佐高颎破相州总管尉迟迥，加上柱国，封英国公（据《古今图书集成·氏族典》卷三九九）。

史恭，西汉鲁人，卫太子史良娣之兄，收养史良娣之孙（史皇孙子）（见《汉书·外戚传》）。

副教师苏定

为曾头市陪葬的附从品

曾头市副教师有苏定其人。

《水浒》中，与梁山为敌的武人多无绰号以冠，这"苏定"二字当是随手拾来的名字。取名"苏定"，或借用了东汉初期交趾太守苏定的姓名。

《资治通鉴·光武帝建武十五年》记有"交趾麊泠县雒将女子徵侧甚雄勇，交趾太守苏定以法绳之，徵侧忿怨"。

此"苏定"或是被移植与《水浒》，作为曾头市副教师的姓名。

按，《水浒》以"定"为名者，还有孙定（第八回，开封府当案孔目）、王定（第六十三回，大名府首将），以"定"取名，自是宋元的取名风之一，就像后来"文革"时出现的以"红""兵""雷"字为名的时髦风。

玉麒麟卢俊义

北京大名府第一长者，梁山水泊第二头领

卢俊义绰号玉麒麟。

《宣和遗事》首先开榜的是"玉麒麟李进义"。龚圣与赞，始改"李进义"为"卢俊义"，称他是："白玉麒麟，见之可爱。风尘大行，皮毛终坏。"

麒麟，世无此物，如同龙、凤，它也是古中国的图腾创造：牛尾马蹄、独角、全身披鳞甲，背毛呈五彩。"麟、凤、龟、龙，谓之四灵"（《礼记·礼运》）。麒麟，传统文化视为吉祥物，给人们带来幸运、富贵。

"玉麒麟"绰号溯源就有三说：

一说以"玉麒麟"比拟人中奇才、异才。元耶律楚材《和裴子法见寄》："天上玉麒麟，英才可珍惜"；《用盐政姚德宽韵》："乃祖开元柱石臣，云孙仿佛玉麒麟"；又元人杂剧《小尉迟将斗将认父归朝》，称赞小尉迟刘无敌（尉迟宝林），"则俺那大唐家新添一个玉麒麟"。大概元时多有比喻英才为玉麒麟的，卢俊义绰号"玉麒麟"也应该作如是观。

二说以"玉麒麟"比拟顽石。《宣和石谱》记有"玉麒麟"命名的奇石。宋张淏《艮岳记》引蜀僧祖秀《华阳宫记》说，汴

281

京宋宫艮岳石有"独踞洲中者曰玉麟麟"。因此有学者联系卢俊义（李进义）曾是押花石纲的指使，说"'玉麟麟'乃是'花石纲'中的一个顽石"（《耐雪堂集》）。

三说"玉麟麟"是随身佩戴的避邪物。它只是玉石精雕的小麟麟。宋陆游《送陈德邵教赴行在二十韵》："同舍事容说，腰佩玉麟麟。"它乃是小巧玲珑惹人爱的东西。

三说不一。似以作人才、英才解较契合卢俊义的身份和技艺，否则从《宣和遗事》到上山东梁山，卢俊义何以始终处于极重要的位置上呢？

卢俊义是水泊梁山的第二把手，可他不是晁盖开创梁山时期的老班底，也非宋江辅助晁盖、兴旺山寨时奔来入伙的，而是在梁山已成气候，又请又诱又捉，而二上山的。若按上山先后、上山动机、家庭成分、个人出身，特别是农耕社会最最讲究的资历、功劳（比如久经战阵后，留在身上有几个花）等条件，卢员外可是应排在第九十几号之后了的。

但此后的水泊梁山，总是打着以宋江为正，卢俊义为副的牌牌。

这是因为循《宣和遗事》的定位。在《宣和遗事》，卢俊义（李进义）开始是押运花石纲的第一指使，而且是他组织、号召同侪，杀公人，救杨志，把稳舵，同上太行山梁山泺落草了的。他是卓越的领导者，有高超的指挥才能和组织力度，因此《宣和遗事》天罡院三十六人第一是智多星吴加亮，第二位就是玉麒麟李进义了。

　　龚圣与改"李进义"为"卢俊义"。名字"进义""俊义"并无多大差异，但"李"姓改为"卢"姓却有含义。

　　一说《宣和遗事》所列三十六人，李姓就有五人（李横、李海、李应、李逵和李进义），因嫌其多，故改去了其中两人（李横、李进义），改姓不改名是也。

　　二说"卢"姓为河北大姓，自东汉末涿州卢植、卢毓以来，一千余年都是望族。所以龚圣与要改"李进义"为"卢俊义"，后来《水浒》亦步亦趋，更让卢俊义落户在北京大名府（今属河北），因卢氏家族发祥地涿州、幽州当时不在宋境；而卢俊义被破格提拔为副统帅，还有可能是《水浒》作者之一的罗贯中的得意笔墨。据近年在山西祁县河湾村发现的《罗氏宗谱》，记有罗贯中娶妻卢氏语，说他或由此抬举妻姓，也不无道理。

　　卢俊义上梁山，始于卜占。卜占，为当时极为吃香的行业。宋元平话杂剧多有穿插，诸如吴用算卦，卢俊义东岳进香，即参照此等文字："这杨官人自娶冷氏之后，行则同行，坐则并坐，不觉过了三年五载。一日，出街市闲走，见一个卦肆，名牌上写道：'未卜先知。'那杨三官人不合去买了一卦，占出许多事来，言道：'作怪！作怪！'杨三官人说了年、月、日、时，这先生排下卦，大笑一声道：'这卦爻动，必然大凶。破财、失脱、口舌，件件有之。卦中主腾蛇入命，白虎临身，若出百里之外，方可免灾。'这杨三官人听得先生说这话，心中不乐。度日如年，饮食无味，恹恹成病。其妻冷氏见杨三官人日夜忧闷，便启朱唇、露皓齿，问杨三官人道：'日来因何忧闷？'杨三官人把那'未卜先知'先生占卦的事，说与妻子。冷氏听罢道：'这先生既说卦象不好，我丈夫不须烦恼，我同你去东岳还个香愿，祈禳此灾，便不妨。'杨三官人道：'我妻说得也是'。"（宋话本《杨温拦路虎传》）元人杂剧《玎玎珰珰盆儿鬼》也称，有汴梁人杨国用，"遇着一个打卦先生，叫做贾半仙，人都说他灵验的紧，只得割舍一分银子，也去算一卦，那先生刚打的卦下，便叫道：'怪哉怪哉，此卦注定一百日内有血光之灾，只怕躲不过去。'我问道：'半仙，你再与我一算，看可还有什么解处。'那先生把算子又拨了几拨，说道：'只除离家几千里之外，或者可躲。'"

不问苍生问鬼神。农耕社会，戴盆问天，这就是吴用卖卦能使卢俊义稀里糊涂地入圈的一大原因。

都管李固

花花肠子，割猫儿尾拌猫儿饭

李固，史有其人。《后汉书》里有李固传。李固（94—147）是东汉中期名臣，好学正直，在与外戚恶势力斗争中被诬害。他怎么会被元明杂剧平话作者引用为卢俊义大总管李固的，匪夷所思，真有点作孽。

《水浒》李固故事，是恩将仇报、见利忘义的小人行为的典范。他花花肠子，割猫儿尾拌猫儿饭，是人人喊骂的坏蛋。

李固冻卧雪地和后来与卢俊义妻贾氏狼狈为奸，在宋元时有很多类似故事。宋罗烨《醉翁谈录》公案类有《三现身》篇，后改写为《警世通言》卷十三《三现身包龙图断冤》，内称有小孙押司害死大孙押司故事，"原来这小孙押司，当初是大雪里冻倒的人。当时大孙押司见他冻倒，好个后生，救他活了；教他识字，写文书。不想浑家与他有事"。元张国宾杂剧《相国寺公孙合汗衫》，全剧共四折，前折有称张员外于风雪中救了冻卧雪地的乞丐陈虎，并收留家中。陈虎垂涎张媳李氏姿色，谎骗她与丈夫赴徐州东岳庙占卜，船至黄河，陈虎将她丈夫推入水中，强占了李氏。

也许当时此类社会新闻多见，百谈不厌，足以警世，就送进了卢员外府，权作他充当冤大头，为后来救上梁山的一个诱因。

李固与卢妻贾氏通奸陷害卢俊义故事，始见于元无名氏杂剧《梁山七虎闹铜台》。内称李固与卢妻贾氏通奸，为潜入卢家后园的梁山好汉张顺发现，张顺回山报告，宋江久仰卢俊义的英名，命吴用扮道士骗卢至山东，擒上梁山。卢执意不肯入伙。宋江无奈，放他回家。但与卢同至山东的李固，见卢在山上得到款待，即回去与贾氏同往官衙出首，将卢下狱。幸亏燕青到梁山求救；梁山好汉下山搭救卢俊义，并拿获李固、贾氏，将两人处死。《水浒》即据此为张本，笔下风云起，展开情节大特写。

浪子燕青

浪迹市井，文武俱备，更兼技艺，精益求精

燕青绰号浪子，是《宣和遗事》开始叫响的，他作为天书中天罡院院猛将之一，后来秉圣与作赞也称他是"浪子"；"平康巷陌，岂知汝名？大付春色，有一丈青。"元人杂剧有关《水浒》故事的，如《燕青博鱼》《李逵负荆》，都称他为"浪子"。

"浪子"，即浪荡子。宋人多以行为轻薄者称"浪子"，如称赵佶为"浪子皇帝"。亦有"韩子纯，轻薄不顾士行之人也，平日以浪子自名。喜嬉游娼家，好为淫媒之语。又刺淫戏于身肤，酒醋则示人"（《三朝北盟会编》卷二百三十六），又如时人讥为"浪子宰相"的李邦彦，亦有所本，即是他自称，"习猥鄙事，能蹴鞠、善讴谑，每缀街市俚语为辞典，人人争传之，自号浪子"（《宋史·李邦彦传》）。另诗僧惠洪作《上元宿岳麓寺》诗，大臣蔡卞夫人王氏（王安石女）读至其中"十分春瘦缘何事？一掬乡心未到家"，称他为"浪子和尚"（吴曾《能改斋漫录》）。凡此情事，就是有宋一代浪子的写照：浪迹市井，玩世不恭，油腔滑调，行为低下而丧失士行者。

燕青其人，在《宣和遗事》的原型是与晁盖劫生辰纲的八员好汉之一，以后又随晁盖盖等上了大行山梁山泊，应该是顶天立地的好汉。元人杂剧写他的故事也很多，很精彩。他是一个人才。全心全意忠于宋江为首，卢俊义为副的梁山集团；文的，如琴棋，以至吹箫歌唱；武的，棍棒箭术，以至相搏，都堪称精益求精。

《水浒》作者却阴差阳错把他放在卢员外家为生身子，即奴仆在主子家所生孩儿，世世代代依附为仆人也。因而燕青自称为"小乙"，他人也称他为"小乙"、"小乙哥"。盖"小乙"为两宋市井贱民称呼。如原出于宋人话本的《张孝基陈留认舅》："张孝基开言道：'过迁，你是旧家子弟，我不好唤你名字，如今改过叫过小乙。'又分付朱信：'你们叫他小乙哥，两下稳便。'"

燕青在元人杂剧和《水浒》里声名显赫，但在宋元史事里却找不到踪迹，于是后人提出了种种推测。

通常认为燕青原型就是南宋初期太行山忠义军头领梁青。

宋熊克《中兴小纪》："自靖康以来，中原之民，不从金者，于太行相保聚。""又梁小纪"："自靖康以来，有众四千，破神山县。神山距平阳帅府百里而近，本府遣兵三千，副总管判官邓巅将而讨之，金军遥见小哥旗帜，不敢进。既而都统马王者，领契丹铁骑五百至，袭馘遁留，并将其军与小哥战，亦败而死。小哥名青，怀卫间人也。"由是，王利器认为，《水浒传》中的燕青，就是那个在太行山聚义抗金的梁青。而梁青的"小"变成了"燕青"，是由于道路传闻，易于失实所致。李师师就称燕青为"小哥"（《耐雪乙"，意义又，用法亦相贴近。

堂集》)。

宁稼雨的看法大致相同。且称梁青活动在河北太行山。河北古称"燕"，用它取代梁青的姓，这完全是可能的；历史上梁青的抗旨不回和曾劫过金人的山东金帛纲和河北马纲等经历，则和燕青在《宣和遗事》劫生辰纲有相似处，因此也倾向王说。

铁臂膊蔡福

头脑简单，全靠是手臂

蔡福是货真价实的刽子手，杀人多矣，全仗一双臂膊，由此称为"铁臂膊"。

"臂膊"常见于元人杂剧平话。诸如《争报恩三虎下山》三折，"不想那逼绰子抹破了姐夫臂膊"。《薛仁贵征辽事略》，"臂膊来粗桑树，破做弓，曾拽四张"。

作者即捡来充作绰号，仅此而已。

蔡福哥儿俩的名字都不见于史传和平话杂剧。当是《水浒》作者杜撰。但作者将刽子手定名为"蔡福蔡庆"，是否还有其他深邃含义，语焉不详。盖以"福庆"送人上路，总给人啼笑皆非之感。

蔡福哥儿俩是在梁山好汉打破大名府后上梁山的。他们是属于那种不是"我要上山"，也不是"要我上山"，而是属于另类上山者，即在梁山好汉胁迫下无可奈何跟着奔上山的人。

一枝花蔡庆

剜子手戴花，仍是剜子手

蔡庆的一枝花绰号，是河北人说顺了口而带出来的。

生来爱戴一枝花。其实，有宋一代上至王公贵族下达庶民百姓，都以戴花插花为头饰。它是流行时俗。由是在史志上还被极为细致地写上一笔。《宋史·舆服五》："幞头簪花，谓之簪戴。中兴郊祀明堂，礼毕回銮，臣僚及扈从并簪花，恭谢日亦如之。"

皇帝还按等级赐臣僚戴花，亲王、宰臣和少数大臣赏赐戴真花，一般臣僚是"大罗花""大绢花"。宋真宗赵恒某年会宴宜春殿，"出牡丹百余盘，千叶者才十余朵，所赐止亲王、宰臣。真宗顾文元（翰林学士承旨晁回）及钱文僖，各赐一朵。又常侍宴，赐禁中名花。故事，唯亲王、宰臣即中使为插花，余皆自戴。上忽顾公（晁回），令内侍为戴花，观者荣之"（宋王辟之《渑水燕谈录》）。"国朝燕集，赐臣僚花，有三品。生辰大燕，遇大辽人使在庭，则内用绢帛花，盖示之以礼俭，且祖宗旧程也。春秋二燕，则用罗帛花，为甚美丽。至凡大礼后恭谢，上元节游春，或幸金明池琼花，从臣皆扈跸而随车驾，有小燕谓之对御。凡对御则用滴粉缕金花，极其珍巧矣。又赐臣僚燕花，率从班品高下，莫不多寡有数；至滴粉金花为最，则倍于常所颁，此盛朝之故事云"（蔡绦《铁围山丛谈》）。

上有所好，下必效焉。由是仅见于梁山人物记载在册的就有周通（山盗）、阮小五（渔民）、燕青（家奴）和蔡庆（小狱子），都分别有鬓角戴花事。此花质是否真花、纸花，不详。但民间不得用金花。

男性戴花习俗起自唐，盛于宋，沿袭至明清，源远流长。是以史诗文论常见有"一枝花"记录，如唐汴国夫人李娃（李亚仙）旧名"一枝花"（宋《醉翁谈录》）；唐元稹记有"又尝于新昌宅说《一枝花话》，自寅至巳，犹未毕词也"（《元氏长庆集》卷十一）。

《水浒》注重描写宋元习俗，当然也不会放过这个题材，就此按在蔡庆头上了。

刽子手戴花爱花，令人发噱，真可浮一大白。

丑郡马宣赞

大宋贵戚，竟上梁山，庙堂虽广，难以容身

宣赞绰号丑郡马，是写他相貌丑陋，但郡马称呼，当有误。盖宋此时已无称呼"郡马"。

据《宋史·礼志十八》，宋徽宗朝，"改公主为帝姬，郡主为宗姬，县主为族姬"。由此，宗姬丈夫应不得再称"郡马"；此处称"郡马"，当系从明制。

按，郡马，旧制以为亲王（帝皇本家兄弟）女婿。《水浒》宣赞绰号"丑郡马"，很可能参自元杨显之《丑驸马射金钱》乐府（存目）。从《水浒》记有宣赞连珠箭赢番将，或即指此事。

宣赞，即宣赞舍人，这是宋时不入品级的小官。蔡绦《铁围山丛谈》："翟参政公巽汝文，有文名。对人辞语华畅，虽谈笑，历历皆可听，然不妄吐也。政和间，为给事中，每见殿庭宣赞称'不要拜，上殿祗候'，必曰：'不要拜，此何等语。'旁问：'君俾为何言乎？'曰：'宣赞有旨，勿拜。'"宋《鸡肋篇》说："绍兴之后，巨盗多命官招安，率以宣赞舍人宠之。时以此官为耻。"

宣赞官名很容易与个人姓名混淆，说书人就有误认。宋元话本《西湖三塔记》称南宋孝宗朝时，临安府有奚宣赞。即是把官名误用为人名的。《水浒》宣赞当亦由此而来。

大刀关胜

因为姓关，就被移植为关夫子后代了

《宣和遗事》记押运花石纲的十二名指使，其中排在第十一位的是关胜。

关胜，在同书九天玄女娘娘的天书里，又作大刀关必胜。

他们由李进义率领上了太行山梁山泺，以后纳入了宋江为首的梁山好汉群。

但是关胜在此期间，并无独立的事迹。

在《宣和遗事》推出后，元人杂剧《王矮虎大闹东平府》和《争报恩三虎下山》都分别出现有关胜故事。尤其是《争报恩》的《楔子》中有关胜的自我介绍："某乃大刀关胜的便是，奉宋江哥哥的将令，每一个月差一个头领下山，打探事情……昨日晚间，偷了人家一只狗，煮得熟熟的，卖了三脚儿，则剩下一脚儿。我卖过这脚儿，便回我那梁山去了。"此时关胜还自称是梁山第十一位头领，其身份尚未定位。明初朱有燉《豹子和尚自还俗》，宋江所念三十六人，大刀关必胜排列第十四位，可见此时仍未有座位空格。

关胜是托关羽名声进入梁山前排的。关汉卿等元杂剧家大唱特唱了关羽故事，称他为"关大王"，且定下了关羽持大刀（青龙偃月刀）的威武形象。

爱屋及乌，于是在龚圣与为关胜作赞时，就借他姓"关"，竟说："大刀关胜，岂云长孙？云长义勇，汝其后昆。"

龚赞以大刀衣钵相传，这样，既有大刀实证；又同为姓关，关胜就必然是关老爷的正宗传人了。因此俞樾在读了这首龚赞后说："则俗传以关胜为关公之裔，亦非无因。"（《茶香室丛钞》卷十七）近人余嘉锡也说："龚氏之赞皆就姓名、绰号字面牵合以成文，以此人姓关，遂曰'岂云长孙'，非真以为壮缪后昆也。《水浒传》即从此傅会，其实皆出臆造，无足深论。唯是圣与自言'即三十六人，人为一赞，而箴体在焉'。故其各赞，皆语言规讽。独胜赞略无贬辞，且谓其不愧云长之义勇，此其间必有事实可据，绝非空言称叹。岂龚氏亦以济南守将拒金被杀者为即此关胜，故从而许之欤。"（《宋江三十六人考实》）

因而，颇有人认为史传所记的北宋末期济南守将关胜，就是《宣和遗事》的关胜原型，或说他是在梁山招安后，出任济南武将的。

关胜因为坚决抗金，被主官刘豫杀害。

建炎二年（1128）正月，刘豫任济南知府，"是冬，金人攻济南，豫遣子麟出战，敌纵兵围之数重，郡倅张柬益兵来援，金人乃解去，因遣人啖豫以利。豫惩前忿，遂蓄反谋，杀其将关胜，率百姓降金，百姓不从"（《宋史·刘豫传》）。

刘豫任济南知府，"是时……豫欲得江南一郡，宰相不与，愤愤而去。挞懒攻济南，有关胜者，济南骁将也，屡出城拒战。豫遂杀关胜出降"(《金史·刘豫传》)。"金兵薄济南，守将关胜善用大刀，屡战兀术。金人贿豫诱胜杀之"(王象春《齐音》)。

由于关胜被害于济南，在光绪《山东通志》里竟然出现有关胜的遗迹："历城马跑泉，乃金兵薄济南时，关胜与兀术大战。一日，至渴马崖，求水不得，马跑地而泉涌出，因名马跑泉。今西门南濠外有马跑泉，泺水环流，是另一泉也。刘豫受金赂，杀关胜，其墓在渴马崖西。"(卷一百九十九)

他难道真是梁山坐次第五的那个大刀关胜吗？

《水浒》为编造关胜乃关羽重生，与他配备一匹赤兔马(前作"火炭马")，还有一柄青龙偃月刀。其实不要说是东汉末年，就是两宋时期也没有用这种刀作战场上的手器。明茅元仪《武备志·军资乘·器械》称，所谓的青龙偃月刀，也只能在校场训练时使用。按，明清武举，有考核刀法一项。它所采用的刀，就是青龙偃月刀，又称关王刀、春秋刀，重约三四十斤，有的甚至重达百斤，应试的武举子得过几关，最基本的是要举刀；尔后还要舞刀。

包装之术，古皆有之。此处《水浒》为包装梁山好汉不平凡，竭力替山寨多贴些金粉；拉大旗作虎皮，也从姓氏学里做手脚。此中如《宣和遗事》本是军官的柴进、杨志、呼延灼和关胜等人，在这里经过调整、修理后，竟都分别说成是末代王孙、名门遗裔了；而拉得最远的，声誉特酷的，莫过于关胜。从《宋史》《宣和遗事》到元杂剧，关胜自是关胜，本与武圣人关夫子不搭界，但尔后就是因为姓关，就被移植为关羽名下了。岂不知神无后裔，造神者不造神后代；更有甚者，明清以后的戏台和小说里凡姓关的必是好人，如《施公案》关泰、《野火春风斗古城》关团长。

井木犴郝思文

道门见奇葩，两星投一胎

井木犴郝思文，不见于元明平话杂剧，当系《水浒》所增添的。

井木犴，据《二十八宿真形图》，井宿为木犴。井木犴是二十八宿的"真形"之一。犴同豻，陆佃称，"黑喙善守，故字从干"。孔臧《谏格虎赋》，"手格猛兽，生缚豻犴"。豻，是古代中国北方所产的一种野狗，形如狐狸，黑嘴，甚凶猛。

按，民间传说二十八星宿，都是拟人的天将神将，何以仅"井木犴"为《水浒》用作为梁山好汉绰号，书中称郝思文为"他母亲梦井木犴投胎"，据此，郝思文当属于"二十八星宿"之一，此处何以却又名列七十二地煞星之第五地雄星呢？

各有所司。二十八星宿和天罡地煞群星，乃是道家所发明的两个不同系列的神将群。显然，这是《水浒》编制绰号的错乱和失误。盖"井木犴"不属于地煞星也。

活闪婆王定六

行走快捷，犹如电母闪光

王定六绰号活闪婆，活闪，即天空打雷时所呈现的霍闪，即闪电。

据明袁无涯本《水浒忠义一百八人籍贯出身》："霍闪婆王定六，霍亦作活。"唐顾云《天威行》："金蛇飞状霍闪过，白日倒挂银绳长。"即咏此。

按，"活闪婆"是神话传说所称的电母，"俗称雷电为雷公电母。然亦有所本，易曰：'震为雷，离为电。'震长男，阳也；而雷出天之阳气，故俗云雷公。离为中女，阴也，而电出地之阴气，故俗云电母"（明都邛《三余赘笔》）。《藏经》也以为"闪婆"，即陀那婆，此言轻捷，梵言药叉也。所以王定六以形象取绰号活闪婆，是取他行走快捷犹如电母闪光之意。

王定六姓名，不见于宋元史传和杂剧，疑是出自细民行第。吴自牧《梦粱录》："又有王六大夫，元系御前供活，为摹士请绘，讲诸史俱通。"《金史·太祖纪》有为汉降人王六儿立谋克；《金史·王宾传》有亳州（今安徽亳州）镇防军军官王六十。此亦可为取名"王定六"参照。

神医安道全

以职业见重，故称神医

神医，本非绰号，乃是民间对医道高明的医师的尊称，如古之扁鹊、张仲景、华佗和孙思邈，民间均尊呼为"神医"。《列子·力命》："卢氏曰：'汝疾不由天，亦不由人，亦不由鬼。禀生受形，既有制之者矣，亦有知之者矣。药石其如汝何？'季梁曰：'神医也。'重贶遣之。"宋叶梦得《玉涧襟书》："华佗，固神医也。"其意均同。所以安道全以职业见重，而充作为绰号了的。

《水浒》以"神医"定名为"安"姓，似有含义。按，安姓溯源相传出自黄帝孙名安者，走西北自建国"安息"；遂以国名为家族姓氏。安姓血缘似与西北民族有关。

书中也有称安道全为"太医"。太医是皇家医生。宋设太医局，专为皇室和京内高级官员护理和治疗。为国家级医院。太医局局长是太医令（从七品）；另有太医丞若干（正九品），对外通称"太医"。民间沿称医术高明的医生为"太医"，此处称安道全，即是。但安道全实非太医，由是不以"太医"作为其绰号也。

北宋行业林立，有"一百二十行"之谓，其中当然包括医家，由于纳入市场经济轨道运作，医业极为发达。《东京梦华录》记开封马行街北诸医铺："马行北去，乃小货行，时楼大骨传药铺，直抵正系旧封丘门，两行金紫医官药铺，如杜金钩家、曹家、独胜元、山水李家，口齿咽喉药；石鱼儿、班防御、银孩儿、柏郎中家，医小儿；大鞋任家，产科。其余香药铺席、官员宅舍，不欲遍记。夜市北州桥又盛百倍，车马阗拥，不可驻足，都人谓之'里头'。"此处虽说东京开封诸医铺盛貌，也可为建康（今江苏南京）等南北都会参照。

烟花娼妓李巧奴

梁山蔑视女妓、又是一个无辜者

安道全好色，与建康（今江苏南京）一个烟花娼妓唤做李巧奴的时常往来。

《水浒》妓女多姓李，如此处李巧奴，后又有李瑞兰（第六十七回）、李师师（第八十一回）等人。

按，宋元妇女名字也多有带"奴"字，如见自野史、本书稍有提及的赵元奴、元武汉臣杂剧《生金阁》中的秀才郭成妻李幼奴等。

按，奴，唐宋时妇人无贵贱，多常称己为"奴"。唐昭宗李晔《菩萨蛮》："何处是英雄，迎奴归故宫。"《宋史·陆秀夫传》："杨贵妃垂帘，与群臣语，犹自称奴。"故妇人称"奴""奴家"，或命名有"奴"，非贱称乃美称。明清始衍化为"奴婢""奴才"。

截江鬼张旺

从水中来，到水中去，强中有强，恶有恶报

明枪易躲，暗箭难防。水性极好的浪里白跳也会被小鬼暗算，差点送命，这就是《水浒》六十五回张顺初遇张旺的一段惊险说白。

张旺绰号截江鬼。截江，取自《三国志·蜀书·赵云传》所引《赵云别传》，"云与张飞勒兵截江，乃得后主还"。早于《水浒》，源自此传的《三国演义》也有"赵云截江夺阿斗"故事。

按，截，横断意，此处作直渡也。《昭明文选·郭璞〈江赋〉》"趂涨截洞"，李善注曰："截，直渡也。"

张旺姓名，见《金史·海陵纪》《徐文传》。金天眷五年（1141），金主亮谋南攻宋，张旺与徐元在家乡东海县（江苏连云港市南城镇）聚众抗金，屡败金军。后为金将徐文所俘。《水浒》多有借用南宋与金元时所出现的人物姓名，随意杂拾，于此也可见一斑。

酒店主韩伯龙

未上梁山，便遭斧杀，生死注定，呜呼哀哉！

韩伯龙是强盗，以打家劫舍为职业。大概他自知山头太小，要靠大山头，于是找上朱贵，打了申请上山的报告；可惜宋江没有看到报告，或者看到了，却因生发背疮，没来得及公布于众。就这样韩伯龙莫名其妙地被板斧砍死了，呜呼哀哉！

韩伯龙吃亏就在于先叫了声"老爷是梁山泊好汉韩伯龙"，而恰恰又碰上一位从来只是单向思维、纯而又纯的李铁牛，在李逵的经验中，认定他又是一个假李逵，冒名顶替的鸟人，由此走上一条不归路。

因为没有履行上山手续，他最多也只能算预备级头领；也因为未上山就死，连江湖好汉必须具备的绰号也未留下。

但韩伯龙在明初无名氏杂剧《梁山五虎大劫牢》里乃是天字一号角色。此间宋江与吴学究说："我打听的滦州有一人是韩伯龙，此人其家巨富，文武兼济，使一条铁棒，打天下无对。我有心招安此人上山。"全剧共五折，环绕韩伯龙上山情事全景式铺开。韩伯龙本也应属石碣铭刻成员，但无，或是《水浒》定稿时删去，而以他人顶替；或因韩上山情节与卢俊义上山情节有相撞处。马幼垣如是说："韩伯龙在杂剧《梁山五虎大劫牢》里的遭遇，正是卢俊义在《水浒》书中上山的历程。难道卢俊义的故事竟是由此而来？在成书之初的《水浒》里，韩伯龙颇占篇幅，有一番作为，是相当可能的事。"（《水浒论衡》）当是。

没面目焦挺

平生最无面目，到处投人不着。

焦挺绰号没面目，关于"没面目"，据《水浒》焦挺自我介绍是："平生最无面目，到处投人不着。"故曲家源认为，"焦挺相扑的技巧高超，却到处不着，最无面目，是一个很倒霉的人"（《松辽学刊》1984 年第 1—2 期），杨芷华解说是"不讲情面叫做没面目。焦挺平生最不讲情面，劣性发作起来如山倒，所以到处投靠不着人。李逵却与他脾气投合，招他上梁山"（《水浒语词词典》）。面目，本当作面孔、脸面，此处又作情面、面子解，就是说焦挺此人不讲面子，直来直往，缺乏公关手腕。

"没面目"的另种解说，就是"厚脸皮""不要脸"；即上海俗语所说"勿要面孔"。

《朝野金载》称，武则天执政时代，"周御史彭先觉无面目"。如意年间，有禁止屠宰的告示。当时彭先觉主管监察事宜。某天，定鼎门前有一辆草车翻倒在地，车中却有两腔羊，守门人将此事告到御史衙门。彭先觉于是上章弹劾专管禁屠的合宫尉刘缅监管不力，要武则天下令把刘缅"决一顿杖"，而羊肉交付南衙官人做食物。刘缅惶恐非常，准备待罪受杖。第二天，武则天在彭先觉的奏章上批示道："御史彭先觉奏决刘缅，不须。其肉乞缅吃却。"诏令下，举朝称快。彭先觉颇感惭愧（事见《太平广记》卷二六三）。

"没面目"，也有认为是没有面孔。

楚汉相争，垓下失败的项羽逃到乌江畔，他拒绝东渡，"且籍与江东子弟八千人渡江而西，今无一人还，纵江东父兄怜而王我，我何面目见之！纵彼不言，籍独不愧于心乎！"（《史记·项羽本纪》）

看来，同样是"没面目"，可有多种不同解说，如不讲情面（无人情），不要脸面（厚面皮）和没有脸面（难为情），等等。因此焦挺的绰号只能从《水浒》说，如果从字义上解，只会扑朔迷离，莫衷一是。

按，"没面目"绰号溯源，也有认为是从《庄子》里找来的。"中央之帝浑沌，无七窍以视听食。南海之帝倏，北海之帝忽，为之日凿一窍，七日而浑沌死"（《应帝王》）。清程穆衡据此说称，"没面目者，一窍未凿之浑沌也。依《庄子》义，当取天质未漓意，不止是不徇情面。视有面目，皆所谓日凿一窍，七日而浑沌死"（《水浒传注略》）。

圣水将军单廷珪

骑深乌马，使黑杆枪，如北方一朵乌云

绰号"圣水"，有二说：一说河名。《水经注·圣水》，"圣水出上谷"。此水即今北京房山琉璃河。民间称为"圣水"。《会昌一品集》有李德裕曾奏禁圣水，云百姓渡江者日三五十人，已加捉溺。《宋会要辑稿》称，"绍圣四年五月二十六日，太仆寺言：右教骏第二指挥妄传圣水出现，辄起庙宇，欲行止绝。诏太仆寺毁拆，仍命尚书礼部立法"（第十九册礼二十上）。

一说"圣水"即"神水"。宋元时多立"神水祠"供奉。如兴元府泽州西乡县湫池，同谷县鸡头山，梁泉县君子山，都分别立有神水祠（《宋会要辑稿》第二十册礼二十下）。

单廷珪绰号圣水将军，就是因为"圣水""神水"横溢，而为《水浒》捡来。程穆衡认为"盖宋时其俗尚在，故作者举以为名"，当是。

单廷珪名字，见《新五代史·周德威传》，据说，晋周德威伐燕刘守光。刘守光麾下骁将单廷珪挺枪驰马冲杀，周德威佯败走避，估计单将至，侧身稍避，单的坐骑正疾驰，收蹄不住。周"纵其少过，奋挝击之，廷珪坠马，遂就擒"。有趣的是，《水浒》所说关胜捉单廷珪，也是此等捉法。

神火将军魏定国

骑胭脂马，使熟铜刀，如南方一团烈火

魏定国绰号神火将军。

北宋时代，制造火药已有成法。南宋初期，已有突火枪；而火箭已普遍用于战争，如金兀术以火箭破韩世忠军于长江江面；宋将李宝在胶州湾陈家岛用火箭射击金兵船，焚烧八百艘。是以有"神火"张本。所以曲家源认为，"神火"，意为火攻战术用得神妙。清程穆衡且称，"俗以雷火为神火，又医以用热针为神火"（《水浒传注略》）。

按，明初并以"神火"命名军器。据记载，明代的神火箭牌，系用木板制成发射箱，内贮百余支火箭，箱下有两座墩，中设活动转机铁轴。进攻时，"予置要路，机动火发，箭飞数百步"（《火龙经》卷中）；又有"飞天神火毒气枪"，内藏铅、铁弹，近战可喷射毒火，白刃格斗可以刺杀，可见"神火"已普遍应用于准热兵器，成为专有名词了。

魏定国史传无此人，但宋人取名多有带"国"字者，如《宋史·辛弃疾传》的"张安国"，《宣和遗事》押运生辰纲的县尉马安国等。

丧门神鲍旭

枯树山强人，平生只好杀人

丧门神，民间传说中的凶神。古代星相家认为，农历每月朔日都有善神和恶煞出现，称"丛辰"。凶门煞神当然就是恶神，人若冲撞就会祸事临头。但"丧门神"也可有反其意作解释的：北宋末有转运副使梁景询其人，当时州县官迎接权宦童贯的坐轿时，都望尘而拜，"唯景询不拜。议者多人，以其发摘奸吏，不受干请，时人号为'丧门神'，丧字借姓桑氏言之也"（《三朝北盟会编》卷一百十五）。

绰号丧门神何以取以姓鲍？可能与鲍君福有点关系。五代吴越王钱镠部将鲍君福勇猛无比，"常倒兜率臂弓注束矢马上，轮双剑如飞，出入阵中，望之若流电，人皆呼曰'鲍闹'"（《十国春秋·鲍君福传》）。或由此塑造有鲍姓持剑形象。

按，丧门神手持的兵器是长剑，俗称为丧门剑，此也是《水浒》鲍旭的手器。丧门剑，出自《管子》："昔葛天庐之山发而出金，蚩尤受而制之以为剑。此剑之始也，故剑曰'丧门剑'。"又《五代梁史平话》，称黄巢起义时，有一道士将一口剑送与黄巢，黄巢得这一口剑，号做"桑门剑"。此处似以黄巢比拟鲍旭。

看来，这把丧门剑着实厉害。其实随着宋元时代准热兵器的应用，武人在战场上，哪里还靠剑来搏杀的。

险道神郁保四

曾头市夺马强人，梁山大旗手

险道神，即显道神，或作开路神。为古代驱傩偶人"方相"的遗制。出殡时用以开路的高大偶人。

元人杂剧常提及显道神，如关汉卿《金线池》杂剧第一折："坑头上主烧埋的显道神。"《雍熙乐府》卷十七《梧叶儿》嘲女人身材高大："身材大，膊项长。难匹配，怎成双？只道是巨无霸的女，原来是显道神的娘。"《赚蒯通》三折："姑夫是阎罗，姐姐是月里嫦娥。俺爷是显道神，俺娘是木伴哥。"

以险道神为郁保四绰号，说明他身材高大魁梧，但身材并不能定位次，君不见自来寺庙山门站岗看门，乃是弹眼落睛的哼哈二将和丈二金刚群体；郁保四因为是劫马贼，在梁山山寨注重阶级和出身的头领圈子里，他的位次就只好名列第一百零五了。

东平府太守程万里

童贯门馆先生，充任太守，如何不害民

《元史·世祖纪》，记元军伐宋至鄂州（治今武汉市武昌），宋荆鄂诸军都统程鹏飞举军降，任安抚，随元帅伯颜南下，命入临安降谕太皇太后谢婉清，又以降表不书臣，几次进入临安与宋廷联系。程鹏飞即程万里。

元末陶宗仪《南村辍耕录》称，程鹏飞万里，在宋季被掠，于兴元（治今陕西汉中）版桥张万户家为奴，后在其妻督促下，归宋。元朝统一全国后，程鹏飞任陕西行省参知政事。自从与妻离别，已三十余年，"义其为人"，未尝再娶，此时派人携分手时互赠的信物，去兴元寻妻，至是妻已为尼，两人遂重为夫妇。《宋稗类钞·家范》说："彭城程万里，尚书文业之子也。年十九，以父荫补国子生。时元兵日逼，万里献战守和二策。以直言忤时宰，惧罪潜奔江陵，未反汉口，为元将张元户所获，爱其材勇，携归兴元；配以俘婢，统制白忠之女也，名玉娘。忠守嘉定，城破一门皆死，唯一女仅存。成婚之夕，各述流离，甚相怜重。"

冯梦龙《醒世恒言》以其题材写成短篇《白玉娘忍苦成夫》。

又，《水浒》所用姓名，很少借用宋降人名讳，有之，确切者仅此程万里一人而已。

双枪将董平

河东英勇风流将，一对白龙争上下

董平原来的绰号是"一直撞"。那是在《宣和遗事》九天玄女娘娘编的天书里写下来的。不料龚圣与却把他改为"一撞直"，并把他比作鸿门宴上的樊哙，"昔樊将军，鸿门直撞，斗酒肉肩，其言甚壮"。

余嘉锡考证，以为董平绰号还是以"一撞直"为是，"谓其每遇战斗，勇往直前，所向披靡也"。"唐广明岁，薛能失律于许昌，部将周岌代之。明年宰相王徽过许谓岌曰：'昔闻贵藩有部将周撞子，得非司空耶？何致此号？'岌赧愧良久，答曰：'岌出身走卒，实蕴壮心，每有征行，不避剑锋，左冲右捽，屡立微功，所以军中有此名号。'王笑，复谓岌曰：'当时襆落涡河里，可是撞不着耶？'岌顷总许卒，征徐方，为贼所败，溺于涡水，或拯之仅免，故有此言"。余嘉锡由此认为，"'一撞直'之名，正与'撞子'之意同。此亦唐宋俚俗之方言，作《水浒》时已无此语，嫌其义晦不甚可解，遂改为'双枪将'矣"。

此说当是。

董平绰号"双枪将"，此"双枪"乃是《水浒》为他所配。盖古代持双枪为手器者多为英才：

一，唐李光弼部将白孝德；白孝德曾持双枪大战史思明部将刘龙仙，杀之（《旧唐书·白孝德传》）；

二，五代后梁大将王彦章。"王彦章骁勇绝伦，每战用二铁枪，皆重百斤，一置鞍中，一在手，所向无敌。时人谓之'王铁枪'"（《资治通鉴》卷二六九）；

三，元末明初朱元璋。据传，明太祖早年从戎，也要双枪，长的一丈六尺，枪竿有一握粗，用于步战；短的一丈二尺。施于马上。双枪均攒竹为竿，涂黑漆，上悬黑缨、黑旗。"每遇大战，辄率骁骑冲中坚，绕敌后"（钱谦益《国初群雄事略》）。明建国后，两枪列在午门中楼黼座后，与本家的皇子皇孙思苦忆甜留念，以示创业艰巨、守成不易之意也。明王士禛因此作有《文皇御枪歌》："如云黑帜绿沉枪，帜尾绒排七曜色。枪尖铁浴九秋霜，毋论此枪丈二尺。尺刃能为万人敌，燿如掣电长绕身，袅若修蛇四舌翼，衔枚直透深阵后。"

以上所述，或系《水浒》作者为董平双枪注脚。其实不然，白孝德、王彦章和朱元璋等虽持双枪，但搏战时仍使一枪，盖因骑将作战，若同时举两枪，极难运用自如也。《水浒》写作两长枪同时要用，于理欠妥，但乃小说家言也。

《水浒》里梁山好汉中以手持兵器为绰号者，是描写他们的武艺绝伦，董平绰号"双枪将"，显然身手不凡，是要用这般武器的绝对权威。可董平虽名列五虎上将之一，但坐次在天罡群星却名列十五，和其余四虎将（关胜，名列第五；林冲，名列第六；秦明，名列第七；呼延灼，名列第八）隔开几只座位，坐在忠义堂上，有点不协调。以至后来忽来道人写《荡寇志》就钻了空子，说是天降石碣是假的，是宋江命萧让、金大坚在董平、张清上山前就已经打好样式了，董、张等人是临时填缺的，云云。

董平原始故事，在《宣和遗事》也有记录，说他是郓城县都头，奉命去捉拿劫生辰纲的晁盖等人，因为没有得手，"受了几顿粗棍限棒，也将身在逃，恰与宋押司途中相会"，是宋江开了亲笔介绍信，将他推荐上梁山泺。

史传所载确有董平其人。但此董平似非梁山好汉造像的原型。按，南宋初年，有在河南南部组织武装的土豪董平，在金宋交界地区趁火打劫，先后据应山、孝感、信阳，"（董）平差人占据信阳，自往唐州大义山扎寨，令随、唐、信阳三郡人户送纳粮草，并收逐处税钱。建炎四年三月十六日，平领三万余众到本府（湖北德安）。本府差正将辛选发兵往应山界迎敌，战数合，贼大败走，杀贼千余人，钲、鼓、旗、枪、弓、箭器械，弃之满道。平寻走往西京界，为乡村把隘人所杀"（汤璹《德安守城录》）。此处的董平实系介于宋金间的流匪，他虽曾接受宋的封授，任统制官，但多殃民。余嘉锡认为《建炎以来系年要录》"以董平为唐州土豪，而不言其为降将，似非梁山泺之董平矣。然宋江等之降，至是已八年，则一撞直者，未必不可去军籍还乡为土豪也。史传既无明证，当从阙疑"（《宋江三十六人考实》）。

又，南宋初期还有先后出任湖州、潭州（今湖南长沙）知府的董平。据宋谈钥《吴兴志》卷十四《郡守题名》，董平"绍兴三十年（1160）六月初一日，以右中大夫集英殿修撰到任，三十一年二月十六日移知潭州"。

没羽箭张清

发石为器，更见特技

没羽箭张清，也是《宣和遗事》宋江三十六人的一员，但没有事迹。且"张清"作"张青"。

龚圣与始将"张青"改为"张清"。他在《宋江三十六赞》中写作张清，且称："箭以羽行，破敌无颇，七札难穿，如游斜何。"此后《水浒》就据此作"没羽箭张清"，而将"张青"送给了一个绰号叫"菜园子"的人作姓名。

张清绰号没羽箭，有学者认为是"箭杆的尾端都粘有羽毛，以便箭飞平稳，这里把石子比喻为没有羽毛的箭"（曲家源说）。清程穆衡说法大致相同："据《酉阳杂俎》，荆州陟屺寺僧那照，善射，复善作风羽（即矢羽）。风羽者，其法去括三寸，钻小孔令透笥，及镂风渠深一粒，自括达于孔，则不必羽也。按此即箭之不用羽者。今以飞石之故，而取其意以制名，徵作者之博奥。"（《水浒传注补》）

我意，"没羽箭"虽可比拟为飞石。但其出典当是西汉勇将李广故事："广居右北平，出猎，见草石以为虎而射之，中石没羽，视之石也。他日射之，终不能入矣。"（《汉书·李广传》）唐诗人卢纶《塞下曲》："林暗草惊风，将军夜引弓，平明寻白羽，没在石棱中。"李白诗《豫章行》:"精感石没羽,岂云惮险艰。"均即咏此事。盖以箭羽消失在石棱之中,真堪可称"没羽箭"也。与李广没羽箭故事相似的事例,古亦有之,据刘向《新序》,"楚熊渠子夜行,见寝石,以为伏虎,关弓射之,灭金饮羽,视而知其石也;复射之,矢摧无迹"。足见"没羽箭"传说之广。

张清的没羽箭(发石)故事,是写两宋冷兵器的多元。盖宋时,石头用于发射器(石炮),也用作手掷器。据施可斋《闽杂记》说:《宋史·陈文龙传》记,兴化地方有一支"石手军",能以投石击人。当时有人认为这不合军事法则,就解散了这支军队。"石手军"遂举戈反叛。后陈文龙率师讨平了叛乱。今兴化各乡人士,多擅长投石,能"击眉中眉,击眼中眼"。传闻当地人多在正月至三月间,聚集于空旷之地,画地为圈,大的三四尺;人在十步以内,用石投去,若投中,则站得远一点,圈也画得小一些,直到远及百步,圈也小得像铜钱为止,所以他们的投石技术"独精"。有人以此认为施耐庵是兴化(今属江苏)人,他撰写《水浒》时,可能还目睹此事。其实此兴化乃福建兴化(莆田),与施耐庵本无关系。但俞樾说,《水浒传》中有善投石者,盖亦有所本也"(《茶香室续钞》卷十六)。当是。或即由此而引申也。

龚圣与为何要改"张青"为"张清"?今人有说,"张青"名字多,易重叠。但我在宋元若干书籍中并未发现有几多"张青",相应却发现有"张清"名字的。即南宋亡国时,元军直下闽粤,"文天祥置都督府于南剑州,守臣张清行都督府事"(《元史·乌古孙泽传》)。显然，名字易重叠一说不足为据。

张清飞石打十五将故事（据统计，应是十三员，如加上宋江未至东昌前被打伤的郝思文，也仅是十四员），被宋江比拟为五代王彦章打唐将，这正说明它即参照王彦章故事而改编。王彦章，绰号"王铁枪"，为后梁猛将，但王彦章日不移影，连打后唐三十六将，未见于《旧五代史》《新五代史》的《王彦章传》和相关史传。此事当源出平话。罗贯中《残唐五代史演义》称王彦章和后唐军大战，第一日打死打伤唐将八人；次日枪挑唐将十六员。后来一日又枪挑唐将十六员。铺陈夸张王彦章所为，并将其事转向移植成张清打将故事，当系两宋说书人所为。如《东京梦华录》记有"东京盛时，有霍四究说三分，尹常卖说五分"。《古杭梦游录》称有一行戏说历史的说书人，"每遇一人一事，必极力铺张，以图悦耳，而一二好奇之士，往往演其说为谈资，遂致以讹传讹，莫可究诘"。故王开沃《水浒传注略补》说："故知彦章打唐将事，必此等人为之，可断其妄。"由是又将说书中的王彦章写成张清打将故事，良有以也。

《水浒》得以成功，往往借助于自所比拟的历史人物故事。如此举宋江说的王彦章：一是王彦章故事被平话唱红，为人知晓熟悉；二是王彦章英武，被武人引为楷模，参见欧阳参政《王彦章画像记》(《青琐高议·前集》卷十)；三是王彦章为寿张（今山东阳谷南）人，死后葬郓州（今山东郓城）莞城。系梁山好汉多人的同乡。

花项虎龚旺

脖项上吞着虎头，马上会使飞枪

"花项虎"绰号出自五代郭威故事。

郭威是后周开国皇帝（太祖），出身无赖，当时无赖多文身。据宋人记载，郭威因少年时在项颈绣有一个小雀，故被称为"郭雀儿"。他也是"花项"。

宋文莹《玉壶清话》记载，郭威之妻柴氏本是唐庄宗的宫女，庄宗死后，被遣回家。在旅舍中，她对父母说："儿见旅舍中一军人，黝黑的项颈上绣有雀形，这是贵人之相，儿愿侍奉他。"父母应允。两人遂在旅舍中成婚。据说，柴氏父亲"传司宴闲事，曰：'花项汉将为天子。'"

元《五代周史平话》说，老臣王峻向周太祖郭威推荐丞相，郭威问："公所荐二人，德望何如？"王峻骂道："陛下以花项文身为君，又何德望之有？"此部平话起首有诗赞郭威："浮荣易若草头露，大位归之花项人。"

按，宋元武人文身亦有刺及颈项的，如宋张齐贤《洛阳搢绅旧闻记》"田太尉候神仙夜降"条，记有拣停军人叫张花项，"俗以其项多雕篆，故目之为'花项'"。

以上所述，正是《水浒》中龚旺"花项虎"绰号由来的张本。

中箭虎丁得胜

面颊连项都有疤痕，马上会使飞叉

"中箭虎"绰号，参见南宋初期丁进故事。"丁进聚义于苏村，后至数万，皆面刺六点或'入火'二字，自号'丁一箭'"（《建炎以来系年要录》卷十），或由此为构建"中箭虎"张本。

丁得胜，不见于史传和《宣和遗事》以及平话杂剧，当系作者据绰号由来而杜撰。取名"得胜"，我意很可能参照元末明初的武人名字，因当时社会动荡、战乱频仍，武人多喜在名字里寓有吉祥之意，如希冀"旗开得胜"，取名"得胜"者便如过江之鲫，史载仅朱元璋部将中就有赵得胜、张得胜等多位。

紫髯伯皇甫端

山寨骑兵如云
必须特级兽医

《水浒》最后一位上梁山进忠义堂的，是绰号紫髯伯的皇甫端。

皇甫端是作者杜撰的名字，为了要凑全一百零八这个吉利数，于是找来了他。而山寨战马如云，确实也需要有位一流兽医。皇甫端不是"逼上梁山"的，是由张清推荐上山落草的。

紫髯伯的"紫髯"，出自《三国志·吴书·孙权传》引《献帝春秋》："张辽问吴降人：'向有紫髯将军，长上短下，便马善射是谁？'降人答曰：'是孙会稽。'"皇甫端又生得"碧眼重瞳"，正是以孙权"紫髯""碧眼儿"为蓝本的。

紫髯伯或见自"紫髯翁"。宋人《东轩笔录》记有"边人传诵一诗云：'昨夜阴山吼贼风，帐中惊起紫髯翁，平明不待全师出，连把金鞭打铁骢。'"

皇甫端是"虬髯"或可参自皇甫家族。"皇甫遇，常山真定人也。为人有勇力，虬髯善射。"（《新五代史》卷四十七《皇甫遇传》）

又，《水浒》称皇甫端是幽州（治今北京城西南隅）人，貌若番人。他很可能是契丹族。但查旧志，皇甫姓氏却是凉州（今甘肃武威）望族，为关陇籍人。

飞将军李师师

左右逢源，皇帝和大盗都是她的男朋友

李师师名字好记又好叫，更易招蜂引蝶。但并非只有她的名字重叠，有唐以来，官妓多有重叠名的，见于当时人的记载，唐有白素素、张盼盼；宋有费盼盼、赵鸳鸳、许冬冬、毛惜惜、唐安安；元有班真真、于盼盼、和当当、汪怜怜，《青楼记》还记有名妓荆坚坚、李心心、于心心、冯六六、顾山山、孙秀秀、刘关关、魏道道、刘匾匾、刘宝宝；明有张燕燕、李惜惜、薛翠翠、李翠翠、薛素素、柳依依、徐翩翩、陈玄玄、陈圆圆。又《东京梦华录》还记有私妓李惜惜、吕双双、胡怜怜、沈盼盼、普安安、徐双双。

挂一漏万，当然还有。于此也可见一斑。

李师师确有其人。北宋有两李师师：一是北宋中期都城歌妓，与多名文人相狎，如秦观；一是本篇的李师师，乃北宋末年都城的一颗红得发紫的歌星兼舞星。《李师师小传》称，父王寅"以女舍身宝光寺。女方孩笑，一老僧目之曰：'此何地？尔亦来耶。'女至是忽啼。僧为摩其顶，啼乃止。寅窃喜曰：'是女真佛弟子。'为佛弟子者，俗呼为师，故名之曰'师师'。"她有很多追星族。

　　美人也要文人捧。李师师善于附和风雅，她频频向大词家周邦彦、晁冲之等秋波传情，赔着身子结交文豪，让他们乖乖地呈上自己的诗词杰作，这样她就能闻名遐迩，后来果然连皇帝也闻知其名。《青泥莲花记》说，"东京角妓李师师，住金钱巷，色艺冠绝。徽宗自政和后，多微行，乘小轿子，数内臣导从，往来师师家"。据传为了掩人耳目和便于偷香窃玉，还在从皇宫到李师师闺房的地下挖掘了地道。后来，宋徽宗赵佶干脆拉下客商的假身份，公然把她召进皇宫大内，册封为瀛国夫人或李明妃。

　　李师师因和皇帝有特殊关系，于是好事者便编造出她是非常之人，能做非常之事，还封了她一个"飞将军"的绰号：

　　　　"李师师闻金人逼近京师，乃募游勇练武艺以应边急，师师自号飞将军，尝改唐诗王昌龄《出塞》'秦时明月汉时关'一诗为：'但使凤城飞将在，不教胡马渡燕山。'"（萧湘波《〈人烬余录〉注》）

　　　　"李师师慷慨飞扬，有丈夫气，以侠名倾一时，号'飞将军'"（张邦基《汴都平康记》）。

　　这些当然是饭后茶余的闲谈。但也蕴含着一层皇帝权贵不如妓女爱国的隐义。要说法国莫泊桑有《羊脂球》之作，其实中国早有"李师师传奇"了。

　　好景不长，峰回路转。未几，赵佶因金兵威逼，禅位给太子赵桓，自己躲进太乙宫作逍遥游。李师师失去靠山，被"废为庶人"，地位一落千丈。"靖康之年，尚书省直取金银，奉圣旨：'赵元奴、李师师，曾经抵应倡优之家，逐人籍没，如违并行军法。'"（《三朝北盟会编》）也有说是她自知富有财宝，难逃抄家之祸，乘着金兵扰乱河北，"乃集前后所赐之钱，呈牒开封尹，愿入官，以助河北军饷"（《李师师外传》）。无论是抄家还是主动缴纳，经过这次大变故，李师师是一贫如洗了。

靖康元年（1126），金兵第二次围攻汴京，破城，俘虏徽钦二帝、后妃宗室、官吏工匠等，携之北返。李师师的去向，又成了人们感兴趣的话题。

南宋末佚名《李师师外传》说金兵破汴，主帅挞懒索要李师师："金主知其名，必欲生得之。乃索之多日不得。"降臣张邦昌等找到师师，献于金营。师师骂道："我蒙皇帝眷宠，宁愿一死，决不屈节。朝廷赐予你们高爵厚禄，你们为何恩将仇报？"于是脱下金簪自刺咽喉，不死；又折金簪吞之，乃死。但后人对此多持异议，鲁迅把它辑编于《唐宋传奇集》，称之为传奇。邓广铭《东京梦华录注》称此篇，"一望而知为明季人妄作"。剧作家宋之的说，《外传》的作者所写的是传奇，恐怕是感慨多于事实，作者大概是想借李师师的忠义以讽世的"（《皇帝与妓女》）。

南宋诸家笔记也有说李师师流落民间。《青泥莲花记》说，"靖康之乱，师师南徙，有人遇之湖湘间，衰老憔悴，无复向时风态"。《墨庄漫录》说，"李生流落来浙，士大夫犹邀之所听其歌，然憔悴无复向来之态矣"。记述宋江故事的《宣和遗事》亦同，唯添加了"后流落湖湘间，为商人所得"。因而南宋刘子翚《汴京记事诗》有证："辇毂繁华事可伤，师师垂老过湖湘，缕金檀板今无色，一曲当年动君王。"厉鹗《南宋杂事诗》："筑球吹笛共流离，中瓦勾栏又此时，檀板一声双泪落，无人知是李师师。"

因为李师师是知名度极高的妓女，记载她下落的版本，自明清以来也多得惊奇。有说当时金帅挞懒是按张邦昌等降臣提供的黑名单索取皇宫妇女的，李师师早当上了女道士，自不在此例，所谓"师师必先已出东京，不在求索之列，否则决不能脱身"。也有如丁耀亢《续金瓶梅》说，李师师被俘，逼嫁与一个老军为妻，耻辱地了结一生的。还有说她与浪子燕青卿卿我我，乘一叶扁舟，莫名其妙地学西施随范蠡浪迹于江湖的。大概由于她的事迹太有广告效应，以致《瓮天脞语》有"山东巨寇宋江，将图归顺，潜入东京访李师师"等语。《水浒》或即据此说，编造了宋江和她搞公关，走她后门的情节，就此演出一场顺利招安的闹剧。

济州知府张叔夜

和梁山最有因缘的大老爷

张叔夜（1065—1127），北宋末年官员。

张叔夜在《水浒》宋江招安时是济州知府。张叔夜确实做过多任地方官，如襄城、陈留知县，舒州、海州、泰州知府，就是没有去过山东东平，任济州知府。这个知府是《水浒》封的。

这是因为历史上张叔夜和宋江有那么一层关系，即在他再次出知海州时，正遇到宋江等到海州活动。《宋史·张叔夜传》称："宋江起河朔，转掠十郡，官军莫敢撄其锋，声言将至海州。"张叔夜侦察到宋江等人的动向，发现他们直趋海滨，劫得十余艘巨船，上载辎重和财物。于是张叔夜募敢死士千余人，在城郊设伏，并派兵到海边诱宋江出战；同时，伺机焚毁宋江的船队。宋江等闻知，斗志顿消。官军伏兵乘机进攻，俘虏了宋江集团的副首领。宋江遂降。

《宋史》修撰于元末，在宋元之际的《宣和遗事》中，早就记有此事："朝廷无其奈何，只得出榜招谕宋江等。有那元帅姓张名叔夜的，是世代将门之子，前来招诱宋江和那三十六人归顺宋朝，各受武功大夫诰敕，分注诸路巡检使去也。"

张叔夜因而被说成是出任济南、青州知府。后来还领南道都总管。都总管，即一路统帅，称安抚使，领军马，由文官担任。靖康元年（1126）领兵入卫京师。汴京陷，从二帝北上，绝食，至白沟扼亢而死。

张叔夜字嵇仲，所以金圣叹腰斩本自己续了最后一段卢俊义做噩梦的故事。梦里捉拿梁山好汉的嵇仲，手持长弓，勇猛非凡，就是隐指了张叔夜。

宦官童贯

大宋多怪事，内官能挂帅，可封王

童贯是有宋以来罕有的超霸宦官。

宋徽宗赵佶非常宠信宦官。

太学生陈东后来上书请斩的"六贼"，其中有三个就是宦官：梁师成、李彦和童贯。

其中童贯给予后世更深刻的印象。

童贯本非善类，虽净身，仍有胡子数根，非全阉，故《初刻拍案惊奇》有记童贯多蓄有姜婢。

这也是《水浒》的魅力。小说写了童贯二打梁山，每次都是一败涂地，狼狈而归。当然这是虚话。

但小说写童贯征方腊，确有其事。因为要突出宋江和梁山，或者是不能写明宋江是在童贯领导下打方腊。童贯就被淡化了，他不仅鲜有笔墨描绘，且是藏头露尾，只称董枢密而不名。

方腊确是童贯主持镇压了的。他镇压方腊极其卖力，杀人如麻。

按，北宋王朝原以宦官谭稹和步军都虞候王禀讨伐方腊，旋因方腊攻占杭州，东南大震，乃改以童贯为宣抚使，统领禁军和陕西六路蕃汉兵南下，另增以东南诸路兵。曾敏行《独醒杂志》

称，童贯统领数十万兵马，镇压方腊。但出兵数月，劳而无功，以至朝廷严加督责。童贯很恐慌，却无良策，遂下令："凡不能生擒方腊军的兵士，准许以斩获的人头来报功，如有欺瞒，则予治罪。"从此，官军每次出战，将所擒俘虏，尽行杀害，并持人头前去邀功请赏，童贯一概予以奖励。在这种情况下，官军大行杀戮，偶遇路人，也杀之，并谎称这是在战斗中杀死的敌人。主将明知其非也不说穿。有人向童贯进谏说："听说官军出战，多杀平民百姓，应予制止。"童贯不听。以后，方腊失败，有方腊军士卒逃匿民家，官军追至，竟然把居室中的人不加甄别全部杀死。童贯为了夸大功劳，也不过问。

这段文字很有说服力，记载了那个时代掩饰败绩、冒功领赏的兵痞行为；而童贯作为堂堂大帅，竟然草菅人命，很能说明宦官的残忍与变态。所谓生理缺陷极易导致扭曲心理，良有以也。

王焕（十节度使之一）

王臣本盗贼，招安充大官

《水浒》第七十八回《十节度议取梁山泊，宋公明一败高太尉》内有参加讨伐梁山的"河南河北节度使王焕"等十个节度使，并称"这十节度使旧日都是在绿林丛中出身，后来受了招安，直做到许大官职，都是精锐勇猛之人"。按，所谓节度使，盖宋制有承袭唐武官节度使者，但自宋太祖解除武将兵权后，并非如唐中叶藩镇时代拥有地区实权。此职已是虚衔，《宋史·职官志》称节度使"无所掌，其事务悉归本州知州、通判兼总之，亦无定员，恩数与执政同。"此处是借用，亦并非十人同授节度使的。

王焕，不见于史传。元杂剧无名氏《逞风流王焕百花亭》，有汴梁（今河南开封）人王焕与妓女贺怜怜相恋故事：王焕因为用尽钱财被鸨母赶出，贺以私财助王焕投军；王焕在边城军中杀敌立功，在种师道麾下任"先锋西凉节度使"，衣锦荣归，与贺怜怜夫妻团圆。按，此类故事模式甚多，或出自唐传奇《妍国夫人传》，而民间对此兴味不减，因而仍大有市场。王焕名字可能由此嫁接而来。

徐京（十节度使之二）

十节度使之一的徐京，不见于史传。据南宋罗烨《醉翁谈录》，在《小说开辟》项，记述了有"杆棒类"的"花和尚、武行者、飞龙记、梅大郎、斗刀楼、拦路虎、高拔钉、徐京落草、五郎为僧、王温上边、狄昭认父"等篇目。但多遗失，此中"徐京落草"之徐京，疑即被移植为"节度使"的徐京。

《醉翁谈录》又有《李从吉》一目，也已佚。或由此推论，所谓随高俅去征剿梁山泊的十个节度使，除取自史书者（如《金史》记金末在家乡景州［今河北景县］组织乡兵、报效王朝的张开等）外，多有由此采撷也。

杨温（十节度使之三）

十节度使之一的杨温，见于史传。《新五代史》卷十八《汉家人传第六》，刘智远弟刘崇子刘赟为徐州节度使，"初赟自徐州入也，以都押衙巩庭美、教练使杨温守徐州"。但宋人话本有《杨温拦路虎传》。内称，绿林英雄杨温，是三代将门之子，武艺高强，绰号拦路虎。他在打擂中赢了李贵，在救妻时与一些绿林豪杰结识；后来立功边陲，做到安远军节度使。按，《宝文堂书目》有《杨温拦路虎传》，宋罗烨《醉翁谈录》甲集《舌耕叙引》有《拦路虎》一目，当是同篇。或杨温确有其人其事，此处作移植。

韩存保（十节度使之四）

十节度使之一的韩存保，确有其人，史籍中作韩存宝，他系宋神宗时候的武人。

据宋王辟之《渑水燕谈录·先兆》称，韩存宝本西羌人，"少负才勇，喜功名，累立战功，年未四十，为四方馆使、泾原总管"。据说有一天，文武官员集于渭州僧舍，由画师为他们画像。有人认为韩存宝的画像不像他本人，便要画师以粉笔涂掉画像中韩存宝的面部，准备改日重绘。不料此时有诏命韩存宝去蜀中镇压民众起义，因而未及重画。人们见画像中的韩存宝无头，都以为是不祥之兆。次年，韩存宝果然因为谎报军功，被处死。《宋会要辑稿》也有称"阁门副使韩存宝将陕西兵讨戎泸蛮，拔数栅"事。

有关韩存保与双鞭呼延灼争斗故事，亦有所本，系采用金将牙合孛堇被呼延通生俘事。

宋绍兴六年（1136），金人南下淮阴，宋将韩世忠引兵布阵，命骁将呼延通出战，金人出猛将牙合孛堇。两人大战多时，难解难分。后来两人的兵器都脱手落地，便以手相搏，因扯抱着不放手，以致双双落马，滚在坑坎中。牙合孛堇抽刀刺呼延通腋下；呼延通卡住牙合孛堇的脖子，直到他将要断气，才把他擒住（《三朝北盟会编》卷六九）。

按，《水浒》称韩存保是所谓国老太师韩忠彦之侄，实乃随意嫁接。《宋史·韩忠彦传》称，韩系北宋大臣，元符三年（1100）任门下侍郎，尚书右仆射兼中书侍郎；因与右相曾布不和，出知大名府。大观三年（1109）病死。在他死后的十余年，始有所谓梁山招安事。韩忠彦为韩琦之子。韩姓自唐五代以来几百年，世为相州（今属河南）大族，与来自陕西的武人韩存保无任何血缘关系。

统制官党世英党世雄

好巨爪牙，为虎作伥

高大尉初征梁山水泊时，帐前有两个统制官，被称为全军之冠，好生了得，那就是党世英、党世雄哥儿俩。

两党名讳不见于史。

我意或出自党怀英。

《金史·党怀英传》：党怀英字世杰，冯翊（今陕西大荔）人，后落户山东泰安。少年与辛弃疾为友，辛弃疾归来，他系宋大尉党进后裔，却在金国做官，金大定二十九年（1189）参加编修辽史，任国子祭酒，翰林学士，称为金国"第一学者"。

在以汉族所建王朝为正统的时代，即便是底层的说书人也歧视为他族服务的汉人，由是党怀英的名和字便被演化为助纣为虐的"党世英""党世雄"。

剜心王王瑾

老吏平生克毒，专做丧尽天良之事

王瑾乃济州府老吏。他曾向高太尉献计，用读破句方式来宣读朝廷招安宋江、卢俊义等大小人众的诏书。于是诏书内容变为"只捉杀宋江一人，其余遣散"。

其人用心狠辣，所以《水浒》介绍，"平生克毒，人尽呼为剜心王"。

剜心王即剜心王瑾。剜，挖取其中曰剜。剜心，当由剖心、刳心而来。

按，剖心，见《史记·殷本纪》："殷纣王无道，比干强谏，纣曰说：'吾闻圣人心有七窍。'剖比干，观其心。"《晋书·石季龙载记》记后赵主石虎残忍，"截胫剖心"；又唐李白诗"一朝君王垂拂拭，剖心输丹雪胸臆"，虽与前说含义不一，但剖心均作挖心解。

又"剖"同"刳"。《括地志》称纣王"遂杀比干，刳视其心也"。《庄子·天地》也有"君子不可以不刳心焉"。

刳，即剖其中而空之。

王瑾绰号剜心王，正是说此人挖空心思害人。

王瑾，不见于宋元史书和笔记。

都督刘光世

出征方腊的偏师

《水浒》写宋江征方腊，第一任总帅是张招讨、刘都督。

张招讨始终未露尾巴。有人说是张叔夜，本来就是小说，天不知道，人更不知道。

刘都督却说清了，是刘光世。

刘光世，是刘延庆的二儿子。刘延庆曾任为对付方腊而设的宣抚司都统制，即前敌总指挥官。《宋史·刘光世传》说，"方腊反，延庆为宣抚司都统，遣光世自将一军，趋衢、婺，出其不意，破之"。刘光世随刘延庆自西北而来，由金陵（今江苏南京）进至宣州（今属安徽），于泾县、歙县潘村等地激战后，因方腊部郑魔王围攻信州（今属江西），遂率军转至衢（今浙江衢州）、婺（治今浙江金华），致使郑魔王腹背被抄，撤回衢州，不久被俘。

刘光世军是征方腊的偏师。百回《水浒》本来宗旨是反奸臣，因要突出宋江征方腊，却又得听任奸佞指挥，俯首听命，实在有点难为情，放不开面子，故而凡宋军统帅都写得模糊了事。

圣公方腊

草头天子，文化人物，不须作历史读

　　方腊，《宋史》有记述，且亦见于宋人笔记野史，《水浒》所叙，乃小说家言，多与史传相悖。

　　《水浒》称方腊出身樵夫。无据。南宋人称方腊"家有漆园"（《宋九朝编年备要》《青溪寇轨》）、"方腊家有漆林之饶"、"家本中产"、"又为里胥"（曾敏行《独醒杂志》）；也有称方腊出身贫穷，为人雇工，如《桂林方氏宗谱》《歙淳方氏会宗统谱》，均作"佣人""家佣"。按，方腊，歙州（今安徽歙县）人，曾在青溪方庚处为佣。歙县方姓自隋唐伊始，即为地方望族，至北宋时已形成八系，其中一系落脚在睦州青溪帮源（今浙江淳安西）。

　　又，方腊，本应作"方朕"。据《贵耳集》，"方腊旧名'朕'，此童贯改曰'腊'"。若如是，凡史书所及方腊，均应恢复为方朕。按，方腊很有可能系在起事后改名为方朕的，有关方腊起事后所形成的档案资料无一见存于世，此事也因而湮没于世。

　　方腊起事后当设置官制兵制，但史籍中多不记，仅方勺《青溪寇轨》稍见痕迹："腊自称圣公，改元永乐，置偏裨将，以巾饰为别，自红巾而上，凡六等，无甲胄。"此或是起事之初的建置，后可能有称皇封相的，如"伪相方肥"。此处《水浒》所述多多，均系小说家言，不足为信。

方腊起事于宋宣和二年（1120）冬，系利用秘密宗教（摩尼教）聚合人众，占杭州、歙州等七州四十八县，但主力从未过嘉兴，此处称占苏州、常州和镇江，与宋隔江当有意误作。宋廷曾几次招安，被拒，宣和三年（1121）初，童贯大军征剿，四月睦州、青溪（淳安西）陷，退至帮源洞、梓桐洞。下届洞陷，八月解送汴京被杀，余部由仙居吕师囊率领，至四年三月被俘。据史，宋江系宣和三年（1121）二月末在海州（江苏连云港）降。他不可能参加讨伐方腊，但有可能参加讨伐吕师囊部。

有关方腊失败和被俘事，小说归功于鲁智深。民间流传有武松独臂擒方腊故事。二十世纪五十年代初的京剧《水泊梁山》，即有写武松与方腊交战，为方斩掉左臂，而武松却仗神力，活捉方腊；电视剧《水浒传》亦宗此说。钱静方《小说丛考》曾称："数百年后，小说家又归之于武松，何蕲王（韩世忠）之不幸也，且擒方腊之地，在睦州不在杭州，则杂剧《涌金门》一出，宜改为清溪峒矣。"按，擒方腊故事，不为方腊家乡见容；据说，此戏不得在当地上演，曾有戏班在歙县对溪村准备演出《武松独臂擒方腊》，其戏台就被当地民众拆掉。这种农耕社会特有的文化心态并非只能以站在方腊立场上，用"爱憎分明"，而可一言以蔽之的，它更多地反映出浓郁的地方乡缘情结。

方腊被俘，一般见有三说：

（一）韩世忠说。据南宋赵雄《韩忠武王世忠中兴佐命定国元勋之碑》："王（韩世忠）潜行溪谷间，问野妇，得其洞口。即挺身仗戈而前，榛棘岭崎，越险数里，……腊遂就擒，并俘以出。辛兴宗后至，领兵截洞口，掠王俘以为己功，故王不受上赏。别帅杨唯忠还阙，少伸其事，但超转承节郎。"（宋杜大珪《名臣碑传琬琰之集》）《宋史·韩世忠传》《宋史纪事本末·方腊之乱》《续通鉴》《青溪寇轨》皆同，或即据此为祖本。又，方腊的原雇主方庚亦参与镇压方腊事，有称"（方）庚公乃奔命江淮，逆王师，为韩忠武先导，诱擒腊，并其党羽，东南以平"（《重修桂林方氏家谱叙》）。当时韩世忠为王渊部小将，王渊乃攻打方腊帮源洞和清溪的将领。

对此，也有说俘方腊者是解元。"威平洞在县西八十里。宋宣和中，方腊反，韩世忠击败之。""方腊深据岩屋，为三窟，诸将莫知所入。世忠潜行山谷间，问野妇得径。""或曰擒腊者，解元，世忠之游卒也"（乾隆《淳安县志》卷一）。威平洞，原名帮源洞。解元久随韩世忠，后为抗金名将，《宋史》有传。

（二）折可存说。折可存为西北籍宿将，"方腊之叛，用第四将从军，诸人藉方玄以推公，公遂兼率三将兵，奋然先登，士皆用命。腊就擒，迁武节大夫"（《折可存墓志铭》）。史家有据此释折可存俘方腊，误。他只是在方腊起义被镇压后，论功恩赏，遍及雨沾而已。按，折可存未参与帮源洞俘方腊的战斗。

（三）刘光世、姚平仲说。刘光世、姚平仲都是镇压方腊的一路主帅。"宣和初，腊陷睦州，命刘光世、姚平仲擒之，斩于都下"（《舆地纪胜》卷八）。但据《宋会要辑稿》诸书，刘光世在宣和三年（1121）四月一日在衢州，后又在龙游、兰溪和婺州（今浙江金华）等地转战；姚平仲于同年四月二十三日攻占浦江，五月初在义乌，两人均未参与帮源洞战斗。

其实，方腊乃是在帮源洞被洗劫后的第二日，遭遇官军搜山被俘的。"王禀、辛兴宗、杨唯忠生擒方腊于帮源山东北隅石涧中，并其妻孥兄弟伪相侯王三十九人"（《通鉴长编纪事本末》卷一四一）。此据档案所录，据称辛兴宗掠功时有十三人乘乱逃逸。

又据《贵耳集》，方腊并没有被俘，"败后不知所终，被擒者非腊也"。

土豪朱勔

一船花石纲，引起天下东南反

朱勔确有其人。《宋史·朱勔传》有千余字，是一篇不短的人物列传。可是《水浒》着墨微薄，只在介绍方腊起事时出现，一闪名字，稍不注意，就会掠过。其实读《水浒》，此人乃是大头，不能不知。

朱勔父子乃是一对混蛋，祸国殃民第一流。朱勔之父朱冲，是靠制造假药、贩卖假药成为苏州暴发户的。蔡京要在苏州建寺院，朱冲得到这个信息，向知府讨了这个肥缺，不到一个月，就用官督民办，采办了各地良材。蔡京大为欢喜，回京后把朱勔父子列入军籍，享受高级军官俸禄。朱勔即由此为基石，升至宁远军节度使。

朱勔是方腊起事于东南的直接肇事者。方腊振臂一呼，万民呼应，其中就是以反"花石纲"为号召的。但《水浒》谈梁山好汉，仅提及杨志失落花石纲，没有将花石纲和逼上梁山挂钩。看来是由于花石纲是皇帝的贡品，它和送与奸臣的生辰纲不同。

而直接抓花石纲事宜的就是朱勔。

花石纲，始于崇宁元年（1102）。开始是由童贯主持的苏杭造作局，向民间巧取豪夺宫廷制作器材，役使工匠数千。崇宁四年（1105）朱勔出场，由他掌管的苏杭应奉局，随意搜掠民间奇花异石，遍及其他，"豪夺渔取于民，毛发不少偿。士民家一石一木稍堪玩，即领健卒直入其家，用黄封表识，未即取，使护视之，微不谨，即被以大不恭罪"（《宋史·朱勔传》），这些被劫的花石之物装船运京，"舳舻相衔于淮、汴，号'花石纲'"（同上）。朱勔也就成为一方土皇帝。他的田产"跨连郡邑，岁收租课十余万石，甲第名园几半吴郡"（王明清《玉照新志》）。"服饰器用上僭乘舆。又托挽舟，募兵数千人，拥以自卫。声焰熏灼，东南部刺史、郡守多出其门，邪人秽夫侯门奴事，时谓'东南小朝廷'"（陈邦瞻《宋史纪事本末》）。靖康事变后，朱勔抄家，仅田即为三十万亩。相传朱勔党羽也富可敌国，仅杭州一处，"有服金带者数十人，皆朱勔家奴也。时谚曰：'金腰带，银腰带，赵家世界朱家坏。'"（陆游《老学庵笔记》）

歙州富户吕师囊

文化的魅力，把他拉进了方腊圈

《水浒》称方腊镇守润州（今江苏镇江）的统帅吕师囊，原是歙州富户，因献钱粮被封为东厅枢密使。此真是小说家言，信手拈来，毋需打半纸草稿。

一，方腊军北上只围攻过嘉兴，从未越过今江苏界；哪有据润州之理。

二，方腊也没有设"东厅枢密使"。

三，吕师囊从未到过歙州（今安徽歙县）。

按，吕师囊确是方腊起事东南时同地区的人物。他在浙东沿海区起事时，方腊已开始走下坡路了。宋宣和三年（1121）正月，吕师囊在浙江仙居起事，有众十余万。三月攻取仙居，后又攻占天台、黄岩；四月初，攻占台州府。这时，另一支起事于浙东的俞道安军，与师囊"合掠诸县"（清光绪《永嘉县志》卷八）。方腊被俘后，吕师囊、俞道安两军进至温州西南思远楼。宋朝调攻陷帮源洞的部队分三路东援。据《皇宋十朝纲》称，宋江也参与此次战争，"辛兴宗与宋江破贼上苑洞，姚平仲破贼石峡口，贼将吕师囊弃石城遁走，擒其伪太宰吕助等"。十月，来自麟州的宿将杨震，随折可存征战浙东。吕师囊据黄岩断头山，扼险扼战，见官军攻上前辄滚下石木，官军因此"死伤者众，累日不进"。杨震以轻兵缘山而上，乘高鼓噪，矢炮齐射，大败吕师囊军，生俘师囊（刘一止《苕溪集》卷四八《宋故敦武郎知麟州建宁寨累赠太师秦国公杨公墓碑》）。

吕师囊家族系浙江仙居望族。吕本人亦是该地区摩尼教首领。"宣和二年，睦州方腊作乱，师囊阴结之"（清光绪《仙居县志》卷二十二）。可见吕师囊与方腊早有联系，但并无从属关系。

三大王方貌

方腊家族，改装而成

方腊御弟有三大王方貌，不见于史传记载，很可能是参照宋人笔记所称的"八大王"，改换包装而成的。

史传的"八大王"，佚名，当系方腊本家。

"八大王"是方腊重要骨干，故有此说。

按，据史传，方腊军在攻占歙州（今安徽歙县）后，便兵分四路：方腊自引主力走东路，攻杭州；郑魔王走南路，取衢州，攻信州（今属江西）；洪载走东南路，攻取婺州（今浙江金华）和兰溪；而东北路即由"八大王"率领，向江宁（今江苏南京）进军，谋隔江而治。他在夺取宁国（今安徽宣城）、旌德后，在宣州石壁为宋援军挫败；不久，在歙州潘村反攻，又失败。此人从未把守苏州。盖因方腊军也未到过苏州。

八大王最后仍退回帮源洞，在战争中被俘杀。

按，两宋时多流行数码化"大王"。见自《岳忠武王文集》，就有绍兴三年（1133）吉州龙泉县（今江西遂川）彭友称"十大王"，绍兴六年（1136）有"伪五大王拥番伪重兵，侵犯唐、邓州汉上一带"，等等。

赤须龙费保

庄主兼水盗，黑白道通吃

赤须龙费保是混江龙李俊的太湖结义兄弟。

庄主兼水盗型人物。此类黑白道兼备的双重身份脸谱，后多见于明清公案小说，《水浒》此作实为滥觞。

费保因"赤须黄发"，绰号"赤须龙"。这是写他的勇猛。唐李朝威《柳毅传》："俄有赤龙长千余尺，电目血舌，朱鳞火鬣。"赤龙即赤须龙。清初平话《精忠说岳全传》构建岳飞对立面金兀术本乃上界赤须龙下凡。此赤须龙或因而衍生。

又：费姓本为苏州、吴江大姓，但此处为凑数而胡诌此姓也。

太湖蛟卜青

水中精怪，酒中英雄

卜青与其绰号太湖蛟，均不见宋元杂剧平话。

太湖蛟，我疑或系由"太湖精"演变。

唐书法家张旭性豁达，嗜酒，每大醉，狂叫奔走，乃下笔，逸势奇状，连绵回绕，时人称为"张颠"，在当时就颇有知名度，因他生长于吴县（今江苏苏州），地濒太湖，所以当时被称为"太湖精"。有李颀《赠张旭》五绝为证：

> 张公性嗜酒，豁达无所营；
> 皓首穷草隶，时称太湖精。

元帅石宝

方腊封为南离大将军元帅

方腊太子方天定守杭州时，麾下有南离大将军元帅石宝，武艺超群。

石宝不见于史载。

他当是作者的杜撰，但也有历史痕迹可寻，可能就是方腊主力攻占杭州前后时，在苏州地区起兵响应的石生。当时打起方腊旗号的还有：兰溪灵山朱言、吴邦；剡县仇道人；仙居吕师囊；方严山陈十四；归安陆行儿等人。但《水浒》作者只借用了吕师囊名字，石生则取头弃尾，又将他由苏州移植至杭州，归为方腊嫡系。

百回《水浒》最后十回写方腊集团，多系莫须有。文章作法亦多夺关斩将陈套。

总管王禀

太原城守，壮志凌云

抗金坚决，晚节可风

王禀随童贯镇压方腊起义。

王禀，史有其人。行伍出身，后于太原战死，壮怀激烈。《宋史·钦宗纪》称，靖康元年（1126）"九月丙寅，金人陷太原，执安抚使张孝纯，副都总管王禀、通判方笈皆死之"。

张孝纯后投降，还做了刘豫伪齐朝丞相。王禀确是城破后死了，而且死得壮烈。

王禀在太原坚守二百五十余日，最后身死的事迹，王明清《挥麈三录》卷之二记之甚详：太原总管王禀，"在围城中奋勇仗义，不顾一身一家之休戚"。每隔一两日，辄率轻骑出城，舞动大刀，杀敌百十，"方徐引归，率以为常"。一天，宣抚使张孝纯会同各级官员，商议降金事宜。王禀知道后，率刀手五百人谒见张孝纯。王禀对众刀手说："你们想要当官否？"众刀手回答："想。"王禀说："为朝廷立功，则官可得。"又说："你们想得奖赏否？"众刀手说："想。"王禀说："为朝廷御敌，则赏可致。但既想当官，又想得到奖赏，就应该尽力尽心，以忠卫国。假如你们当中有人倡言投降，该当如何？"众刀手举刀说："以此戮之!"王禀说:"如果我倡言投降,该当如何?"答:"亦以此戮之!"王禀又说:"宣抚与诸监司倡言投降,该当如何?"答:"亦以此戮之!"张孝纯从此不敢言投降事,"而城中兵权尽在禀矣"。"后围益急,民益困,仓库军储且尽,城中之人互相啖食,披甲之士致煮弓弩筋胶塞饥。势力既竭,外援不至。"城陷后,王禀父子赴火而死。

王禀此人,晚节无亏,但《宋史》未立传。近人王国维颇见赞颂,为之作有《王禀传》,内称王禀在太原围城阻挡金军南下,致使北宋灭亡延迟一年。

灵应天师包道乙

左道邪术，终非轰天炮对手

包道乙，方腊封为灵应天师。他有一口玄元混天剑。这也是小说的杜撰。

包道乙是坐在城头上观战时，被凌振轰天炮发的火弹子击中，粉身碎骨而死。包天师的左道邪术，究竟不及远射程的轰天炮。

包道乙故事虽是编造，但包道乙的结局，似借用了元末东吴张士诚弟张士信之死事。吴元年（1367）朱元璋大军包围平江（今江苏苏州），"士信张幕城上，踞银椅，与参政谢节等会食，左右方进桃，未及尝，忽飞炮碎其首而死"（《明太祖实录》）；"张四丞相于西阊门督战，方食桃，颊中石炮而死"（俞本《纪事录》）。

郑魔君郑彪

因为吹嘘有法术，必有云气相随

《水浒》编造有方腊殿前太尉郑彪。

郑彪因为有法术，在厮杀时，必有云气相随，就此获得"郑魔君"绰号。

史传方腊部将有"郑魔王"，佚其名。他可能就是郑彪的原型。

"魔君""魔王"，这是当年方腊等摩尼教的头头们所称的名号。

摩尼教乃公元三世纪波斯人摩尼创立，唐高宗时，传播于江淮和闽浙地区。它的教义宣传有"光明""黑暗"两派；有禁荤酒、吃素食、行裸葬、提倡男女平等、不敬神佛、不祭祖先等教规。且以东汉末黄巾张角为教祖。方腊以此为宗旨，鼓吹、组织民众起事反宋。

《水浒》称郑魔君战死于睦州。非。按郑魔王是方腊部重要骨干。作战独当一面，在方腊率主力北上时，他率军南占衢州。宣和三年（1121）三月，"刘光世兵进衢州，贼万人出城，我师大捷，斩获二千二百五十六级，生擒贼首郑魔王"（《通鉴长编纪事本末》卷一四一）。

乌龙大王邵俊

不可有少，宋江南征的保护神

宋江在《水浒》里做过几个好梦。

其中两个对他前程和命运有关：一个是九天玄女娘娘免费送天书，已见前述；另一个就是征方腊时在睦州（今浙江建德）城外为郑魔君魔法所困，幸亏乌龙大王邵俊来救，破了魔法。这段历险也是显现在宋江的幻梦里，却又是自宋江口中说出，无有旁证，真是说得玄而又玄，妙中见妙。

此处说乌龙大王托梦等故事，是由五代胡进思事迹移植。据《十国春秋》卷八十八所引南宋龚茂良《湖州灵昌庙记》称，吴越国大将胡进思死后，"乡父老咸思德义，立祠祀之"。宋宣和间，方腊起事，朝廷命童贯为浙江淮南宣抚，前往镇压。裨将杨可世取道小路疾速前进，某日路过湖州，驻兵祠下。当夜杨可世梦见神人相告曰："我当赞公一战"，"且谒祠下，乃梦中所见神也"。后来果然俘方腊而归，"因奏其绩于朝，敕庙额曰'灵昌'"。

浙江严州（今建德）北门外确有乌龙大王庙。

据史志称，乌龙大王庙，在睦州（今浙江淳安）城北乌龙山麓。且邵俊其人封为乌龙神，亦有记载：邵仁祥，字安仁，曾隐居乌龙山。某日邵仁祥谒见建德令周光敏，对政事提出建议。周光敏认为他无礼，下令笞杀之。邵临死前对周说："吾三日内必报尔！""届期，雷电晦冥，有巨蛇长数丈，至县庭。令见之，惊怖立死。空中语人曰：'尔诸民立庙祀我，我当福尔。'唐贞观封应贞王，宋熙宁封仁安灵应王。宣和间，方腊之乱，神阴助歼之"（清乾隆《建德县志》）。

这最后一句鬼话，显然是从《水浒》脱颖而出。

小养由基庞万春

箭术虽好，仍是螳臂当道

庞万春是方腊派往守昱岭关的首将，绰号小养由基。

按，养由基，春秋楚国大夫，善射，能百步穿杨，人称"养一箭"。养由基神箭，被历来射手奉为圭臬。后代追慕他的射术，也多有自称为"小由基"的。

五代吴越国有朱行先。"朱行先字蕴之，海盐人也。燕颔虎头，猿臂善射，时人称曰'小由基'"（《十国春秋·朱行先传》）。

北宋有陈尧咨。"陈尧咨善射，百发百中，世以为神，常自号'小由基'"（宋王闢之《渑水燕谈录》）。"陈尧咨尤精弧矢，自号'小由基'"（宋孔平仲《谈苑》）。

南宋初，韩世忠部将解元，垂手过膝，射箭百步穿杨，时号"小由基"（清光绪《江西通志》卷一四五）。

此处特写庞万春守昱岭关，以示一夫当关，万夫莫开。按，昱岭关，在昱岭上，为浙皖交界处一个隘口，自古为两地进出的必经之道。据清道光《昌化县志》，"昱岭关，在县西七十里，高七十五丈，为徽杭通衢"。清《浙江通志》也说，"昱岭关地势险阻，右当歙郡之口，东瞰临安之郊，南出建德之背，置关于此，盖三郡之要会也"。

小说写卢俊义智取昱岭关故事，虽纯属虚构，但其情节，亦并非空穴来风，乃抄袭后周大将赵匡胤（即宋太祖）与南唐军作战的故事：南唐主李璟命大将皇甫晖提兵十万扼守滁州。赵匡胤向村中赵学究（赵普）问计。学究说："我有一计：今关下有一条小路，可直抵城下，只是途中还有西涧阻挡。将军可在涧水大涨之时，由小路进兵，渡过西涧至城下，斩关而入。此时彼方正因战胜而骄，解甲休众，心不为备，可以得志。"赵匡胤即下令誓师，夜出小路，渡过西涧，逼近滁州城。皇甫晖等果然没有防备。周军攻入城中，才仓卒率亲兵巷战，被擒（《史纂左编》）。

道门神仙崔府君

两宋民间颇见红的民间俗神

崔府君，即崔珏。崔珏是两宋为道教尊奉的一名神仙。

《水浒》把它放在最后一回，似与开卷的张天师辉映，有首有尾说道教。

崔珏，据《河南通志》："唐崔珏，字子玉，定平人。德宗时为滏阳令。时县有虎害，一孝子为虎所食，珏乃以牒摄虎，虎至服罪，一县以为神。卒，葬滏阳，民立庙祀之。"《宋东京考》亦称："崔府君庙，在城北。相传唐滏阳令崔珏死为神，主幽冥事，庙在磁州。淳化初，民于此置庙。六月六日诞辰，游人甚盛。后诏修殿宇，赐名护国庙，及送衣服供具。景德元年重修。每岁春秋令开封府遣官致祭。"崔珏或以"主幽冥事"得与主管阴司的泰山东岳庙沟通。本书制造与戴宗梦兆事，可见受道教文化薰陶之深。

崔府君信仰盛行于南宋。相传康王（南宋高宗赵构）从金国脱险南归，幸有崔府君庙泥马载渡，于是在临安（杭州）为崔府君立庙祭祀。据《梦梁录》，"六月初六日，敕封护国显应兴福普佑真君诞辰，乃磁州崔府君，系东汉人也，朝廷建观在阛门外聚景园前灵芝寺侧，赐观额名曰显应，其神于靖康时离庙为亲王出使到磁州界，神显灵护驾，因建此宫观，崇奉香火，以褒其功。此日内庭差天使降香设醮，贵戚士庶，多有献香化纸"。南宋时，"景朝崇奉，六月六日生辰，游人阗沓"。(《西湖游览志》)元明之际，崔府君庙冷落，渐成废墟。但泥马渡康王传说在民间仍风行，清初《说岳全传》等评话且作为题材见之于本本。

附录 梁山一百单八人履历简表

　　《水浒》塑造了梁山宋江、卢俊义等一百零八个文化角色，他们的出身、行事等情况不一。在形成《水浒》创作的几百年文化积淀里，平话作者们没有考虑到对书中的每一尊造像作基本的介绍，以致他们中的很多人没有或不可能有一份完整和比较完整的"履历表"；本处所以编制此表，一是予读者对全书主体人物群，即梁山大小头领，有一个比较完整的认知；二是让读者从他们的履历排列中作横向认识，从中获取新知和情趣。

　　现按照现代人作履历表的思路，将一百零八人的籍贯、出身、职业和文化程度等项一一填写，罗列于后：

《水浒》梁山一百单八人入伙履历表（以出场先后为序）

座次	绰号名讳	原籍	寄籍	家庭定位	本人身份	文化程度	上山前职业	上山方式	附注
23	九纹龙史进	华州华阴		庄园主	庄园主	识字、能写信	少华山寨主	加入	因结交朱武等人、杀官吏，走上少华山
37	神机军师朱武	定远			绿林	识字、读过兵书	少华山寨主	加入	
72	跳涧虎陈达	邺城			绿林		少华山寨主	加入	
73	白花蛇杨春	解良蒲城			绿林		少华山寨主	加入	
13	花和尚鲁智深		渭州		渭州经略府提辖	不识字	二龙山寨主	加入	因打死镇关西出家为僧
86	打虎将李忠	濠州定远		祖传靠使枪棒卖药	使枪棒卖膏药		桃花山寨主	加入	三山聚义打青州
87	小霸王周通		青州桃花山				桃花山寨主	加入	三山聚义打青州
6	豹子头林冲	东京		军官，父为提辖	八十万禁军教头	识字	囚犯	由柴进信推荐	充军沧州又遭逼害
10	小旋风柴进	沧州横海郡		后周皇帝嫡派子孙	庄园主	识字	囚犯	救上	受知州逼害，因柴子牢。有家眷
92	旱地忽律朱贵	沂州沂水			小商人	识字、能读书信	梁山原头领	加入	因折了本钱，回乡不得
83	摸着天杜迁				绿林		梁山原头领	加入	与王伦最早在梁山落草
82	云里金刚宋万				绿林		梁山原头领	加入	仅次于杜迁，在梁山落草
17	青面兽杨志	山西代县	东京	军官，五侯杨令公之后	制使，后为大名府提辖	应过武举	二龙山寨主	加入	因失生辰纲

（续表）

座次	绰号名讳	原籍	寄籍	家庭定位	本人身份	文化程度	上山前职业	上山方式	附注
19	急先锋索超	北京大名府			军官			留守司管军提辖	被俘降	随李成闻达对抗梁山军
12	美髯公朱仝	郓城			县巡捕、马兵都头				骗上	私释雷横，抵罪充军沧州
25	插翅虎雷横	郓城			县巡捕、步兵都头				投奔	携带老母，因杀白秀英
21	赤发鬼刘唐	东潞州			漂泊江湖				投奔	因劫生辰纲
3	智多星吴用	郓城东溪村			私塾先生	未中秀才			投奔	因劫生辰纲
27	立地太岁阮小二	济州石碣村			打鱼为生、兼做私商				投奔	因劫生辰纲
29	短命二郎阮小五	济州石碣村			打鱼为生、兼做私商				投奔	因劫生辰纲
31	活阎罗阮小七	济州石碣村			打鱼为生、兼做私商				投奔	因劫生辰纲
4	入云龙公孙胜	蓟州			道人	识字			投奔	两次上山。第二次为高唐州事请上山
106	白日鼠白胜	郓城安乐村			闲汉			闲汉	越狱、逃上	因劫生辰纲被捕
81	操刀鬼曹正	开封	青州	屠户	开酒店	识字	二龙山头目	加入	为鲁智深等引上二龙山
1	及时雨宋江	郓城宋家村		庄园主	县衙押司	识字			救上	因杀阎婆惜。有父未公亦上山

（续表）

座次	绰号名讳	原籍	寄籍	家庭定位	本人身份	文化程度	上山前职业	上山方式	附注
76	铁扇子宋清	郓城宋家村		庄园主	庄园主	能写信	庄园主	加入	
14	行者武松	山东清河			县都头	能写字	二龙山寨主	加入	
102	菜园子张青	孟州			种菜园子、开酒店	能写信	二龙山头目	加入	为鲁智深等召上二龙山
103	母夜叉孙二娘	孟州			开酒店		二龙山头目	加入	为鲁智深知深等召上二龙山
85	金眼彪施恩	孟州		父是县管营	开酒店		二龙山头目	加入	受欺压，投奔二龙山
63	独火星孔亮	青州白虎山		庄园主	庄园主		白虎山寨主	救上	因叔被囚青州，攻城，被俘
62	毛头星孔明	青州白虎山		庄园主	庄园主		白虎山寨主	加入	因叔被囚青州
50	锦毛虎燕顺	山东莱州			贩羊马商人		清风山大寨主	加入	因折本钱
58	矮脚虎王英	两淮			车夫		清风山二寨主	加入	见财劫色 上清风山
74	白面郎君郑天寿	浙西苏州			打银匠		清风山三寨主	加入	流落江湖，上清风山
9	小李广花荣	青州		军官	军官	识字	青州青风寨副知寨	由宋江信推荐	有妻子和妹。因救宋江被捕
38	镇三山黄信	青州			军官		青州兵马都监	由宋江信推荐	讨伐清风山，驻清风寨为秦明说降
7	霹雳火秦明	开州	青州		军官		青州兵马统制	由宋江信推荐	讨伐清风山被俘降
54	小温侯吕方				贩生药商人		对影山寨主	加入	

（续表）

座次	绰号名讳	原籍	寄籍	家庭定位	本人身份	文化程度	上山前职业	上山方式	附注
55	赛仁贵郭盛	西川嘉陵				贩水银商人		寨主	加入	因翻船折本,不能回乡,为盗
99	石将军石勇	大名府				无业游民		放赌为生	加入	与宋江送家信
26	混江龙李俊	庐州	江州			艄公	能读文书	艄公	加入	闹江州
93	催命判官李立	江州揭阳岭				私商、开酒店		私商、开酒店	加入	闹江州
68	出洞蛟童威	浔阳江边				贩私盐		贩私盐	加入	闹江州
69	翻江蜃童猛	浔阳江边				贩私盐		贩私盐	加入	闹江州
84	病大虫薛永	河南洛阳		军官		使枪棒卖膏药			加入	闹江州
28	船火儿张横	江州小孤山				艄公	不识字	艄公	加入	闹江州
24	没遮拦穆弘	江州揭阳镇		庄园主		土霸		土霸	加入	闹江州
80	小遮拦穆春	江州揭阳镇		庄园主		土霸		土霸	加入	闹江州
20	神行太保戴宗	江州				江州两院押牢节级	识字	囚犯	救上	因救宋江下狱
22	黑旋风李逵	沂州沂水	江州	雇工		江州小牢子	不识字	小牢子	加入	闹江州
31	浪里白条张顺	江州小孤山				卖鱼牙子		卖鱼牙子	加入	闹江州
46	圣手书生萧让	济州				卖文、书丹	秀才	卖文、书丹	捉上	
66	玉臂匠金大坚	济州				雕刻匠	识字	雕刻匠	捉上	
71	通臂猿侯健	洪都	江州			裁缝		裁缝	加入	参加攻无为军
48	摩云金翅欧鹏	黄州				黄门山寨主		黄门山寨主	加入	因恶了本官
53	神算子蒋敬	湖南潭州		军户		军户	落举举子	黄门山寨主	加入	

（续表）

座次	绰号名诗	原籍	寄籍	家庭定位	本人身份	文化程度	上山前职业	上山方式	附注
67	铁笛仙马麟	南京建康			小番子闲汉（简役耳目）			黄门山寨主	加入	
75	九尾龟陶宗旺	光州			庄家田户			黄门山寨主	加入	为朱贵朱富蒙汗药麻翻
97	青眼虎李云	沂水			县都头			县都头	诱骗	由朱贵推荐，全家坐牢
93	笑面虎朱富	沂水			酒店主			酒店主	加入	由朱贵推荐，全家上山
51	锦豹子杨林	彰德府			绿林			绿林	加入	随戴宗上山
49	火眼狻猊邓飞	盖天军襄阳府			绿林			饮马川寨主	加入	
70	玉幡竿孟康	真定州			军官			饮马川寨主	加入	因杀丁本官
47	铁面孔目裴宣	京兆府			府六案孔目	识字		饮马川寨主	加入	被陷害充军，路过饮马川被救
32	病关索杨雄	河南	蓟州		卖柴			两院押狱	加入	因杀妻翠屏山
33	拼命三郎石秀	金陵建康	蓟州		卖柴			肉店掌事	加入	助杨雄杀人翠屏山
107	鼓上蚤时迁	高唐州	蓟州		窃贼			窃贼	加入	路过祝家庄被俘
89	鬼脸儿杜兴	中山府	郓州李家庄		行商	能写信		庄园主管家	诱骗	
11	扑天雕李应	郓州李家庄		庄园主	庄园主	能写信		庄园主	诱骗	援祝家庄被俘
59	一丈青扈三娘	郓州扈家庄		庄园主女	庄园主女			庄园主女	被择降	
34	两头蛇解珍	山东登州			猎户			因犯	加入	因毛太公陷害坐牢
35	双尾蝎解宝	山东登州			猎户			因犯	加入	因毛太公陷害坐牢
77	铁叫子乐和	茅州	山东登州		小牢子			小牢子	加入	因救两解
101	母大虫顾大嫂	山东登州			酒店主			酒店主	加入	因救两解

（续表）

座次	绰号名讳	原籍	寄籍	家庭定位	本人身份	文化程度	上山前职业	上山方式	附注
100	小尉迟孙新	琼州	山东登州		酒店主		酒店主	加入	
90	出林龙邹渊				绿林		任登云山聚众	加入	
91	独角龙邹润		山东登州		绿林		任登云山聚众	加入	
39	病尉迟孙立	琼州		军官	军官		登州兵马提辖	加入	因为家人所胁，解救两解
88	金钱豹子汤隆	延安府		军官	铁匠		铁匠	加入	由李逵带上山
8	双鞭呼延灼	汝宁州		河东名将呼延赞之后	军官	应过武举	汝宁都统制	被俘降	鲜卑族
42	百胜将韩滔	东京			军官		陈州团练使	被俘降	有老小
43	天目将彭玘	东京			军官		颍州团练使	被俘降	有老小
52	轰天雷凌振	燕陵		将门之后	军官		东京甲仗库副使炮手	被俘降	有妻小
18	金枪手徐宁	东京			军官		金枪班教师	诱骗	为汤隆骗上梁山
64	八臂那吒项充	徐州沛县			绿林		芒砀山寨主	加入	
65	飞天大圣李衮	邳县			绿林		芒砀山寨主	加入	
61	混世魔王樊瑞	濮州			全真道人、绿林		芒砀山寨主	加入	
108	金毛犬段景住	涿州			盗马贼	识字	盗马贼	加入	黄发卷须，可能是契丹人
2	玉麒麟卢俊义	北京大名府		大财主	大财主	识字	囚犯	救上	因梁山诡计入狱
36	浪子燕青	北京大名府		家生子奴隶所生	家生子	识字	流民	加入	有家小
94	铁臂膊蔡福	北京大名府			公人		两院押牢节级	胁上	有老小

367

（续表）

座次	绰号名讳	原籍	寄籍	家庭定位	本人身份	文化程度	上山前职业	上山方式	附注
95	一枝花蔡庆	北京大名府			公人		小押狱	胁上	
40	丑郡马宣赞				郡马		关胜部将	被俘降	
5	大刀关胜	蒲东			蒲东巡检		第二次讨伐梁山主帅	被俘降	有老小
41	井木犴郝思文	蒲东			军官		关胜部将	被俘降	
104	活闪婆王定六	建康		酒店主	酒店主		酒店主	加入	由张顺推荐
56	神医安道全	建康府			医生		医生	加入	为张顺陷害
98	没面目焦挺	中山府		相扑世家	相扑		卖艺人	加入	由李逵推荐
44	圣水将军单廷珪	凌州			军官		凌州团练使	被俘降	
45	神火将军魏定国	凌州			军官		凌州团练使	被俘降	
60	丧门神鲍旭	寇州			绿林		枯树山寨主	加入	
105	险道神郁保四	青州			劫马贼		曾头市头目	被俘降	
15	双枪将董平	河东上党	东平		军官		东平府兵马都监	被俘降	
16	没羽箭张清	彰德	东昌		军官		东昌府兵马都监	被俘降	
78	花项虎龚旺		东昌		军官		张清部将	被俘降	
79	中箭虎丁得胜		东昌		军官		张清部将	被俘降	
57	紫髯伯皇甫端	幽州	东昌		兽医		兽医	加入	契丹人、由张清推荐

后　记

本书原名《水浒黑白绰号谭》，2002 年由上海辞书出版社推出，现经修订、增补，重新出版。

《水浒》是一部奇书，一部写江湖儿女融入主流社会的章回小说。它形象地描绘了中国中世纪几百年里的百行百业和社会各阶层、特别是中下层的众生相。鉴于此书成书过程跨宋元明三朝，文字、情节，包括书中各路人马都显得光怪陆离，致使后来阅读者多不知所云之感。作者由此在前辈学者，诸如余嘉锡、王利器等先生所研究考证的基础上爬罗剔抉、刮垢磨光、寻溯其源，以求获取新知，奉献于社会，为读者阅读《水浒》提供一份知识性、趣味性读物。

囿于此因，本书各篇即不与《水浒》的人和事作正负面评论、分析，更不就书中的所谓忠奸、贤与不肖作是是非非的定格了。

本书承鲍鹏山教授推荐，又由夏德元教授和他主持的冬早文化传媒（上海）有限公司鼎力支持，得以问世。

是为记。

盛巽昌

2018 年 6 月